Doba Shunichi Presents

POP FICTION

ポップ・フィクション

堂場瞬一

文藝春秋

目次

第一章　祝祭　3
第二章　決裂　35
第三章　新天地　69
第四章　成功への道　103
第五章　大阪　135
第六章　エース　169
第七章　原稿は一括で　203
第八章　立ち上げの日　237
第九章　創刊　272
第十章　明日へ　307
参考文献　343

装画　ＹＯＵＣＨＡＮ
装丁　永井翔

初出　オール讀物　二〇二三年七月号〜二〇二四年六月号

第一章　祝祭

「百五十万部！　百五十万部だぞ！」

　昭和三年秋。誰かが大声を上げると「エース」編集部に歓声が満ちた。それも当然だ。大正時代に全盛期を誇った総合論壇誌「市民公論」が最大で十二万部。定価十銭の週刊誌「週刊東日《とうにち》」が三十万部を突破したことが、先日業界内で大きな話題になったが、それらとは一桁違う百五十万部……現実味が感じられない数字だ。松川晴喜《まつかわはるよし》は祝いに抜かれた酒瓶から、湯呑み茶碗に酒を注いだ。ぐっと呑むと、胃の底が暖かくなる。それでもまだ、万歳を叫ぶ気にはならない。

　月刊誌「エース」が百万部を達成したのは、創刊からわずか四年の今年――昭和三年の新年号だった。松川にとっては、その時の方が衝撃が大きかった。百万という数字が、キリが良かったせいもある。そもそも、「雑誌が百万部を突破する」など、夢のような話だと思っていたし……「おじいちゃんから孫まで」の編集方針で、創刊号から既に七十五万部という驚異的な実績を上げてはいたが、それと百万部の間には大きな壁がある――百万部は夢の世界だろうと思っていた。

　しかし「エース」は毎号着実に部数を伸ばし続け、百万部達成から一年も経たない昭和三年十一月号で、百五十万部を突破したのだった。今、日本の世帯数は一千万程度だろうか……十世帯に一冊以上の割合で売れていることになる。元々「一家に一冊エース」が宣伝文句だったのだが、それが大袈裟ではなかったことが、証明されたのである。

「臨時に報奨金が出るみたいだぞ」編集部の同僚、谷岡幹郎《たにおかみきお》が小声でささやいた。たぶん本当だろう。谷岡は、編集者としての能力はともかく、社内事情などにやたらに詳しい。その彼が言うのだから、実際に報奨金は出ると思う。ただし松川にとっては、どうでもいい話……「エース」では、これまでも報奨金は何度も出ていたが、額はたかが知れていたのだ。家族と一緒にちょっと美味いものを食べていい酒を呑んだら、吹っ飛んでしまう程度である。もちろん、どんな形でも、自分たちの頑張りが評価されるのは悪いことではないが。

松川は今まで三つの出版社に勤めてきたが、「エース」を発行する創建社《そうけんしゃ》が一番金払いがいい。それは編集部員に対してだけでなく、「エース」に書いている作家に対しても、だ。何しろ原稿料は、他の雑誌の二倍である。ただし、連載の場合は、掲載が始まる前に原稿を全て完成させておくなどの条件があり、作家側の負担も極めて大きい。全ては、人気作家を摑まえ、さらに絶対に誌面に穴が開かないようにするための作戦なのだが。

「まあ、そいつはありがたいかな」松川は適当に返事した。

「何だよ、嬉しくないみたいだな」

「今、それどころじゃないんだ。新年号の、『エースから日本へ』が、上手くいくかどうか分からない」新年号らしく、在日の各国大使から、日本への「伝言」を寄せてもらうのだ。原稿をもらうのではなく、こちらから取材に行くのだが、話は簡単には通らなかった。松川の企画なので、どうしても実現したいのだが。

「あれは、かなり無理な企画だよ」谷岡が忠告した。「差し替えの企画を考えておいた方がいいかもしれない」

「その前に、秋田《あきた》先生の原稿、来月も危ない感じだから」

十一月号もギリギリ……松川が日参して、毎日一枚、二枚と原稿を急かし、何とか掲載にこぎつけたのだ。人気作家の秋田の作品は絶対に面白いのだが、とにかく筆が遅く、特例として「一括執筆」ではなく毎月の締め切りを設けている。それでも毎回、原稿はぎりぎりなのだ。今は「市民公論」にも連載を持っているから、尚更時間に追われている。

書くのが遅いというより、「書き出すのが遅い」タイプで、編集者が横についていれば何とか書き出してくれる。長いつき合いでそれを知っている松川は、結局秋田には毎月つきっきりで原稿を書かせる作戦を取っていた。今のところ一度も落としていないが、来月号からは少し状況が変わってくる。新人作家の木嶋哲治《きじまてつじ》の連載が始まる予定で、松川はそちらの面倒も見なければならないのだ。いや、しばらくは木嶋専従、という感じになるだろう。何といっても、新人作家は商業誌に書くことに慣れていない。励まし、執筆が頓挫しないようにしっかりと尻を叩く——編集者にとって一番厄介、かつやりがいのある仕事だ。

木嶋の面倒を見る間、秋田をどうするかは頭が痛い問題だ。秋田はかなり偏屈な作家で、よく知らない編集者が訪ねて行っても、まともに話をしようともしない。つき合いの長い編集者でさえ、ささいなことで怒りを買って、関係が切れてしまうことも珍しくなかった。将来有望な新人を育てることに傾注するか、「エース」の看板でもある人気作家のご機嫌を取るか。

自分にかかる負担が大きいことは意識している。きつい仕事をしっかりこなしていることに矜持もあるのだが……雑誌作りも、この十年で大きく変わった。松川は総合論壇誌「市民公論」で雑誌作りの基礎を学んだが、当時は「売れること」や「部数」についてはあまり考えていなかった。そういうのは編集長や社長が心配すればいいことで、編集部員は作家や評論家と信頼関係を築き、いい原稿をもらってくることが仕事だと思っていた。しかし「エース」で数年働いているうちに、どうしても売り上げのことが気になるようになった。

しかしそれ以上に、あることが頭に引っかかっている。

影響力。確かに百五十万部も売れていれば、利益は大きい。「エース」は今や、創建社の屋台骨だ。松川も儲かることの重要性はよく分かっているのだが、この部数が持つ影響力の大きさに ついても、つい考えてしまう。仮に「エース」に極端な論評や小説を載せても、読者には自然に受け入れられるのではないだろうか。つまり意図的に世論を作ることも可能になる。

ただし「エース」は、「市民公論」などと違って、あくまで娯楽誌である。普通の家族が楽しめ、役にたつちょっとした情報も載っている雑誌。挿絵つきで小話を紹介する「笑話《しょうわ》」のコーナーなどは特に人気で、数ヶ月に一度はページを増やして読者サービスする。

世の中を特定の方向へ動かしてやろうなどという、大それた考えはない。

しかし、雑誌の影響力は真剣に考えるべきものだ。以前勤めていた「市民公論」も同様だった。「大正デモクラシーの苗床」と評価されている「市民公論」に載った識者の論文には、知識層を扇動するような影響力があった。十二万部の「市民公論」でそうなのだから、百五十万部の「エース」が持つ影響力の大きさはその比ではない。

編集者としての駆け出し時代、「市民公論」では四苦八苦した。その頃がよかったのか、日本で一番部数の多い月刊誌で仕事をしている今がいいのか……松川の意識は自然に、数年前の「市民公論」時代に戻ってしまうのだった。

さて、今月も何とか目処が立った。

「市民公論」の来月号は、普段よりも掲載する小説を増やして「文藝大特集号」になる。室生犀《むろうさい》星《せい》、正宗白鳥《まさむねはくちょう》、里見弴《さとみとん》ら目玉になる作家の原稿は既に入稿しており、何とか「大特集号」として格好がついた――と安心したところで声をかけられる。

「松川くん、明日、藤島《ふじしま》さんのところで筆記をしてきてくれないか」

いきなり「市民公論」編集主幹の緑岡紫桜《みどりおかしおう》に声をかけられ、松川は顔が一気に赤くなるほど緊張するのを感じた。「市民公論」の原稿はしばしば、識者の「談話」を編集部員が筆記して作り上げている。時事的な問題を毎号取り上げているだけに、原稿を依頼しても時間が足りないことが多いのだ。原稿を待つより、喋ってもらった内容をまとめる方が早い。編集部員の負担は大きいのだが、やはり時間優先だ。松川も毎月、二本、三本と筆記の仕事をしている。

中でも藤島は特別だった。「市民公論」の「顔」とも言われている藤島の原稿は、ほぼ毎号、「巻頭言」として掲載されている。そういう筆者だけに、編集主幹の緑岡自らが筆記するのが決まりになっていた。

「主幹が行かなくて大丈夫なんですか」松川は恐る恐る訊ねた。

「明日はどうしても外せない用事があるんだ。君なら安心して任せられるから」

「はあ」

そう言われても自信はない。緑岡について、何度か藤島の筆記につき合ったことはあるが、藤島は基本的に早口で、内容を書き取るだけでも大変なのだ。もう何年も藤島と一緒に仕事をしている緑岡にしても、毎回苦労している。緑岡は、書き取りながら原稿を仕上げてしまおうとしており、藤島が気持ちよさそうに喋っている最中にも、平然と質問を挟んでいく。その質問によって、藤島の論旨がさらに明快になることは珍しくないが、藤島は「余計な口出しをされた」とでも感じているようで、いつも少しだけ嫌そうな表情を浮かべる。やはり気難しいところがある……一対一でしっかり筆記ができるか、自信はなかった。

「どうした、しっかり頼むよ」緑岡がせかせかした口調で言った。この編集主幹は気が短く、編集部員はいつも機嫌を窺っている。仕事を急かすぐらいならまだしも、上手くいかないと途端に癇癪玉を破裂させるのだ。編集部員に対してだけならいいのだが、時には寄稿している作家や学者に対してまで、怒りが爆発することもある。特に締め切りを守らない作家に対しては厳しく、松川が働き始めてからの三年で、三人の作家が「出入り禁止」を言い渡されていた。これは作家側にとってかなりの痛手……「市民公論」は論壇誌と言いながら小説が大きな売り物であり、新人作家の作品が掲載されれば、「文壇に受け入れられた」と言われるぐらいなのだ。逆に言えば、出入り禁止になると「文壇追放」という感じがしないでもない。実際、この三人の作家は、それ以来、まともな作品を発表していなかった。

編集者が、こんな風に寄稿者の生殺与奪の権限を持っていいのだろうかと、松川は常に疑問に思っていた。編集主幹の方針だからと言えばそれまでなのだが、作家を上から押さえつけ、自分の思うように動かそうとする態度は疑問だ。一度酔っ払って「作家にはもっと敬意を抱いて接した方がいいんじゃないですか」と忠告したことがあるが、緑岡は笑って受け流すだけだった。

「分かっていると思うが、藤島さんの筆記をするには準備が大切だ」

「鉛筆を十本、きちんと削っていくことですね」早口の藤島の言葉を全部筆記するためには、途中で鉛筆を削っている暇などない。せいぜい新しいものに持ち替えるぐらいで、そのためにちゃんと削った鉛筆を事前に準備しておく必要がある。実際には、鉛筆を持ち替えるだけでも、焦って冷や汗をかくぐらいなのだが。

「そうだ」緑岡が笑った。「とにかく、藤島さんの言葉を止めないように。おかしいと思っても、どうせ後で本人に見てもらうんだから、その時に直せばいい」

「分かりました」考えただけで汗をかき、体重が減ってしまいそうだ。藤島は無駄口を叩く人間ではなく、他の作家や評論家のように、軽く世間話をして場の雰囲気を和ませてから仕事に入るという感じではない。彼の前に座った瞬間に仕事が始まるのだ。

そういう意味でも、藤島との仕事は大変である。「市民公論」の看板評論家から単に原稿をもらうだけでなく、協力して聞き書きの原稿を作らなければならないのだから。緑岡のようにつき合いが長い人なら、阿吽《あうん》の呼吸で仕事を進められるかもしれないが、松川はまだまだそういうことに慣れていない。

それでも、一人で藤島の原稿を筆記することで、ようやく「市民公論」の編集者として一人前になれるような気がする。

東京市芝《しば》区で明治二十七年に生まれた松川は、父親が文部省の役人だったこともあって、常に本に囲まれた環境で育った。専門書もあれば文芸書も……役人という固い仕事をしていた割に、父親は何でも読む人だった。子どもの頃からよく本屋に一緒に行ったものだが、そういう時に父親は、「棚の右から左まで全部」という買い方をした。読むものがないと不安になる人間だったのかもしれない。新聞は四紙も取っていて、毎朝隅から隅まで目を通して、週末には気になった記事を切り抜いて保存していた。その手伝いをすると小遣いがもらえたが、それはほぼ本代で消えてしまった――あの親にしてこの子だ、と自分でも思ったものである。

そういう環境で生まれ育った松川が、本を作る仕事に興味を持つようになったのは自然なことだと思う。学生の頃、夢中になって読んだ鷗外《おうがい》や漱石《そうせき》のようになりたい――しかし読むのと書くのはまったく別だと気づくのに、さほど時間はかからなかった。

代わって大学時代に興味を持ったのは、「物理的に」本を作る作業である。といっても「印刷」ではなく、作家から原稿をもらい、本にするための準備作業――編集だった。特に当時は、「市民公論」が普選運動の中核を実質的に担っていたこともあり、本よりも「雑誌」に興味が向いていた。大学の先輩で、「市民公論」の編集者になっていた安田《やすだ》という男に「編集者は面白いぞ」と散々吹きこまれたせいもある。編集主幹の緑岡――その頃既に、出版業界の大立者と呼ばれる名物編集者になっていた――の噂も耳にして、「その気になればどんな人とも会って話ができる」というのが気に入った。例えば藤島。論壇の第一人者として知られていた藤島に対する憧れは強かったが、早稲田の学生である松川が、帝大教授である藤島の教えを請う機会はなかった。しかし編集者になれば、仕事にかこつけて、会って話が聞ける。

ようやくその機会が訪れたわけだが、実際には興奮よりも緊張の方が大きかった。編集者になってから何度か会った藤島は、非常に神経質で扱いにくい人間……文章を読んで想像していたのと、実際の人間像はまったく違っていたのだ。これまでは緑岡の「助手」として会ってきたが、明日は一対一の面会である。玄関に入る場面を想像するだけで、心臓が凍りつくような緊張感を覚える。

いかん、こんなことでは……松川も、編集者になってもう三年になる。これまで多くの学者や作家、政治家に会って話を聞き、仕事を依頼し、筆記もしてきた。藤島との仕事も、同じことではないか。今回の巻頭言の主題は、既に緑岡が頼みこんでいる。藤島のことだから、もう頭の中にすっかり原稿はできあがっているはずだ。緑岡曰く「藤島さんは喋っても書いても出てくる原稿は同じだ」。そんな人間がいるとは信じられなかったが、緑岡はこういうことでホラを吹く人物ではない。

取り敢えず、明日着ていく着物を用意し、鉛筆削りに取りかかった。毎日やっていることなのに、緊張しているせいか、ナイフが滑って左手の親指を切ってしまう。右利きだから筆記にはさほど困らないが、深い痛みはなかなか引いてくれなかった。仕方なく、細く裂いた包帯できつく縛り、何とか痛みを誤魔化す。今からこんなことでは、明日が思いやられる——当然、寝つきは最悪だった。

筆記本番の朝、松川は午前五時に目覚めてしまった——いや、実際にはほとんど寝ていない。寝つけないまま朝を迎え、とうとう諦めて布団を抜け出した時には、五時になっていたのだ。

去年——大正九年に生まれた息子の博太郎《ひろたろう》を起こさないように気をつけながら朝の準備を整え、昨夜妻の治子《はるこ》が用意してくれていた握り飯を頬張った。合いの手としてきゅうりの糠漬けを丸のまま齧り、水で流しこむ。八月には、こういう冷たい朝飯がちょうどいい。それにしても今年は、暑さが長引くようだ。盆を過ぎれば多少は暑さも緩むものだが、今年は毎日のように大汗をかいている。汗っかきの松川にすれば、鬱陶しくて仕方のない日々が続いていた。

時間には余裕があるものの、どうしても気が急く。藤島は時間厳守というより、五分前、十分前行動が普通だと思っている人なのだ。数ヶ月に一度、編集部を訪ねて来る時も、約束の時間の十分前にはドアをノックする。そのため、こちらが訪ねて行く時も、十分前には到着していることと、というのが編集者の間では暗黙の了解になっていた。

しかし問題は、藤島は朝が早いことだ。今日の約束は午前八時。午前中の帝大での講義に影響が出ないようにするためだということは分かっているのだが、ほとんど眠れないまま朝を迎えてしまった身にすれば、非常にきつい。市電を乗り換えながら、松川は今日の筆記が終わったらどこかで居眠りしようと本気で考えた。

午前七時五十分、玄関の引き戸を開けて「おはようございます」と声を張り上げる。本郷にある藤島の家は大きく、玄関で声をかけても、藤島本人が出て来るまでには結構時間がかかる――と思って、顔の汗を拭《ぬぐ》うために手拭いを取り出したのだが、予想に反して藤島はすぐ玄関に出て来た。慌てて手拭いを着物の帯に挟みこむ。

「おはようございます」頭を下げ、改めて朝の挨拶をする。

「ああ、今月は君が担当だそうだね。緑岡主幹から聞いているよ」

「はい、よろしくお願いします」また頭を下げる。まだ目を合わせてもいなかった。どうしても気が引けてしまう……。

「まあ、上りなさい。しかし君も、ひどい汗だね」

「申し訳ありません。みっともなく見えるでしょうが……」

「たくさん汗をかくのは、若くて健康な証拠でしょう。汗をお拭きなさい」

「ありがとうございます。では、失礼して……」帯から手拭いを引き抜き、顔の汗を拭う。しかし拭ったそばからまた汗が噴き出てくるのだった。

玄関脇の応接間に通される。北向きの部屋で、真夏の日差しはほとんど射しこまずにひんやりしている。

「君、お茶でも飲んで一休みしたらどうですか。そんなに汗をかいていたら、原稿用紙が濡れてしまうでしょう」

「大丈夫です」そう言いながら、両手の汗を手拭いで拭う。原稿用紙が濡れるほどではないが、鉛筆は滑ってしまうかもしれない。ひたすら速く正確に、が要求される筆記において、それは致命傷になりかねない。

「まあ、私も朝食後の茶が欲しいところだ。君もつき合いなさい」

「申し訳ないです……大学の方、お時間がないんじゃないですか？」

「八月だよ？　大学は休みじゃないか」

「あ、そうでした」そんな当たり前のことを忘れていたのかと情けなくなる。

「とにかく、まず落ち着こう」

藤島は応接間を出て行った。一人座るわけにもいかず、松川は立ったまま応接間の中を見回した。応接間兼書斎というところか……座り心地のいい椅子が四脚、それにテーブル。壁の二面は本棚で埋まっており、地震でも起きたら本に埋もれて大変なことになりそうだ。どの本も何度も読み返しているようで、背表紙がへたったものばかりである。原書――英語だけでなくドイツ語とフランス語の本や雑誌もあった――も目立ち、藤島は今でも海外の最新理論を、本を通じて入手していることが分かる。さすがに、アメリカに二年間留学していた人は違う。

藤島がすぐに部屋に戻って来た。

「突っ立ってないで、座りなさいよ」

「では……失礼します」松川は一礼して、椅子に腰を下ろした。すぐに風呂敷を広げて原稿用紙と鉛筆を取り出し、筆記の準備を整える。

「まあまあ、そう焦らずに」藤島が苦笑する。

「お時間を無駄にしたら申し訳ないですから」

「私の時間は、そんなに貴重なものじゃないよ。本気で貴重だと思っていたら、原稿用紙の枚数じゃなくて、拘束時間で料金を決める」

「――失礼しました」どうも勝手が違う。以前、緑岡にくっついて藤島の筆記につき合った時の印象では、絶対に冗談など言わない人だと思っていた。冗談どころか雑談さえしない――一分一秒も無駄にしないで必要なことだけをやる人。

すぐに、藤島夫人が盆を持って部屋に入って来た。

「まあ、取り敢えずは喉を潤して」

ガラスのコップが目の前に置かれる。中に入っているのは、氷と涼しげな深緑の液体。お茶だろうか？　暑い時には、熱い飲み物の方が体を冷やせるというが……本音では、よく冷えた麦茶が欲しいところだった。

「先生、これは……」

「水で淹れた緑茶だ。甘味が出て美味《うま》いよ」

「いただきます」

一口飲んでみると、確かにお茶の渋みよりもかすかな甘味を感じる。冷やしたお茶は初めて飲んだが、いいものだと思った。

「珍しい飲み方ですね」

「実は、アメリカへ行っている時に、似たようなものを知ったんだ。アメリカの南部では、冷やした紅茶をよく飲む。それにハッカの葉を加えて、爽やかな味にするんだね。日本でも作ってみたけど、ハッカの葉が手に入りにくいし、アメリカで飲んだ味にはならない。それなら冷やした緑茶の方が……という次第です。今や、夏はこれ一本槍だね」

「美味《おい》しいです――先生、さすがに海外のものを積極的に導入されるんですね」

「いやあ、このお茶はインチキくさいな。格好だけ真似したんだよ」藤島が苦笑する。

「でも、日本で飲むなら冷たい緑茶の方が合うと思います」

「そう言っていただけると嬉しいね」

三口でコップを空にしてしまった。氷が三片、残る。それを口に入れて、体を内側から冷やしたいと思ったが、やめておいた。自分の家ならともかく、人の家でそんなことをするのは、さすがに下品ではないだろうか。

気づくと、藤島が自分をじっと見ている。居心地悪くなって、すぐにコップをテーブルに置いた。

「あの……何か、不躾《ぶしつけ》なことでもしましたでしょうか」そんなふうに聞くこと自体が不躾かもしれないが、どうしても気になってしまった。

「いや、緑岡さんは、いつも氷を食べるな、と思い出してね」藤島は微妙に嫌そうな顔をしていた。

「氷を、ですか？」聞き返してしまったが、それはいかにもありそうだと思う。緑岡は極端な暑がりで、夏場にはよく着物をはだけて上半身裸になっている。編集部でそういう格好をしているだけならいいが、出張校正で印刷所の秀英舎《しゆうえいしや》に詰めている時も平気で脱ぐので困ってしまう。小柄ででっぷりした体型の緑岡が、上半身裸で汗をかいている姿を見て、周りが陰で「金太郎」と呼んでいることを、松川は最近知った。

自分たちが言っている分には単なる笑い話だが、他社の人にそんな風に見られているのは恥ずかしい。大正デモクラシーの立役者、「市民公論」の中興の祖と持ち上げられる緑岡の実態がそんなことでは、実に情けないではないか。

「緑岡が、何か不快な思いをさせているんですか？」

「いやいや、彼は野人だから」藤島の機嫌はそれほど悪くないようだ。「彼は長野の出身だろう？　幼い頃から長野の神童と呼ばれていたそうじゃないか。確かに頭はいい——鋭いところがあるんだが、基本は山の中を走り回って遊んでいた野人だからね。彼もそれは認めている。私のように東京生まれ東京育ちの軟弱な人間から見れば、羨ましい感じもあるよ」

「それは私も感じていました。生まれ育ちは芝区です」

「ほう、君も芝区かね」藤島が急に身を乗り出した。「芝区のどこだい？」

「三田《みた》です。三田三丁目です」

「本当かい？　私の実家は三田の二丁目だよ」

「すぐ近くですね」急に藤島との距離が縮んだ感じがした。

「私はね、実家の床が抜けそうになって、仕方なく学生時代に一人暮らしを始めたんだ」

「本ですね？」すぐにピンときて、松川は指摘した。

「そうそう」藤島が嬉しそうに言った。「君も同じようなものじゃないか？　編集者といえば、とにかく本に囲まれて暮らしているだろう？」

「最近は、買うのを控えるようにしています。新しい本は編集部で購入しているので、そこで読んでしまうようにしています。去年息子が生まれたので、また家が狭くなったんですよ」

「まったく、本のためだけに家を一軒借りたいぐらいだね。私はここと大学の研究室、それに実家にも本を置いているけど、それでももう、足りなくなりそうなんだ」

「私も同じようなものです」

「いずれ、誰かと金を出し合って、本の倉庫を建ててもいい。私設の図書館みたいになるかもしれない——君もどうですか」

「大変いい考えだと思いますが、私にはそんなに金がありません」

「天下の市民公論の社員が？　緑岡さんは、だいぶ金回りがいいようだが」

「主幹は、契約で『市民公論』一部当たり一銭の手当をもらっています」

「そうなのか？」藤島が右目を細める。「そんな契約があるんだね？」

「異例だとは聞いていますが、『市民公論』をここまで育て上げたのは主幹ですから」

この契約が決まったのは、松川が入社する前だという。初めて聞いた時には「変わった契約だ」と思ったものだが、やはり異例らしい。他社の編集者が、この件でひそひそと噂話をするのを、松川は何度も聞いていた。実際、とんでもない額になる……一部当たり一銭と言っても、最近の「市民公論」の発行部数は十二万部程度である。つまり、緑岡の懐には、毎月千二百円は入る計算なのだ。それに加えて社員としての給料もあるから、緑岡はとんでもない金持ちということになる。実際、会社から歩いて行ける場所にある彼の自宅は、寺院のような巨大な四脚門を備えた広大な邸宅だし、家の中は買い漁った美術品などで一杯だ。しばしば編集部ではなく緑岡邸で編集会議を開くのだが、そういう時彼は、美術品を見せびらかしては一々解説する。思えば、緑岡邸で編集会議が開かれるのは、彼が新しい美術品を買った直後である。要するに、自分の財産を自慢したくて仕方ないのだ。

「そういう契約は聞いたことがないね」

「はい、他の出版社では、そういう例はないと思います」

「芦田《あしだ》さんは弱気だから、押し切られたんだろう」藤島が苦笑する。

確かに……社長の芦田は、いつも緑岡に言いくるめられている。もう二十年以上社長を務めていて、彼が私財を投げ打って「市民公論」を支えていた時期もあったのだが、緑岡が編集主幹になってから部数は一気に増え、経営も安定した。いかに社長といえども、緑岡に頭が上がらないのも当然だろう。実際芦田は、いつも緑岡に対して遠慮している感じがある。

「今では、芦田さんと緑岡さんの力関係はすっかり逆転してるんだろうね」

「以前の状況は、私はよく知らないんですが」

「緑岡さんには、編集者としての資質が全て備わっているんだろうね」

「先生がお考えになる編集者の資質というのは、どんなものですか？」外部の人間——特に普段から仕事を頼んでいる寄稿者の意見は聞いてみたい。編集者になって三年、本作りにも慣れてきたつもりだが、この仕事には明確な正解はない感じがする。多くの人の意見を聞いて、自分なりの編集者像を追い求めていくしかないだろう。

「図々しさが第一だね」

「それは……」松川は思わず苦笑してしまった。「私も図々しいでしょうか」

「君とはほとんど仕事をしたことがないから分かりませんが、緑岡さんが図々しいのは間違いない。今回の仕事もそうでしょう。中国共産党が結成されたのは先月だよ？　それで解説を頼むというのは、いかにも性急で乱暴だ。まだ海のものとも山のものとも分からないのに、解説しようがない」

「しかし、中国共産党の今後については、大袈裟に言えば世界中が注目しています」

「そうかもしれないけど、『市民公論』は日本の雑誌だろう。英訳して世界に出ているわけではない」

「それはそうですが……」

「緑岡さん、ここで土下座してね」

「土下座ですか？」たかが原稿を頼むのに？　確かに雑誌に穴が開いて、白紙のページが生じてしまったら大問題だが、実際にはまずそんなことにはならない。「市民公論」には、藤島のような常連執筆陣の他に、頼めば必ず書いてくれる「待機組」が何人もいる。若い作家や大学の先生たちで、彼らにとっては「市民公論」に書くことが大きな誇り、次の仕事への第一歩になるのだ。たぶん、締め切り前日に頼んでも、翌日の朝にはきっちり原稿を届けてくれるだろう。実際今までにも、何度かそういうことがあった。土下座などしなくても、一声かければ原稿はいくらでも集まるのだ。

「緑岡さんの意識の問題だろうが……どうしても来月号は、中国共産党特集でまとめたいらしい。彼も、共産主義には大きな興味を抱いているようですね」

そんなことを公言しては危険なのだが……日本でも共産主義運動が次第に盛んになってきているが、政府は「危険思想」と見ている。ロシア革命が起きて、世界初の共産主義国家が誕生してからまだ四年。あれだけ巨大な国家が、あっという間に革命運動の前に倒れたことは、為政者には大きな衝撃になったのだろう。

「緑岡は、共産主義に賛同しているわけではないと思います」実際、中国共産党の結党に関して編集部内で話し合った時も、緑岡は冷静だった。彼が気にしているのは、ロシアと同じような大国である中国が共産主義化した場合に、周囲の国にどんな影響が出るかということである。それだって、中国共産党が政権を奪取したら——という仮定の話なのだ。今すぐに、中国周辺のアジア全域が共産化するとは考えられない。とはいえ無視できない動きだし、日本にも影響があるかもしれないから、識者の予想をまとめて特集を作ろう……いつも通り、編集会議は緑岡の主導で、十分で終わってしまった。

「その割に、今回は妙に熱心でしたね」藤島が首を捻る。「そもそも私は、共産主義や中国の専門家ではないんですが」

「先生にはいつも巻頭言をお願いしていますから、今回もどうしても先生の原稿が欲しかったんだと思います」

「それにしても、土下座するほどの話ではないと思いますがねえ」

「共産主義の特集をやれば、間違いなく部数は伸びます。衝撃的な話や扇動的な話にならなくても『共産主義』という字面《じづら》だけで、興味を持つ人が多いということですよ」

「つまり、『市民公論』を売るために共産主義を利用すると?」

「有り体に言えば、そういうことです」

「それは逆に、大したもんだね」藤島がうなずいた。「そこまで商売に徹するというのは、私には想像もできない」

「それが緑岡の方針なんです」松川はうなずいた。「十分な部数が出ていれば、それだけ自分の好きに雑誌を動かせる、ということなんです。売れていない雑誌では、冒険もできませんから」

「なるほど、そういう考えもあるわけか」藤島がまたうなずいて腕組みをした。「まあ、いいでしょう。引き受けたんだから、きちんと話しますよ。私なりに調べてみたので、原稿としては格好がつくでしょう」

「お願いします」

松川は改めて原稿用紙を広げて、鉛筆を構えた。冷たいお茶を飲んだばかりなのに、また喉が渇いてきて、自分が緊張していることを意識する。

「では、お願いします」丁寧に言って、藤島が軽く一礼した。帝大教授、そして「市民公論」の大看板でもある寄稿者に丁寧な態度で迫られ、松川はさらに緊張してしまった。「しっかりしない」と厳しく当たられる方が、平常心で仕事に臨めるかもしれない。

藤島が二度、咳払いした。ゆっくりと椅子に座り直すと、もう一度咳払いする。目を閉じ、唇を固く引き結んでいたが、すぐに流れるような口調で喋り始める。

「この度の中国共産党の設立は、国内外に大きな衝撃を持つて受け止められた。広大な国土を持ち、人口四億人とも言はれる彼《か》の国が共産化すれば、周辺への影響は避け得ない。ロシアに関して、何かと噂が聞こえてくるが、日本の隣国でも同じやうに、秘密主義の共産主義国家が成立するのか――不安を掻き立てられるのも分かるが、結論から言へば当面は、その心配はゐらない。今回は、中国内外の情勢から、何故共産化がすぐには進まないか、読み解く」

速い、速い……やはり藤島は早口で、松川の鉛筆はまったく追いつかない。藤島は次の言葉を探すように、頭をゆっくりと振っていた。松川はすかさず口を挟んだ。

「先生、今のところで改行してよろしいですか？」

「あ？　ああ、そうして下さい。今までのところが前文で、全体を囲んでくれたまえ」

巻頭言は毎回かなり長い原稿になるのだが、最初の一段落を「前文」としてその後の原稿とは別扱いにし、細い罫線で囲むのが通例になっている。ここを読めば、取り敢えず原稿の趣旨・結論は分かるというわけだ。

今日の前文は、ややキレが悪い。

松川は思い切って攻めることにした。実際に藤島と二人きりで話してみると、そんなに厳しい人ではなさそうだと分かってきた。これなら、原稿の内容に自分も口を出して、書き取りながら完成原稿に近づけていくのがいいのではないだろうか。

「この前文の結論のところですが、今少し、具体的に切りこんでいただけませんでしょうか」

「結論は出してるでしょう。中国の共産革命はすぐには実現しない、と」

「はい――でも、何故なのかを、ここに一行二行でいいですから盛りこんでいただけないでしょうか」

「君、そこまで書くと、本文の方を誰も読まなくなるよ」藤島が渋い表情を浮かべる。

「前文を読めば内容が全て理解できるのが、『市民公論』の巻頭言です。そして、巻頭言をこのような形にまとめられたのは、先生ご本人ではありませんか。時間がない現代人にも、すぐに理解してもらいたいと」

「分かった、分かった」藤島が苦笑した。「さすが、緑岡さんのところで働いているだけのことはある。君は、遠慮がないね」

「いいものを作るためには何でもやれ、と言われています――生意気言って申し訳ありませんが」

「まあ、いいですよ。口述筆記は、筆者と編集者の共同作業のようなものだから。ところで、今の最後の一文は何だったかな」

「今回は、中国内外の情勢から、何故共産化がすぐには進まないか、読み解く――です」

「その前は？」

「結論から言えば当面は、その心配はいらない、です」

「分かった。その後に少し追加して書き直しましょう……結論から言へば当面は、その心配はゐらない。何故ならロシアは、共産主義思想が生まれたヨーロッパと地続きで、早くからその思想が入つて成熟してゐたが、中国の場合はまだ共産主義の歴史が浅い。さらに、革命勢力になるべき労働者もロシアと中国では全く質が違ふ。今回はこの二つの視点から、ロシアと中国の共産主義の違ひを見ていく——これでどうかな？　少し長くなるが」

「これぐらいなら大丈夫です」

「結構。だったらこのまま続けるが、よろしいかな」

「はい——ちょっとお待ち下さい」松川は、早くも鉛筆を交換した。まだほんの少し書いただけなのに、もう芯が丸くなってしまっている。力が入り過ぎているからだ。原稿用紙に記された文字はいつもより黒々していて、紙にはくっきりと溝ができている。もっと軽く、鉛筆を滑らせるように書かないとな、と反省した。この調子で書いていたら疲れ切ってしまうし、その前に原稿用紙に穴が開くかもしれない。

「いいかね？」藤島が松川をちらりと見た。

「はい、続きをお願いします」

「では——」藤島がまた咳払いをした。段落が変わる度に咳払いしていたら、喉を痛めてしまうのではないだろうか。しかし藤島の声は低く、かつ滑らかで聞き取りやすいままだった。とはいえ、速度は相変わらずで、やはり手に力が入ってしまう。編集者になってから多くの筆記を手がけてきたが、これまでとはまったく手応えが違っていた。どこかの時点で、また「待った」をかけて少しだけ休もう。本当に、手首がおかしくなってしまいそうだった。

藤島は、時々口をつぐんだ。言葉が出てこなくなるというより、どの言葉を使えばいいか、じっくり吟味しているが故の沈黙だ。実際、沈黙の後にはっとさせられるような言葉が出てくることもしばしばだった。

「――かやうな理由で、中国の共産化は当面心配する必要はない。懸念されるのは、世界的に共産化を進めやうとするロシアの動きで、このやうな外部要因によつて中国の共産化が一気に進む可能性も、頭に入れておかねばならない。それは日本でも同じことだが、日本の場合はやうやく一般にも認知されるやうになつた普選運動を進めなければならない。日本人の精神性が共産主義に合ふとは思へない。目指すべきはやはり、イギリスやアメリカ流の議会制民主主義なのだ。議会制民主主義が成熟してゐる国には、共産主義が育つ土壌はない……以上だ」

「はい……ありがとうございます。今確認します」

松川は、最初の一枚から原稿を読み返し始めた。この場では大きく変更はできないものの、明らかな誤字脱字を見つけて、慌てて修正する。額に汗を滲ませながら十分……何とか格好がついたと思って顔を上げたところ、藤島が煙草を灰皿に押しつけているのが見えた。途端に煙草の臭いを意識する――逆に言えば、今まで藤島が煙草を吸っていることにさえ気づかないほど集中していたわけだ。

「確認終わりました。先生もご覧いただけますか」

藤島が無言でうなずき、原稿用紙を受け取った。テーブルに原稿を置き、赤鉛筆を握って、自分が喋った内容を確認していく。ようやく一段落して、松川は自分も煙草に火を点けた。

原稿の確認に関しては、藤島は余裕がある方だろう。喋るのが速いから、こちらの筆記が間に合えば、その場で内容を見てもらえる。中には常に締め切りぎりぎりで、内容確認は全て編集者任せ、という筆者もいるのだ。慣れているからどうということもないが、やはり筆者本人にしっかり読み返してもらう方が安心である。

藤島は時間をかけてじっくり読み直すようだ。すぐに煙草が一本灰になり、二本目……時間がかかっているのは、自分の字が下手だからかもしれないと心配になってきた。子どもの頃から「金釘流」と馬鹿にされてきた悪筆は、どうしても直らなかったのだ。心配になって、思わず訊ねてしまう。

「乱暴な字で申し訳ないのですが……読めますか？」

「ああ、まったく問題ない。緑岡さんの字に比べれば、君の字は印刷したもののように見えるよ」

「ああ……緑岡がいつも、ご迷惑をおかけしているんですね」

自分の字をギクシャクした金釘流と言うなら、緑岡の字は何と呼ぶべきだろう。ぐねぐねと不規則に捻じ曲がり、まるで見慣れぬ外国語の文章を見ているようだ。緑岡は毎月、新聞広告の文面を自分で考えて書くのだが、あれだってまともに読めた例《ため》しがない。そう言えば緑岡は元々小説家志望だったというが、「あまりにも字が下手だったので諦めた」と言っていたのを思い出す。本当かどうかは分からないものの、確かにあの字では、編集者はたまったものではないだろう。

「彼の字は、さすがに困るね」原稿用紙から顔を上げ、藤島が苦笑した。「自分で喋ったことの筆記だから、前後の文脈から何とか推測するしかない」

「今後は、私も気をつけます」

「君の字は、十分読めるよ。何も問題ない」

書いた自分でも読みにくいところがあったのだが……こんなに速く書かなければ、もう少し読みやすい字になるはずだ。とはいえ、あまり丁寧にやってもいられない。喋る速度と書く速度が同じなのが理想だが、必ずそうできるわけではないのは、経験から分かっていた。藤島とは、今後もつき合いがあるかもしれないし、上手く調整しながらやっていくしかないだろう。

「うん、これでいい」藤島が原稿を寄越した。「失礼します」と言って受け取り、また一枚目から確認していく。赤字はほとんどなかった。誤字脱字はなし。藤島が赤字を入れたところは、論旨を明快にする目的がほとんどで、大きな問題はなかった。

「ありがとうございます。これであとは、私どもの方で責了とさせていただきます」

「よろしくお願いしますよ。しかしどうなんですか？」

「何が……でしょうか」

「今後は、君が私を担当するんですか？」

「そういう話は聞いていませんが」

「そうですか」藤島が含みを持たせて言った。

「失礼ですが、緑岡と何かあったんですか？」緑岡は元々癖が強い人間だし、大正デモクラシーの立役者と言われるようになってからは、図《ず》に乗っていると批判する人も出てきた。「市民公論」の執筆者の中にも、酔うと緑岡批判を始める人がいるぐらいなのだ。あまりにも強権的、独善的にやり過ぎたから、筆者から恨まれても仕方ないと思う。

「いやいや、何もないですよ」藤島が否定したが、それがあまりにも急過ぎるように感じられた。

「緑岡さんとは長いつき合いだし、そもそも私が『市民公論』に書く機会を作ってくれたのは緑岡さんですからね」

　あまりにも丁寧過ぎる発言……確かに彼の言う通りかもしれないが、藤島のような研究者なら、「市民公論」ではなくても他の雑誌から必ず声がかかっていたはずだ。こういうのは巡り合わせということもあり、緑岡個人の手柄にできるものではあるまい。やはり二人の間には何かあったのでは、と疑ってしまう。緑岡の態度に実は苛立っているとか、あるいは原稿料の問題とか。藤島の蔵書の数々を見た限り、かなり金がかかる生活をしているのは間違いない。帝大教授の給料は高が知れているし、「市民公論」の原稿料が、彼の研究生活の支えになっているのではないだろうか。長いつき合いだから、時に原稿料の値上げを頼みたくなることもあるだろう。それを緑岡が拒否したら……筆者と編集者としての関係がギスギスしてしまってもおかしくはない。

「何かお困りのことがあれば、私に言っていただければ」

「いや、心配しないで下さい。自分のことは自分で何とかできる」

「しかし、緑岡がご心配をかけているようでしたら……」

「大丈夫。申し訳なかったですね、君に心配をかけるようなことはないから」

「遠慮せずに、何でも言っていただければ」

「筆者と編集者の間には、線引きも必要だと思うんだ。緑岡さんは、特に若い作家の面倒見が非常にいいんだろう？　そういう評判は私も聞いている」

「はい」

「若い人なら、世慣れた編集者の手助けが必要かもしれない。しかし私のような年齢になると、つかず離れずの距離を保っている方が何かと気楽でね」

「緑岡が、何か図々しいお願いでもしたんでしょうか」

「いやいや、そういうわけじゃない」少し慌てた様子で藤島が否定する。「私個人の問題なんだ。実は先月、満五十になりましてね」

「はい、存じております。おめでとうございます」松川は、主な筆者の誕生日を頭に入れている。

その月に会えば「おめでとうございます」を欠かさない。これも緑岡から教えられたことだった。人はいくつになっても、自分の誕生日を祝われると嬉しいものだ。特に、仕事のつき合いだけだと思っている編集者から「おめでとう」を言われると、意外な感激を味わう——緑岡の言う通りだった。実際に祝いの言葉を聞いた筆者は、一様に顔を綻《ほころ》ばせる。今の藤島も同じだった。

「人間、五十になるといろいろ考えるものですね。私もそろそろ学究生活——いや、人生の締めをどうするかを、真面目に考えねばならない年齢になりました」

「そういうことを仰るには早いと思いますが」

「君は今、何歳ですか」

「二十七です」

「だったら、まだまだ分からないだろうね。歳を取るほど、時間の流れが速くなる。これから六十歳までの十年間など、あっという間でしょう。時間がない中で、どんな仕事をしていくか、人生に何を残していくか、真剣に考えねばいけない年齢になっているんですよ」

「『市民公論』に毎月きちんと書いていただくことこそ、先生の学究生活の最高の証明になると信じています」

「しかし、雑誌は毎月出ては消えていくものです」

「先生の巻頭言をまとめて一冊の本にすることもできます」もしかしたら藤島は、「市民公論」から離れようとしているのか？　藤島は「市民公論」専属というわけではないが、長年巻頭言を書いてきた雑誌の顔である。ここで競争相手の「新星《しんせい》」と専属契約でも交わされたらたまらない。

「いやいや、私が巻頭言に書いているようなことは、すぐ時代遅れになってしまう。常に時事的な問題を取り上げますからね。だから最初から、巻頭言を一冊の本にまとめることは諦めていたんです。巻頭言で喋ったことを、自分の論文などに取り入れたことはありますが」

「そうですか……でも、いつでも言っていただければ、私は動きます」

「そう言ってもらえるだけで、ありがたい話ですよ。来月の主題は、もう少し早く決めてもらえると助かりますが」

「いつも申し訳ありません」松川は反射的に頭を下げた。

「月刊誌だから、常に時事的な問題を取り上げていくのも分かります。しかし、こうも毎回時間がないと、やっつけ仕事のような気がしてきてね。私も研究者として、自分の言葉に責任を持ちたい」

「肝に銘じておきます」

「そう固くならずに……今度、一杯やりましょう。今後の『市民公論』のあり方について、君のような若い編集者と語り合いたいものですね」

「君、それは実質的に緑岡主幹に対する批判だよ」

「――そうですよね」松川はついうなずいてしまった。

松川は藤島の自宅から編集部には戻らず、作家の菊谷聡《きくたにさとし》の自宅へ回っていた。連載「光秀道行き」を書いてもらっているので、毎月恒例の挨拶回りである。次回の締め切りまではまだ間があるが、菊谷は広く知られた遅筆なのだ。間に合わずに原稿を落とすのではないかとハラハラすることも珍しくない。それでも関係が切れないのは、菊谷の小説が載っている号の売れ行きが圧倒的にいいからだ。それが単行本になって出版されれば、出版社にとってはさらに大きな利益になる。

「緑岡は、先生にもご迷惑をおかけしているんじゃないですか？」

「いや、彼は今、私の担当というわけじゃないからね。楽させてもらってるよ。君の取り立ては、緑岡主幹のように厳しくないからな」

「先生に、きちんと書いていただいているからです」

「うむ」菊谷が煙草に火を点けた。「何というか、人間、焦《あせ》らされると仕事ができなくなるものだからね。君たちが焦る気持ちも分かるけど、小説なんて無理に書くものじゃないんだ。自然に出てくる……それを待つだけだ。そのためには、君たちの催促が悪い影響を及ぼすことがある」

「しかし我々としては、菊谷先生の小説が載っているべきページを、白紙のままで発行するわけにはいかないんです」

「君たちはよくそう言うけど、今まで白紙のまま『市民公論』を発行したことがあるかね」菊谷が皮肉っぽく言った。「私が書けなかった時は、若い作家に機会をあげているじゃないか。世の中、そうやって上手く回っているんだよ」

「はあ」

菊谷は、明治二十一年生まれで、今年三十三歳になる。学生時代から新聞の懸賞小説に当選するなど、早くから文才を発揮していた。しかしその人気を決定的にしたのは緑岡で、「市民公論」に連載していた小説「怨嗟を超えて」でその名は一躍文壇に轟き、その後新聞で連載された大衆小説「宝石夫人」で、人気は決定的なものになった。「宝石夫人」は、それまでにない極めて通俗的な内容で、連載開始当時は「菊谷はおかしくなったのか」とまで批判されたものだが、一般の読者には大人気だった。単行本として発売されると瞬く間に版を重ね、それでこの家が建ったとまで言われている。

「緑岡主幹は、独善的になり過ぎたんじゃないかな。我々作家連中はともかく、大学の先生方には何かと評判が悪いと聞いているよ」

「どうしても、『市民公論』をよくしようという意識が強過ぎるようです」松川は正直に言った。

強過ぎる……それは松川もしばしば感じていることだった。誌面をよくしようと思うばかりに、寄稿者に無理を強《し》いているのは間違いないのだ。

「まあ、『市民公論』のような一流誌を背負っているという自負があれば、我々は手足のような存在にしか思えないかもしれないな」

「とんでもない、そんなことはありません」

菊谷と緑岡の関係は、松川から見ても危うい感じがする。毎月締め切りに追われているのに、菊谷は必ず締め切りぎりぎりに原稿を持って「市民公論」の編集部に現れる。最初にその原稿を読むのは緑岡と決まっていて、緑岡は必ず、聞いている方が照れるような激賞を菊谷に浴びせかける。その後は機嫌がよくなった菊谷と町に繰り出し、夜が更けるまで呑み続ける――松川もよくつき合うのだが、時間が経つほどに二人の絡みは平行線をたどり、言い分はいつも同じ。酔った緑岡は「俺が菊谷という作家を見つけてやった」。下戸《げこ》の菊谷は素面《しらふ》で「俺が緑岡を大編集者に育ててやった」。

松川にすれば、どっちもどっちだ。才能溢れる若い作家が、管理能力に優れた編集者に出会い、手に手を取って歩んできたということではないか。どちらが上ということはないはずだ。しかし二人とも我が強い人間だから、どうしても「俺が」と主導権を握ろうとする。まあ、この二人の性格なら仕方のない衝突だと、松川はもう諦めていた。毎回二人のやりとりを笑いながら聞いて、手が出そうになると割って入る――実際には、この二人が殴り合いをしたことなど一度もないだろう。そこまで激しく衝突したら、とうに喧嘩別れしていたはずだ。二人の怒鳴り合いは、一種のじゃれ合いではないかと思っている。何というか、幼馴染み同士の、何十年も続いている口喧嘩のようなものではないか。

ただし松川は、このじゃれ合いの背景には緑岡の劣等感があるのでは、と読んでいる。実は二人は、帝大の同級生で、在学時から面識があるのだ。菊谷は夢を叶えて作家になったものの、緑岡は夢を諦め、作家を支える編集者になった——菊谷に対して、複雑な思いを抱かない方がおかしい。それが「俺が育ててやった」という捻れた意識に育っても不思議はない。そして緑岡は自我が肥大した人物だから、人に対して何かと優位に立とうとする傾向が強い。松川から見れば、俗物根性の極みなのだが……作家と編集者を並べて比較すること自体に無理がある。同じ線路を走っていても、右と左——絶対に交わらない。それが分かっているから、松川は「市民公論」の寄稿者とは一定の距離を置くようにしてきた。素晴らしい作品をもらった時には心から感嘆の声を上げるが、大袈裟にならないように気をつける——それも緑岡を見て学んだことだ。

緑岡はとにかく、褒めることで相手が喜び、成長すると思っている節がある。編集部員に対してもそうだし、作家に対しては、明日世界が終わるのが分かっているから、今日のうちに絶賛の嵐を送っておこうと考えているのではないかと思えるぐらいの激賞を浴びせる。若い作家なら感激して「次も頑張ろう」と考えるかもしれないが、菊谷ぐらいの売れっ子になると、逆に「白々しい」と思うのではないだろうか。

緑岡が優秀な編集者なのは間違いないが、松川にとっては反面教師でもある。彼のやり方が、常に全面的に正しいとは思えない。

「緑岡主幹にはよろしく言っておいてくれ。原稿もちゃんと書くから、君が心配することはない」

「失礼ですが、今月の進捗状況はいかがでしょうか」松川は遠慮がちに訊ねた。菊谷がこういう質問を嫌がるのは知っているのだが、これが分かっていないと、編集者として対応しようがない。

「安心しなさい。もう構想はできている」菊谷が耳の上を人差し指で突いた。「というより、連載もあと二回だから、頭の中ではすっかりできあがってるよ」

「では、締め切り日には原稿をいただけますね」松川は念押しした。

「先生……」

「まだ一枚も書いていないけどね」菊谷が平然と言った。

「安心しなさい。終わらない原稿はないんだから」

菊谷が豪快に笑ったが、松川はつき合う気にならなかった。この笑いに何度騙されたことか……結局締め切り日を一日過ぎ、二日過ぎ、ぎりぎりで入稿というのが毎月の決まりきった進行なのだ。特に今連載している「光秀道行き」は菊谷にとって初の本格的な長編歴史小説というせいもあり、何かと行き詰まってしまう。史料を読みこむだけで大変、というのも分かるが、そんなことは事前に予想できるわけで、ちゃんと予定を決めて執筆して欲しかった。ただし、松川にも責任がある。どうせ遅くなるのは分かっていたのだから、自分がしっかりついて史料の整理、原稿執筆につき合うべきだった。

「心配ばかりしてると、体に悪いぞ」

「すみません、心配性なもので、どうしても……」

「今月の作業が終わったら、野球でも観に行こうじゃないか。君も母校の活躍は気になるだろう」

「それは嬉しいお誘いですが、先生、野球なんかに興味があるんですか？」緑岡と一緒に、相撲観戦にはよく行っていると聞いたことがあるが。

「やはり、常に新しいことに興味を持たないとな。だから今年は、野球を観るのを新しい趣味にすることにした。相撲は、とにかく時間がかかっていかん。野球なら二時間ぐらいで終わるだろう」

「分かりました。おつき合いします。でも先生、その前に原稿を――」

「心配するな。間違いなく締め切りには間に合わせるから。それより、この連載が終わったら君に話がある」

「何ですか」無茶な要求をされるのでは、と心配になった。菊谷はしばしば大風呂敷を広げる人間で、それに振り回されたことも一度や二度ではない。

「まあ、それは連載が終わって気持ちが晴れやかになったところで話そう。新しい話だよ。私は体と頭が動く限り、どんどん新しいことに挑戦していきたい。君にも聞いてもらって、評価してもらいたいんだ」

「そんな図々しいことはできません」松川は首を横に振った。

「まあまあ、そう言わずに。若い人の意見が必要なんだ」

「分かりました……私で役に立つことでしたら」

「結構、結構。君の知恵をぜひ貸して欲しい。それで、今月の締め切りなんだが、二日ほど先延ばしにできないだろうか」

「それは駄目です」松川は表情を引き締めた。作家を甘やかしたらろくなことにならない。「絶対に」

第二章　決裂

今月も何とか終わった……校了翌日、疲れ切った松川《まつかわ》は、昼前にようやく布団から抜け出した。「市民公論」は印刷に回り、後は発売を待つだけになる。

今月は本当に危なかった。菊谷《きくたに》の原稿が遅かったのはいつも通り。それに加え、新人の木嶋哲治《きじまてつじ》の面倒を見るのが大変だった。どんな内容にするかは事前にじっくり話し合って決めていたのだが、とにかく最初の一行が書き出せない。松川は毎日木嶋の下宿に通って、ひたすら原稿の書き出しを待つしかなかった。木嶋は「書けない」「何も浮かばない」と泣き言をこぼして、松川が励ます――その繰り返し。結局、通い始めて五日目にようやく書き出して、それから五日間で何とか三十枚の短編小説ができあがった。

これはいわば「お試し」で、できがよければ連載も、という話が出ていたが、実際にできがいいかどうかは……例によって緑岡《みどりおか》は「新人離れしたできだ」と激賞していたが、松川にはそれほどの傑作だとは思えなかった。田舎――木嶋の出身地である岐阜だ――の旧家の当主たる父親との確執を抱えた学生の苦悩を描いたもので、会話の上手さは新人離れしているものの、筋書きに無理がある――というか、筋書きらしきものがない。若き学生の苦しい心情をひたすら吐露する内容で、読んでいるうちに息苦しくなってくるぐらいだった。

息子の博太郎《ひろたろう》と一緒に昼食——松川にとっては朝食だ——を食べ、すぐに家を出る。今日は菊谷と野球見物の約束だった。

自宅まで迎えに行き、早稲田の試合に向かう。菊谷は、戸山《とやま》で野球を観るのは初めてということで、興奮気味だった。

「これは、賑わってるねえ」野球場に着くと、菊谷が嬉しそうに言って、ぐるりとグラウンドを見渡した。

「いつもこんな感じですよ」

「若者の活力を感じるね。日本の将来は明るいと思わないか？」

「はあ、まあ、そうですね」大袈裟な物言いは菊谷の癖なのだが、時に度が過ぎるので苦笑してしまう。「日本の将来」は、さすがに言い過ぎではないだろうか。野球はあくまで野球だ。

試合は早稲田の一方的な勝利に終わった。明治の投手陣の不甲斐なさが目立ったが、9－0の完勝である。早稲田の投手は、明治打線をわずか二安打に抑えていた。

帝大出の菊谷が早稲田に肩入れする理由はないはずだが、試合が終わっても上機嫌で、松川を蕎麦屋へ誘った。自分は呑まないのに、松川には「呑め、呑め」と上機嫌に勧めてくる。

「早稲田は強いねえ。帝大も強くなってはきたけど、まだまだだ」母校の成績は気になるらしい。

「内村《うちむら》投手がいいじゃないですか」一高出身の内村祐之《ゆうし》は「帝大不世出の名投手」と謳われ、チームの力を底上げしている。

「ただし、内村だけではねえ」菊谷は納得いかないようだった。「やはり、いい選手は早稲田や慶應に行ってしまう。帝大も、もっと広く野球選手を受け入れるべきなんだ」

「帝大には帝大の役割があると思いますが。野球以外の大事なことが」

「そうだな」菊谷がうなずく。「人それぞれの役割があるように……これから、ちょっとうちへ来ないかね？」

「構いませんけど……」家で何か用があるのだろうか……次回の原稿の相談かもしれない。

いつも仕事の話をする応接間に通された。松川だけが日本酒を呑み始めたところで、菊谷が切り出す。

「前に、君に評価してもらいたい話がある、と言ったのを覚えているか？」

「覚えています。連載が終わったら、ということでしたよね」あの件だったか、と思い出した。しかし連載が終わるのは来月である。

「連載が終わるまで待とうと思ったんだが、どうしても早く聞いてもらいたくてね。構わないか？」

「もちろん、大丈夫です」一体何の話だろう。菊谷の顔、態度を見ている限り、極めて重大な用件に思える。松川は盃をテーブルに置いた。今日は酔わないようにしないと。

「うちには、いろいろな人が出入りしている」

「はい」特に若い作家たち——彼らは、面倒見のいい菊谷を慕って集まってくる。菊谷はまだ小説で飯が食えない作家たちに酒や飯を振る舞い、時には生活費まで融通しているという。菊谷家には多くの編集者も出入りしているので、作家と編集者が知り合う機会も多い。それがきっかけで仕事を得た若手も少なくなかった。

「作家は出版社と仕事をする——それが普通だ」

「もちろんです」

「ただねえ」菊谷が不満げに顎を撫でる。「作家は注文を受けて小説を書く。その時に、君たちはあれこれうるさいことを言う」

「それこそが編集者の仕事だと思います」菊谷は何を言っているのだ？　好きに書きっぱなしでは、作品にまとまりがなくなってしまう。だから編集者は作家の羅針盤になる――当たり前の話ではないか。

「正直に言おう。最近は、そういうことに飽きてきた」

何を言い出すのだ、と松川は警戒した。何か執筆の条件を――原稿料の値上げなどを言い出すのではないだろうか。そういう話だったら、松川一人では何も決められない。ただ緑岡は、そういう話を持っていったら、すぐに決裁のハンコを押してしまうだろう。作家を喜ばせることなら何でもやる人なのだ。

「『宝石夫人』はよく売れた」菊谷がしみじみと言った。

「はい」松川としては相槌を打つしかない。何しろこの家が、「宝石御殿」と呼ばれるぐらいなのだ。

「その後、私のところにどんな仕事が来たと思う？　『宝石夫人』のような小説を、ばかりだよ。君らは、全員右へならえするように教育されているのか？」

「いえ……とんでもないです」

否定しながら、松川は耳が赤くなるのを感じた。松川自身はそんな注文をしたことはないが、「右へならえ」「柳の下に二匹目のどじょう」は、この世界では常識なのだ。小説が大当たりしようものなら、「ぜひ続編を」「同じような作品を」と作者に頭を下げに行く。夏目漱石《なつめそうせき》の『吾輩は猫である』が出版されて大当たりを取った後に、『吾輩ハ鼠デアル』『吾輩ハ小僧デアル』など、題名をもじった作品が次々に出版されたのは有名な話だ。出版業界では昔から当たり前なのだが、あまり褒められたこととは言えないだろう。

「ほとんど断ったが、今後もあんなことはあるかもしれない」

「私たちも商売ですので」言ってしまって、松川は後悔した。

「注文を受けて、それに沿って物を作るのは、小説だけでなくどんな商売でも同じだ。ただ私は、誰にも注文されずに、自分の書きたいものを書いてみたくなったんだよ」

「それは……小説ですよね？」

「小説かもしれないし、戯曲かもしれない。評論でもいいな。ただ私には、発表の場が必要だ」

「それでしたら、『市民公論』が――」

「今まではそれでよかった」菊谷が、松川の言葉を遮った。「しかし私は、作品を発表する、自分だけの場を持ちたい」

「菊谷先生、それは……」

「新しく出版社を作って、雑誌を発行する。自分の作品はそこに掲載して、若い作家にも発表の機会を与えたい」

「今後は『市民公論』に書いていただけないということですか」松川は軽い眩暈《めまい》を感じていた。今日は気楽に野球見物だと思ったら、急にとんでもない話になってしまった。「先生、この件、緑岡には――」

「何も言っていない。『市民公論』の編集者の中では、君に最初に話した」

「それは……」

「担当編集者だからだ。それで、君の意見を聞かせて欲しい――どう思う？　作家が雑誌を作るのはまずいだろうか。何か問題があると思うか？」

「そんなことはありませんが……」どう答えたらいいか、正直迷う。この話は、「市民公論」そして他の雑誌への絶縁宣言にも聞こえる。確かに、自分が出版する雑誌で自分の小説を発表すれば、好き勝手にはできるだろう。その月——月刊誌ならば、だ——調子が悪ければ掲載しない。調子がよければ二ヶ月分を一気に掲載する。編集者に急かされることなく、好きなことを書きたいというのも本音かもしれない。

「どうかね」菊谷が迫る。

「現実的なことを申し上げてよろしいでしょうか」

「ああ、もちろんだ」

「間違いなく赤字になります」

「何だと？」

「雑誌は、簡単には利益を出せません。『市民公論』も、何十年も赤字でした。緑岡が編集主幹になって、ようやく黒字に転換したんです」

「それは知っている。この世界では有名な話だ」

「ですから、先生が金のことで苦労されるなんて……」

「売れないと思うかね」菊谷が挑みかかるように訊ねた。いつの間にか顔が赤くなっている——酒による赤さではない。

「雑誌が売れるか売れないかは、難しい問題です。どうすれば売れるかは、私にも分かりません」

「私の小説が載っていても売れないと思うかね」

「それは……」答えられない。確かに「市民公論」でも、菊谷の作品が載っている号の売れ行きはいいのだが、それだけが理由というわけでもあるまい。雑誌が売れるか売れないかは、それこそ運任せのところがある。

「私は既に、計画を進めている。自分の好きなように書くことが、我々作家にとって一番大事なんだ！」

「採算の見通しはいかがなんですか」松川は遠慮がちに訊ねた。

「そんなものは、出してみないと分からん」むっとした表情で菊谷が答える。「最初は持ち出しでいい。多少の赤字は覚悟の上だ」

「先生を利用しようとする人間もいるかもしれません。調子のいいことを言って、金だけ騙し取るとか……」

「そういう危険性があっても、私は、自分たちだけの雑誌が欲しい。今までと同じように注文を受けて書いているだけでは、遅かれ早かれ行き詰まる。若い連中も、窮屈な思いをするだろう。どうだ？　君は、金のことが心配で反対なのか」

「その雑誌の編集も、先生がご自分でおやりになるんですか？」

「当然だ」菊谷が胸を張る。「自分たちの雑誌なんだから、自分たちでやるのは当たり前だろう」

「私たちは毎月、ぎりぎりの日程で仕事をしています。自分で原稿を書くわけでもないのに、ですよ。先生は、ご自分の原稿を書いた上に雑誌の編集までされるおつもりですか？　体を壊しますよ――体だけでなく、心も」

「分かった」菊谷がぴしりと扇子で腿を叩いた。「君は反対なんだな？」

「違います。先生には、無理をしていただきたくないんです。多くの人が先生の小説を待っている――もしも無理をして、小説が発表できなくなったら、そういう人たちを裏切ることになるじゃないですか。雑誌作りの多くは待つ作業ですし、雑用も多いです。先生がそんなことに煩《わずら》わされて小説を書く時間が取れなくなったら、本末転倒です」

「分かった――もういい」菊谷が冷たい口調で言った。「よく分かった。君に意見を聞こうとしたのが間違いだったかもしれん。私は一人で考えて、一人で決断する」

「先生――」

「いや、一人ではない。仲間もいるし、後輩たちもいる。佐山《さやま》も自分の小説を自由に発表できる場所を探しているんだ」

「佐山先生も、この件に噛んでいるんですか」

「君たちは、佐山を働かせ過ぎなんだ。このままでは、彼は近いうちに枯れてしまう」

「そんなことはありません。佐山さんはまだまだこれからじゃないですか」

「年齢は関係ない。作家が一生のうちに書ける小説の数は決まっているんだ。あまりにも絞り取り過ぎると、若いうちに書けなくなってしまう」

「佐山さんには決して、無理はさせていませんよ」

「もういい」菊谷が繰り返した。「君に聞いた私が馬鹿だった」

「私は別に、反対しているわけでは――」実際、想定される問題点を指摘しただけだ。しかし菊谷は、松川が諸手《もろて》をあげて賛成すると思っていたのだろう。

「ご苦労さん。来月の締め切りも、今月と同じでいいね？」

連載打ち切り、という最悪の結果にならなくてよかった。

ほっとして自宅へ戻った松川は、畳の上に寝転がって天井を眺めた。菊谷の言い分は本音なのだろうか……確かに自分たちは、締め切りのために作家たちを絞り上げてきた。しかしそれは、毎月きちんと、読者が望む作品を掲載するためである。作家は小説を書くことに専念し、収入を得る。

実際に、原稿が雑誌に掲載されるまでには複雑な手順がある。自分たちと印刷所が、その面倒な部分を引き受けているわけだが……菊谷がねじり鉢巻姿で秀英舎に乗りこみ、出張校正している姿を想像するだけで笑ってしまう。

いや、それ以前に……いくら自分たちの雑誌を作るといっても、参加する全ての作家が締め切りを守るとは限らない。その場合、菊谷は自分で原稿の催促をするのだろうか。自分自身の原稿も書き上がっていないかもしれないのに。

やはりどう考えても、菊谷の計画には無理がある。成功する可能性があるとすれば、菊谷は編集長の座についても指示を飛ばすだけにして、実質的な雑誌作りは編集者に任せてしまう方法だ。新しい会社を作って、まずはベテランの編集者を引き抜いて実務を任せる。その間に、大学出の若者を入社させて勉強させ、戦力として育て上げる――要するに、普通の出版社と同じ体制、仕事のやり方でやっていくしかないのだ。菊谷も編集長というより、「広告塔」に徹した方がいいのではないだろうか。彼の名前で、人と金を集めることはできるだろうし。

菊谷は本気で、成功できると思っているのだろうか。自分の好きな原稿を好きなように書きたい――その気持ちは分からないでもないが、やはりあまりにも乱暴にしか思えないのだった。

菊谷には、これからも書き続けてもらいたい。面倒なことは全部自分たちが引き受けるから、小説に専念して欲しいのだ。

もしかしたら誰かから、何か吹きこまれたのか？　佐山？　それはないか。佐山がこんなことを思いつくはずはない——いや、世間知らずの彼だからこそ、自分で出版社を起こして雑誌を作ろう、などと考えたのかもしれない。

そんな簡単なものじゃないんだ。編集者としては、絶対に賛成できない。

校了明けは一日だけ休みになるのが、「市民公論」の決まりだ。一日休んで仕事を再開——その日はいつも、緑岡は普段より早く出勤してくる。校了明けの休みは一日自宅に籠って、新聞広告の文案を考えているのだ。そして翌日は編集部員たちの前で広告の文案を披露する。ただし披露するだけで、意見は求めない。一度松川は、思い切って「文章の意味が分かりにくい」と指摘したのだが、完全に無視された。緑岡にとって「市民公論」は子どものようなもので、新聞広告はその誕生を世間に宣言するための道具だ。広告文は主幹が責任を持って決定する——というのが暗黙の了解であるのだ。

とにかく、校了明け休みの翌日は早い。緑岡は、編集部員が自分よりも遅く出社するのを嫌がる——文句を言うわけではないが、顔を見れば不機嫌なのはすぐ分かる。特に次号の編集を始めるこの日は。そのため、編集部員たちもいつもより早く——午前九時までには出勤するようになっている。

しかしこの日、緑岡はなかなか編集部に顔を出さなかった。午前十時になっても来ない——本当は、新聞広告の文案お披露目が終わって、次号の作業について打ち合わせをしている時間なのに。

「緑岡さん、また呑み過ぎかね」同僚の編集部員、杉田《すぎた》がお茶を啜《すす》ってから言った。

「校了明け休みの時は、呑まないって言ってたよ」

「まさか。あんな呑兵衛な人が、休みなのに呑まないなんてあり得ないだろう」

「いや、本当だと思う」二人は、同じ年に市民公論に入社したものの、杉田は昨年までずっと「女性公論」編集部にいたので、緑岡のことをあまり知らないのだ。「一度、校了明け休みの日に家に行ったことがあるんだけど、部屋いっぱいに半紙を散らかして、広告の文案を練ってた。それを切ったり貼ったり、さらに赤字を入れて、最後に清書――終わるのはいつも夜中近くだって言ってたな」

「緑岡さん、誌面自体よりも広告の方に力を入れてる感じだよな」杉田が呆れたように言った。「でも、それを見て買う人は間違いなくいるんだから。普通の人は毎日本屋に行くわけじゃないし、新聞広告を見て内容を知るんじゃないか」

「本屋ぐらい、いつでも行けるだろうけどなあ」

「田舎の人はそうもいかないだろう。町に必ず一軒ずつ本屋があるわけでもないんだし」

「広告頼りが『市民公論』の実態か……だけど、困ったな」杉田が壁の時計を見上げる。「俺、十一時から約束があるんだ。十時半には出ないと」

「出ちまえばいいよ。俺が適当に言っておくから」

「そうだな。でも、緑岡さんって――」

杉田が不意に黙りこむ。ドアが開き、緑岡が入って来たのだ。例によって額に汗を浮かべ、せかせかした歩き方。自分の席につくと、首にかけていた手拭いで乱暴に顔を拭《ぬぐ》った……いつも不思議なのだが、緑岡はどうしていつも汗だくになって編集部に入ってくるのだろう。自宅は近くだし、契約した人力車に乗ってくるのだから、汗をかく暇もないはずなのに……緑岡が専属で雇っている人力車夫の伝《でん》さんが、いつも汗だくなのは分かるのだが。

「今、藤島《ふじしま》さんのところに行ってきた。まずいことになるかもしれない」

緑岡がいきなり切り出した。松川は心臓が止まるような衝撃を受けた。まずいこと――今月号の原稿の関係で？　あれを聞き書きしたのは自分だ。緑岡の代わりだったとはいえ、自分が担当した原稿だという意識は強い。そこで何かあったら、自分の責任ではないか。

「主幹、藤島先生に何かあったんですか」

松川は思わず立ち上がった。緑岡の汗は引かないようで、依然として手拭いで顔を拭っている。

「複雑な話だ。まだどうなるか分からん」

「今月の原稿に関してですか」

「ああ」

しかし、今月号の「市民公論」は、まだ店頭に並んでいない。一体何があったのだろう？

「だったら、先生に会ってきます」松川は言った。

「ちょっと待て。君が行っても何にもならない」緑岡が止めた。

「でも、先生がお困りでしたら、力になりたいんです」

「だから、君が何かできるようなことではないんだ」

「それでも、私が担当した原稿です。責任があります」

「待て！」

引き止める緑岡の声を無視して、松川は編集部を飛び出した。

「緑岡さんも君も大袈裟なんですよ」藤島が苦笑する。しかしその顔が微妙に引き攣《つ》っているのを、松川は見逃さなかった。藤島はどこか仙人じみたところがあり、日本や世界の情勢を語りながら、そういうことと自分の人生は関係ないと、超然として見えるところがある。しかし今は違った。

「すみません」松川は思わず頭を下げた。「でも、今月の原稿は私が担当しましたから、どうしても気になったんです」

「大学というのは、なかなか難しいところなんですよ」藤島が切り出した。「私も長くいますが、未だに慣れない。世間一般の常識が通じないところでね」

「それは聞いたことがありますが……」松川は、藤島夫人が出してくれた冷たい緑茶を一口飲んだ。この冷たいお茶は本当に美味い。今度、自分の家でも試してみようと思った。

「大学で教えている人、あるいは大学を運営している人……そういう人たちはだいたい、ずっと学校にいる。学校育ちというわけです」

「それは——分かります」尋常小学校から大学まで進んで学び、その後も大学に残って研究生活を続ける。藤島のように海外留学する研究者もいるが、それもあくまで大学という枠の中での話である。純粋培養と言うべきか、世の常識に疎い人がいるのは間違いない。松川も多くの大学教授と仕事をしてきた中で、話しているだけで違和感を覚えることも少なくなかった。主に金の問題についてだが。

「信用している人に裏切られると、なかなか悲しいですね」

「そんなことがあったんですか？」

「はっきりしたわけではないけど、まず間違いないでしょう」

「先生……いったい何があったんですか？」

「これですよ」

藤島が、今月の巻頭言のゲラを取り出した。直しの入っていない綺麗なゲラ——先に校了して、綺麗なゲラを出して藤島に送ったものだ。特にそういう決まりはないのだが、松川は誌面になる前に、綺麗なゲラを見てもらいたいと思っていた。

「問題なく校了したと思いますが」

「私はちょっと、内容で引っかかることがあってね。中国の歴史に関する部分なんだ。原稿全体の流れに影響するものではありませんが、私も中国の歴史にそれほど詳しいわけではないから、曖昧に話したところがありましてね」

「元《げん》の歴史のところですね」

「そうです」ようやく藤島の顔に笑みが浮かぶ。優秀な学生の満点解答に出会ったような表情。

「もちろん、元の歴史についてはまだ分かっていないことも多いのですが、曖昧に喋ってしまったのが気になりましてね。昨日、同僚の井上《いのうえ》先生に見てもらったんです。井上先生は、中国史の専門家ですから」

井上明雄《あきお》も帝大教授である。「市民公論」で原稿を依頼したことはないが、いつか頼むことがあるかもしれないということで、編集部が作った名簿には入っている。

「井上先生が、その原稿を他の人に見せた。そうやって回っていくうちに『これはまずい』と言い出した人がいてね」

「どなたですか」何がまずいのか、と松川は混乱した。今回の巻頭言も、いつもと同じように穏健な調子で、批判を浴びるとは考えにくい。しかも今回の主眼は中国である。中国のことを書いて、誰が怒るというのだ？

「総長ですよ」藤島がさらりと言った。

「帝大総長が？」神田了慶《かんだりょうけい》。元々は法学部教授で、憲法論の第一人者である。「市民公論」でも原稿を頼んだことがあった。「いったい何が問題なんですか」

「巻頭言の一部が不穏だと……解釈の違いだと思うが、日本の共産主義運動のことについて触れている部分があるでしょう」

「はい。しかしあれは単なる可能性の話だと思いました」

「私もそのつもりで喋った」藤島がゲラを指で突いた。その顔には、苦悶の表情が浮かんでいる。

「しかし、読む人によっては別の意味に取れる――曖昧過ぎたかもしれませんね」

「失礼します」松川はゲラを取り上げて、当該の箇所を読み直した。既に何度も読んで、ほとんど暗記してしまっているぐらいなのだが。


日本においては、共産主義運動はまだ始まったばかりで、今後の動向はまったく読めない。我々が理想とする民主主義と相容れるものかどうかも不明だ。ただし、議会制民主主義と共産主義との両立には、検討の余地はある。非合法の共産党が、あくまで合法政党として政治活動をする場合、排除するだけが選択肢ではないはずだ。


「あくまで仮の話だと思います」松川は結論を口にした。「問題になるようなことではないと……」

「議会制民主主義については問題ない。私が以前から話していることで、大学内でも賛同してくれる人はたくさんいます。問題はその後ですね。『議会制民主主義と共産主義との両立』『合法政党として政治活動』——つまり、共産党を合法政党として認めていることになる、と」

「そうは読めません。私は単に、仮定の話としてお聞きしていました」

「私もそのつもりで話したんだが、今、帝大の中でも共産主義を警戒する意見が多くてね。総長はその最右翼のような存在です。学内に共産主義者が入りこんだらたまらないとでも思っているんでしょうね」

「それは大学の問題であって、先生の巻頭言とは関係ありませんよ」

「しかし私は、帝大で教えている身ですからね……昨日の夕方、総長に呼び出されて、文章の意図をしつこく聞かれました」藤島が不快感を露《あらわ》にした。「説明したが、納得してもらえなかった……それより君、こんなところにいて大丈夫なんですか」

「どういう意味でしょうか」

「総長は、出版差し止めを求めると言っていた。今頃、編集部に抗議に行っているかもしれませんよ」

差し止め？　そんなことができるはずもない。しかし松川は、反射的に立ち上がっていた。毎月問題なく掲載されてきた巻頭言、「市民公論」の顔であるあの評論が、こんな大きな問題を巻き起こすのか？


編集部に戻ると、ちょうど総長が帰ったところだという。帝大総長が自ら「市民公論」編集部に乗りこんだのか……それだけで異様な事態だと分かる。

「君がいない間に嵐が来たよ」緑岡が皮肉っぽく言った。「総長があんなに怒っているとはね……彼は俗物だな」

緑岡は当然のように不機嫌だった。自分が作る誌面には絶対の自信を持つ男である。それを貶《けな》されたように感じ、内心では激怒していてもおかしくはない。

「俗物、ですか？」学者が特定の政治的信条を持っていてもおかしくないと思うが……帝大総長が共産主義嫌いでも、俗物と言われる筋合いはないだろう。

「あのな、今回の一件は、総長にすれば千載一遇の好機なんだよ」

「どういうことでしょう」

「次の総長に、藤島さんを推す一派がいるんだ。今の総長のやり方に不満を持っている人たちだな。そういう人たちにとって、世間的な知名度も高い藤島さんは、担ぎ出すのにちょうどいい人なんだ」

「藤島先生もその気なんですか？」

「いや、藤島さんはそういうことに興味はないはずだ。前に一度聞いてみたが、苦笑していたからな。今は、噂ばかりが先行している状態だ。ただ、それだけで、『私は総長にはならない』と否定するのも変だろう」

「総長が、藤島先生を追い落とすためにこんなことをやったんですか？」

「そうかもしれない。ただ、ご本人に確認しても、そんなことは絶対に認めないだろうが。今回も、日本の国益に反するような話を載せるのか、と抗議してきた」

「国益に反するどころか、単なる誤解、誤読です」

「俺もそう思うよ」緑岡が認めた。「ただし、あんな風に自分の考えを譲らない人を説得するのは難しい。もちろん『市民公論』の出版差し止めなどできるはずもない。十二万もの人が、今月号を待っているんだから」

「つまり、交渉は決裂ということですか」それを聞いて心配になってきた。向こうは天下の帝大である。編集部に圧力をかける手段も持っているだろう。

「向こうはもう一つ、要求を出してきた——来月号に、今月の巻頭言を実質的に訂正するような文章を掲載しろということだ」

「まさか」事実関係に間違いがあるわけではない。個人の意見や考えを訂正する文章を書けと強いるのは、一種の言論弾圧ではないか。民主主義を推進してきた「市民公論」として、こんな要求を呑めるわけがない。

「ちょっと藤島さんと話してくる。君たちは、この件では何もする必要はないから、騒ぐな」

「しかし……」緑岡の考えが読めなかった。藤島との関係は深く長いから、おかしな話にはならないだろうが……編集部としては絶対に藤島を守らなくてはならない。たとえ帝大内部の権力闘争が背景にあるとしても。「私もご一緒させていただいていいでしょうか」

「必要ない」緑岡が冷たく言い放った。「藤島さんと話した内容は、今夜説明する。午後七時に『松葉庵《まつばあん》』に集合してくれ」

松葉庵は社の近くにあるうなぎ屋で、編集部は月に何度となく世話になる。そんなところで、深刻な話の顛末を聞くのもおかしな話だが……編集部に集まればいいではないか。

「では、夜に会おう」

緑岡はさっさと出て行ってしまった。まるで会話を拒否するような態度。いつもながらだが、今回ばかりは腹が立つ。そして、どうにも嫌な予感がしてならないのだった。

午後七時、松葉庵に入ると、緑岡は既に店にいて、一人で盃を傾けていた。松川と杉田は慌てて彼の前に座った。

「まあ、呑みなさい」昼間の苛立った態度は影を潜め、緑岡は落ち着いていた。何とか一件落着したのだろうか。

松川は猪口に注いだ酒を一気に呑み干した。喉がかっと熱くなり、胃が内側から温かくなってくる。しかし今夜は酔えないだろうな、と思った。依然として昼間の緊張と怒りが続いている。

「藤島さんと話をした。結論から言うと、今月の『市民公論』は予定通り発売する。それに、訂正文は載せない。何も間違っていないからな」

それで少しだけほっとした。「市民公論」は譲らない――藤島を守ることを決めたのだ。ただし、決めただけでは何にもならない。

「帝大側とはどうするんですか？ 総長は、それでは納得しないと思います」心配になって松川は訊ねた。

「総長は頭に血が昇りやすい人だから、少し時間をおけば冷静になるだろう」緑岡が煙草に火を点けた。「来月号が出る頃には、もう忘れているんじゃないか」

「ということは、来月も予定通りということでいいんですね？」

「ああ――いや、ちょっと変える部分もある。来月の巻頭言は、藤島さん以外の人に頼むことにするよ」

「どうしてですか？」混乱を覚えながら松川は訊ねた。「藤島先生には、今までずっと巻頭言を――」

「藤島さんには、『市民公論』の専属として書いていただいているわけではないし、巻頭言は、今までも他の人が書いたことはある」

「まさか、今回の件で……」嫌な想像が膨れ上がってくる。要するに藤島を降ろし、一人で責任を取らせるつもりなのか？　寄稿者を守るべき編集部が、そんなことをしていいのか？

「藤島さんは最近、少し意見が極端になってきているからな。議会制民主主義を推し進めるのは当然として……共産主義を容認するような発言は過去にもあった。今までは看過されてきたが、今回こういうことがあって、帝大も世間も注視するようになるだろう」

「藤島先生は要注意人物ということですか」

「我々は、帝大の他の先生方にも寄稿していただいているんだ。全体のことを考えて、だよ」

気づくと、松川は松葉庵を飛び出していた。行き先は――自分でも分からない。


菊谷は夜が早い。午後九時にはもう床に入っていることも珍しくないという。松川が彼の家についたのは午後八時……まずい時間だとその時初めて意識し、踵《きびす》を返して帰ろうと思った瞬間、ちょうど帰って来た菊谷に出くわしてしまう。

「何だ、君は。私の計画に文句でもつけにきたのか」昨日の菊谷の怒りは消えていないようだ。

「いえ……」

「だったら何だね」

説明できない。藤島の問題は、菊谷には何の関係もないのだ。強いて言えば、藤島が菊谷の帝大の先輩だ、ということぐらいだろう。しかし面識があるかどうかも分からない。勝手に喋っていいとは思えなかった。とはいえ、他に相談できる相手もいない……。

「はっきりしない男だな」菊谷の顔が赤くなり、松川は心配になった。菊谷は短気で、何かあるとすぐに怒りを爆発させるのだ。「何か相談か？」

「――はい」菊谷に相談して済む話かどうかは分からないが、誰かに話さないことには松川自身が爆発してしまいそうだった。

「上がりたまえ。ただし、三十分だけだぞ。私は九時には寝る」

「はい」

いつもの応接間に落ち着く。菊谷はまだ興奮しているようで、依然として顔は赤い。

「すみません、お疲れのところ」松川は頭を下げた。「今日は、どなたとご一緒だったんですか」

「佐山たちだ。彼らの話を聞いて、出版社を設立する計画を急がなくてはいけないと痛感したよ」

「はい、それは……」

「それで、君はどうした？」

「非常に話しにくいことなんですが、先生以外に話せる相手がいません」

「そう言われても、特に光栄とは思わないがね」菊谷が皮肉っぽく言った。

「帝大の藤島先生のことなんですが」

「ああ、藤島先生」

「面識、あるんですか？」

「当然だよ。帝大の先輩後輩の関係は、君が想像するよりずっと濃密だ。『市民公論』に載った藤島先生の評論も、いつも読んでいる」

「ありがとうございます」松川は思わず頭を下げた。これなら話が早そうだ。「それで、藤島先生が書かれた今月号の巻頭言が問題になりまして」

松川は、つっかえながら説明した。あまり露骨に明かしてはいけないような気もするし、説明不足もいけないから、どうしても回りくどくなる。しかし今日の菊谷は、いつもとは違って我慢強く聞いてくれた。とはいえ、松川が話し終えると怒りを爆発させる。

「彼は、藤島先生を切るつもりだぞ」

「それは……」

「それは……じゃない！」菊谷がぴしりと言った。「来月は書かせない。おそらくその後もだ。そしていつの間にか、関係を自然消滅させる。『市民公論』を守るために、藤島先生を切り捨てようとしている」

「帝大の総長から抗議を受けたぐらいで、『市民公論』は潰れません」強く言い切ったが、言葉は虚しく響くだけだった。

「主幹にとって、『市民公論』は子どものようなものだろう。危ない目に遭わせるわけにはいかない。守るためだったら、何でもするんじゃないか？　この分だと、私も切られる可能性があるな。そうならないためにも、やっぱり自分たちのためだけの新しい雑誌が必要だ」

またその話になってくるのか……松川が黙っていると、菊谷が静かな声で話を再開した。

「藤島先生とは頻繁に会っておいた方がいい。大学側で何か言い出す可能性もあるし、君としては『知らなかった』では済まされないだろう。いざという時には、藤島先生を守りたまえ」

「私にそんなことができるでしょうか」

「気持ちの問題だがね。本当に主幹が藤島先生を切るつもりだったら、君が先生を庇《かば》うと主幹の『敵』になる可能性もある。しかし、よく考えたまえ。藤島先生は、今の日本を代表する頭脳だぞ。そんな大家が発表の場を失って、それでいいと思うか？」

「そんなことは……」菊谷の言うことには一理ある。しかし自分に何かができるとは思えないのだった。

「しっかりしたまえ」菊谷が低い声で叱責した。「藤島先生と『市民公論』を天秤にかけろとは言わない。しかし、どちらを守るかはよく考えなさい。『市民公論』の編集者としてというより、人としてだ」

何という宿題を出してくれたのか……しかし菊谷の言葉は松川の心を揺さぶった。藤島を守る――それは、日本の言論を守ることにもなるのだ。そして万が一、自分が給料をもらっている「市民公論」のやり方が間違っているとしたら……。

どちらを取るべきか、簡単に結論を出せる話ではないだろう。

「いかに天下の『市民公論』とはいえ、永遠に続く保証はない。しかし藤島先生の名声や研究成果は、二十一世紀にまで語り継がれるだろう。君たちにとっては、寄稿者は単にページを埋めてくれるだけの存在かもしれないが……」

「そんなことはありません！」松川は思い切り声を張り上げた。「藤島先生は、私たちに大きな影響を与えてくれました。この大正の時代に生きる人間は皆、藤島先生の影響下にあると言えるでしょう。私は、藤島先生の教えを請いたくて『市民公論』の編集者になったようなものです」

「だったら、答えは簡単じゃないか」菊谷の表情が緩む。「いや、もう答えは出ていると言っていい。君が大事にするべきものとは何か、分かってるだろう」

心配事がある時に限って、忙しい。先月もらった木嶋の作品を緑岡がいたく気に入り、今月も書かせるようにと指示してきたのだ。しかし木嶋は相変わらずなかなか書き出せず、松川は昼間の仕事が終わってから毎日のように下宿に押しかけ、四方山《よもやま》話をしながら調子が出てくるのを待った……木嶋は宵っぱりで、松川も日付が変わるまで下宿に居続けねばならず、ずっと寝不足だった。

それに加えて、菊谷の連載最終回の件もあった。新しい雑誌の話で、菊谷との関係はぎくしゃくしてしまっていたが、それでも仕事は仕事である。菊谷も、個人的な感情を仕事に持ちこむような人ではないので、その点は安心していたが、問題は連載の内容そのものだった。最後の展開を大きく変えたいというのが菊谷の希望だったが、その通りにすると、これまでの展開と矛盾が生じてしまう。それは、ずっと読んできてくれた読者への裏切りではないだろうか——しかし菊谷は、とにかく最後を劇的にしたいと言って譲らない。矛盾点は、書籍化する時にきちんと解決する。

最大の問題は、既に死なせてしまった人間がどうしても必要になってくることである。確かにその人物が出てくれば最終盤の展開が劇的になるし、物語はピリリと締まって終わるだろう。しかし死んだ人間を甦《よみがえ》らせることは、小説でもできない……。

昼間はずっと、菊谷とこの件のせめぎ合いを続けた。方針が決まらないと書き出せないのだから、一刻も早く何とかしないといけないのだが、二人の意見は平行線を辿るばかりだった。このままだと、時間切れで最終回の原稿が落ちてしまう——念のために緑岡には状況を報告していたのだが、さして心配する様子もなかった。

何故なら、緑岡自身、様子がおかしいからだ。

以前から骨董趣味があって、自宅に行くと集めた骨董を松川たちに自慢していたのだが、このところ、仕事もそっちのけで骨董屋巡りを続けているようだ。昼間は編集部にいないことが多く、作家や寄稿者に会いに行っているのが常だったのだが、ここ最近は、とにかく骨董屋巡りばかりだという。緑岡の行動を一番近くで見ている伝さんから聞いた話だから、間違いないだろう。

実際、伝さんも呆れていた。

「緑岡先生が金持ちなのは知ってるけど、あんな調子で骨董品を買い漁っていたら、すぐに干あがっちまうぜ」

伝さんが緑岡を一番よく知る一人なのは間違いない。何しろ家族や編集部員よりも長い時間、一緒にいるのだから。その伝さんが「おかしい」と言うのだから、本当におかしいのだろう。しかし緑岡に直接訊ねる訳にはいかない。自分が集めた骨董品を見せびらかすのは好きなのに、その趣味についてあれこれ言われるのは我慢できない性質《たち》なのだ。自分勝手なものだ……普段は苦笑いするだけで済むが、今回の奇行とも言うべき行動は、編集部内でも話題になっていた。そもそも編集主幹が仕事をしなければ、誌面は完成しないのではないか？

明日から印刷会社・秀英舎《しゅうえいしゃ》で出張校正という日、緑岡は珍しく社にいた。とはいっても、集まってきた原稿に目を通すわけでもなく、ずっと社長と話しこんでいる。編集部員に聞かれたくない話なのか、午前中から社長室に入りこんだままだった。

昼過ぎ、松川は食事のために編集部を出た。この近くだとすぐに食べられるのはうなぎ屋、蕎麦屋、そして洋食屋……今日は洋食にしようと歩き出した瞬間、人力車に気づいた。伝さんが車に寄りかかって、キセルを吸っている。いかにも暇そうだった。松川に気づくと、ひょこりと頭を下げる。ふと思いついて声をかけてみた。

「伝さん、飯がまだなら一緒に行きませんか？」

「ああ、いいですよ」伝さんが気楽な調子で答えた。「今日は先生、しばらく動かないと思うんで」

「主幹、出かける予定はないんですか」

「夕方まで会社にいると仰ってましたよ」

「だったら、伝さんは、一度家に戻って休めるんじゃないですか」

「いやあ……でも、いつ予定が変わるか分からないから。先生は、急に思いついて動きますからね」

念のためにと伝さんは、行き先を紙に書いて人力車の座席に置いた。これがないと、緑岡は「伝さんはどこだ！」と大騒ぎするだろう。思わず同情した。実際、伝さんはこのところ急に痩せたようだ。言われるままに東京市内を走り回り、しかも緑岡だけでなく重い骨董品を載せたりするのだから、普段より体力を消耗しているのだろう。

食事の時も、すぐにその話になる。

「不思議なのは、先生、買った骨董をすぐに売っちまうんですよ」

「それはどういう……」いったい何がしたいんだ？

「少しでも高く売りたいようですけど、何のためにそんなことをしてるのか、私には分かりませんな」

「自分で商売を始めたようなものですか」

「規模は大きいわけではないですが、まあ……そんな感じですね。先生、商売を始めても成功されるんじゃないですか？　交渉もお上手だしねえ」

「強引で、でしょう」

伝さんが苦笑する。さすがにそれ以上突っこんだ話はできないようで、慌ててカレーライスをかきこむ。

どうもおかしい……本当に商売を始めるつもりかもしれないが、何となく金に困ってこんなことをしていると思えなくもない。緑岡は東京市内の骨董屋に顔が利くはずで、上手く店を利用すれば、短期間でそれなりの利益を上げるのに有効な手段であるからだ。しかし、緑岡がそんなに金に困っているのだろうか。給料以外に、「市民公論」の売り上げから、毎月歩合を千二百円ももらっているのだし。興味は湧いたが、緑岡本人に聞けるようなことでもない。

もしかしたら「市民公論」編集部は大きく変わるかもしれない。

衝撃が松川を襲ったのは、次号の校了日翌日、藤島を訪ねた時だった。

今月は、藤島には原稿を依頼していない。それ故校了明け休みのこの日の訪問は、純粋に藤島を心配してのことだった。

藤島は在宅していたが、応接間で向き合った瞬間、何かが起きたと松川は気づいた。……いつもと藤島の様子が違う。憑《つ》き物が落ちたというわけではないが、妙に淡々としている感じなのだ。

「ご無沙汰してしまってすみません」松川は頭を下げた。

「いやいや……今月は原稿もないし」

「先生にこんなことをお伺いするのも変ですが、緑岡は最近、連絡してきますか？」

「いや。緑岡さんも忙しいんでしょう」

「ずっと先生のことを心配していました。大学の方は、どうなりましたか？」

「ああ」藤島が一瞬黙りこむ。居心地悪そうに両手を組み合わせて指をいじっていたが、やがて顔を上げ、静かだがしっかりした口調で告げた。「大学は辞めることにしました」

「辞める？」松川は椅子の肘かけを摑んで、思わず身を乗り出した。「ご自分でお決めになったんですか？」

「馘《くび》になったと思いましたか」藤島が皮肉っぽく言った。

「いえ……」失礼な聞き方だったかもしれない。松川は興奮と怒りで膨れ上がった心が急激に萎《しぼ》むのを感じた。ゆっくりと、椅子の背に背中を預ける。

「辞表を出すことにしました。まあ……内輪の恥を君に晒すのは情けないことなんですが、総長がどうもね——喧嘩することもできますが、それは私の流儀ではない。研究者としての生活は、ここで一区切りとしますよ」

「でも、総長の言い分は因縁みたいなものじゃないですか。先生にまったく非はありません」松川はむきになって言った。

「正直、面倒になってね」藤島が苦笑した。「ちくちく嫌がらせをされて、それを跳ね返すのは疲れます。だったら思い切って辞めてしまうのも手でしょう。私も結構長く帝大にいましたから、潮時ですよ」

「これからどうなさるんですか」

「ご心配なく。東日新聞が特別論説委員の肩書きで雇ってくれることになりました。今までよりも、書く機会は増えるかもしれませんね。何しろ相手は、毎日発行される新聞だから」

松川はほっとしてお茶を——既に冷たい緑茶ではなく熱いほうじ茶だった——一口飲んだ。帝大教授の給料がどれぐらいかは分からないが、東日新聞もそれなりに高い給料を払ってくれるだろう。

「先生、今後もうちに書いていただくことはできるんですか？」

「それは、まあ……正式に東日の社員になると、他の媒体へ書くには手続きが必要になるでしょうね。それは面倒臭い。ですから、しばらくは『市民公論』さんとのおつきあいは遠慮することになると思います」

「それは――困ります」松川は食い下がった。「先生は、ずっと『市民公論』で書いてくださいました。私のような若造が言うことではないかもしれませんが、民主主義の気運を作ったのは先生と『市民公論』だと思います。そして『市民公論』には、これからも先生の巻頭言が必要なんです。何とか、今後も書いていただくことはできませんか？　何だったら、私が東日新聞にかけ合っても構いません」

「無理はしないで下さい」藤島が優しい声で言った。「私はしばらく、新しい生活を作り上げることに専念します。落ち着いたらまた話しましょう。もちろん、いつでも訪ねて来てもらって構いませんよ」


モヤモヤとした気持ちを抱えたまま、松川は翌日、編集部に顔を出した。例によって、緑岡が書いてきた新聞広告の文案発表の日。その後は編集会議の予定だ。

緑岡はきちんと広告を書いてきたが、編集部員に見せた後、「意見がなければこれで」とそそくさとまとめにかかった。意見はないが……いつも読みにくい下手な字の広告文が、今回はさらに読みにくい。時間に追われ、慌てて書き殴ったような感じだった。実際、いつものような「切れ味」がない宣伝文句が並ぶ。広告文は主幹に決定権があるので何も言えなかったが、合議制だったら絶対に「やり直し」を提案しているところだ。

広告は広告――それとは別に、松川にはどうしても我慢できないことがあった。

「主幹、いいですか」

緑岡は返事をしない。許可を得たと勝手に判断して、松川は立ち上がって続けた。

「昨日、藤島先生にお会いしました。先生が帝大をお辞めになることは、当然ご存じですよね？それで先生は、東日新聞にお勤めになる。そうなると、今後は『市民公論』に書くことは難しいというお話でした。お辞めになる原因は、当然、例の中国共産党に関する巻頭言です。藤島先生が帝大と揉めていたことは、我々は知っていました。主幹もです。主幹、どうして藤島先生に救いの手を差し伸べなかったんですか？」

緑岡は何も言わない。腕組みをしたまま、広告文に視線を落としていた。しかし目は虚ろで、何も見ていないのは明らかだった。ふざけているのか……松川は頭に血が昇るのを感じたが、何とか冷静に話し続ける。

「主幹にとっては、藤島先生よりも『市民公論』の方が大事なんですよね？　だから何もしなかった。帝大と揉めて、今後他の先生から寄稿していただけなくなるのを恐れた。でも、それでいいんですか？　私たちは、大正の論壇で最高の人を失うことになります。それは、『市民公論』にとっても大きな損失ですよ？　主幹が子どものように思っている『市民公論』は、これをきっかけに潰れるかもしれません。『市民公論』は寄稿者を守らない、薄情な雑誌だと思われてしまうでしょう」

「いい加減にしたまえ」緑岡が冷たく言い放った。「雑誌として、できることとできないことがある。今の帝大総長が肝っ玉の小さい人間であることが、今回の問題の原因だ。『市民公論』として、そんなことに関わるわけにはいかない」

「それでご自分は、呑気に骨董漁りですか」言い過ぎだ、と分かっていたが止まらない。「藤島先生は、生活も名誉も失うかもしれません。そういうぎりぎりの状態だということは、分かっていたんじゃないですか？　それなのに主幹は何もしなかった。自分に害が及ぶのを恐れてですか？」

「何もしないことが、『市民公論』を守る一番の方法なんだ」

「ふざけるな！」松川はとうとう爆発してしまった。「あんたは、自分が大事なだけだろう？自分を守るために藤島先生を切り捨てたんだ！　藤島先生を盾にして、無事に逃げ延びただけだ。編集者として、そんな卑怯な真似が許されると思うか！」

「口が過ぎるぞ。だったら君は、藤島先生のために何かしたか？　自分のことは棚に上げて――」

気づいた時には、松川は緑岡に飛びかかっていた。他の部員が割って入って、すぐに引き剝がされたが、何とか右の拳を一発、頰に叩きこむことに成功した。ぶよぶよした、だらしない頰。そこに拳が触れただけで汚れた感じがしてきたが……頭の中では「天誅《てんちゅう》」という言葉がこだましていた。

「天誅」か……菊谷の連載「光秀道行き」最終回の最後の一行は、主人公が仇に向かって叫んだ一言「天誅」だった。

今や緑岡は、松川にとって仇だった。

しかし……冷静になって考えれば、損をするのは自分である。

間違いなく馘になる。編集主幹をぶん殴って辞めた人間は、これからどうしたらいいのだろう。

一週間後、松川は久しぶりに出社した。

辞めさせられるぐらいなら自分から辞めてやろうと辞表を提出したのだが、それは社長の芦田《あしだ》の手元に留め置かれていたのだ。芦田が自分を辞めさせたくないのか、単に忘れてしまっているのか分からないまま続く不安な日々……呼び出されて出社し、ついに芦田から「辞表を受理する」と言われた。

「ご迷惑をおかけしまして」深々と頭を下げる。

「まあ……」芦田も困っているようだった。「緑岡君も怪我はなかったし、大事にはしたくないということだった。今回は君の希望通りに辞表を受理して、この件は終わりにする」

「ありがとうございます」もう一度頭を下げたが、ここで「ありがとうございます」は何か変だな、と自分でも思った。

ケジメだ、ケジメ……私物を引き取り、今日で市民公論での編集者人生を終わりにする。そのつもりで風呂敷を持ってきていたので、すぐに荷造りを始めた。三年以上ここで仕事をしたので、私物も結構溜まっている。しかし思い切って、その大部分は処分してしまうことにした。本当に大事なものだけを持ち出す……そのうち、自分が筆記した藤島の原稿が出てきた。これがきっかけになって藤島は帝大を辞めることになった。自分への戒めとして持っておこうかとも思ったが、しばらく考えた末に捨ててしまうことにする。これはあくまで、「市民公論」の財産であり、自分には所有権はない。

そこへ杉田が戻って来た。荷造りしている松川を見て、恨めしそうな表情を浮かべる。

「まったくお前、大変な時に辞表なんか出すなよ」

「忙しい時に申し訳ないけど、あんなことをして、そのまま居座るわけにはいかないだろう」

「お前があんなに気が短い——血の気の多い男だとは思わなかった」

「どうしても我慢できなかったんだ……これでよし、と」松川は風呂敷を縛った。本が多いのでかなり重くなってしまったが、仕方がない。編集部で雑用をしている学生に、残りのものは処分するか、編集部で保管するように頼んだ。

「お前、主幹の骨董品買い漁りの話……聞いたか？」

「多少は」

「あれな、主幹は小遣い稼ぎをしていたわけじゃないんだ。買って売って、利鞘を稼いでいたのは、藤島先生のためなんだ」

「何だって？」

「自分のお気に入りのものも、相当売ったようだぞ。先生、東日新聞に入ると言っても、これから懐具合は厳しくなるだろう？　だから少しでも金を渡しておこうとして、自分のツテも使って骨董屋通いをしてたんだよ」

松川は言葉を失った。そんなことを……それなら、自分たちでも手伝いができた。黙って一人でやっていたのは、格好つけ過ぎだと思う。

しかし今さら、緑岡と話し合う気にはなれない。もはや手遅れだ。

緑岡の机を見る。原稿が山積み――いつも散らかっているのに、何故かどこに何があるのか完全に把握しているのが不思議だ。結局この人のことは何も分かっていなかったな、と思う。自分とはまったく違う人種なのかもしれないし、単に自分が編集者として未熟なだけかもしれない。

「お前、これからどうするんだ」杉田が訊ねる。

「さあな……何も決めていない」

「博太郎もまだ小さいんだし、働き先を見つけないとまずいだろう」

「そりゃそうだが」

「ま、どうせお前はまたどこかの雑誌に行くだろうな」

「どうして？　編集主幹をぶん殴って辞めたような人間を雇う雑誌はないよ」この業界、噂が広まるのは速い。秀英舎で出張校正をしていると他社の人間とよく一緒になるし、寄稿者を通じて編集部内の話が外へ漏れることも珍しくない。自分の悪い評判も、とうに他社の人間の知るところになっているかもしれない。

「なあ、緑岡さんに頭を下げたらどうだ？　案外本人、気にしてないかもしれないぞ」

「いや」松川は唇を噛んだ。「俺は藤島先生を守れなかった。その責任は取らないといけないと思う」

「変に真面目な奴だな……まあ、またどこかで会うだろう」

「同じような仕事をするかどうかは分からない」

「馬鹿言うな。お前、雑誌作り以上に楽しい仕事なんかあると思うか？」

それは否定できないのだった。そして、この仕事の楽しさを教えてくれたのは緑岡——好きになれないところも多い人間だったが、自分の師匠であることは間違いない。

松川は雑然とした無人の机に向かって、黙って頭を下げた。

第三章　新天地

　駄目だ、駄目だ……松川《まつかわ》は鉛筆を放り出し、畳の上で大の字になった。傍らには、丸めた原稿用紙が大量に転がっている。こういう光景を、多くの作家の家で見てきた。途中まで書いてはやめて原稿用紙を丸め、最初から書き直す。何と無駄なことだといつも呆れていた。自分だったら、こんな風にはしないのに。

　――と思っていたのだが、やっていることは、そういう作家たちと何ら変わらない。毎日何枚も原稿用紙を丸めて無駄にしてしまう。最後は風呂の焚きつけにするのだが、妻が毎回渋い表情を浮かべるのを松川は見逃さなかった。原稿用紙だってタダではないのだ。

「市民公論」を辞めて一年以上。一時は出身大学で事務の仕事をしてみたが、まったく肌に合わずに早々辞めてしまった。次の仕事を探す気にもならず、思い切って小説を書いてみようと思って、大量の原稿用紙を買いこんできた。元々小説はたくさん読んできたし、編集者として経験を積んだ今なら、きちんとしたものが書けるのではないか――そう思って机に向かったものの、原稿用紙一枚も埋まらない。調子に乗って言葉が次々に出てきても、一枚が埋まりそうになる頃には「何かがおかしい」と思えてくる。そして読み返してみると、どうにも気に食わないのだった。

格好つけた、もったいぶった文章。そのせいで意味が通りにくくなり、何度も行ったり来たりで読み返すことになる。登場人物は薄っぺらで、血が通った人間という感じがまったくしない。

起き上がって、机の前で腕組みし、鉛筆で何度も原稿用紙を突く。はっと思いついて書き出しても、やはり一枚で挫折——文才がないとしか言いようがない。こんなことでよく、菊谷《きくたに》たちにあれこれ文句を言っていたものだと呆れてしまう。逆に作家たちにすれば、苦労して生み出した作品に因縁をつけて欲しくはないということか。

寝転がったまま煙草を引き寄せ、マッチで火を点ける。そこへ、息子の博太郎《ひろたろう》が入って来た。危ないので灰皿に煙草を置き、あぐらをかいて博太郎を膝に乗せる。博太郎も最近は喋れるようになってきたが、まだ本を読むのは早い。ただし、自分のような本好きになる可能性はある——童話を読み聞かせると、集中して目をキラキラと輝かせるのだ。特に巖谷《いわや》小波《さざなみ》の児童文学は気に入ったようで、いつから本を与えようかと考えると嬉しくなってしまう。

しかしこのままでは、博太郎に本を買う余裕すらなくなってしまう。今は貯金を取り崩して何とか暮らしているが、いつまでこんなことを続けられるだろう。さっさと次の職を探さなければならないのに、どうしてもその気になれなかった。

妻の治子《はるこ》が入って来る。博太郎は母親の方が好きなのか、すぐにそちらへ行ってしまった。治子が、博太郎を抱いたまま畳に座る。

「あなた、ちょっといいですか」表情は厳しい。

「ああ」

治子が、畳の上に散らばる原稿用紙を見た。溜息を漏らし、「これからどうするんですか」と低い声で訊ねる。

「ああ……まあ、考えてる」

「原稿用紙も、タダじゃないんですよ。そろそろ新しい仕事を見つけていただかないと。貯金も、いつまでも持ちません」

「分かってる」

「博太郎にも、これからお金がかかるようになるんですから」

「分かってるさ！」つい声を張り上げ、繰り返してしまった。

「でも、毎日こんなことで……」

「分かってる！」

そう繰り返すしかなかった。自分の怒鳴り声に被さって、誰かが呼ぶ声が聞こえる。

「……お客さんだぞ」

しかし次の瞬間、自分で直接出迎えねばならない相手だと分かった。

「いや、いい。俺が出る」

階段を駆け下り、玄関の引き戸を開ける。やはりそうか……菊谷が、額の汗を拭いながら一人で立っていた。人力車はない。近くの市電の停留場から歩いてきたのだろう。いつも誰かと一緒にいる――囲まれているのが菊谷聡《さとし》という男なのに。

「先生……」

「やあ」菊谷が軽く手を上げる。「少し時間はあるかね」

ない、と言いかけたが、こんなことで見栄を張っても仕方がないだろう。「大丈夫です」と答えると、菊谷がうなずく。

「話があるんだ」

「では……どこかへ行きますか？」

「いや、よければ君の家で」

そう言われたら断れない。しかし、これほど緊張するのは久しぶりだ。当代一の人気作家がいきなり家を訪ねて来る――こんな経験をする編集者はめったにいないだろう。緑岡《みどりおか》だったら慣れているかもしれないが。

「ちょっとお待ちいただけますか」急いで言って、松川は部屋に引っこんだ。階段を降りて来る治子に、慌てて声をかける。

「お客さんだ。二階の俺の部屋で話すから、お茶を頼む。博太郎が入ってこないようにしてくれ」

「どなた？」

「菊谷先生」

「菊谷先生って……『宝石夫人』？」治子が目を見開く。

「ああ、そうなんだ。だから失礼がないように」

「分かりました」真顔になって治子がうなずく。

松川は菊谷を迎えに行った。「二階で申し訳ありませんが」

「君、私は年寄りじゃないよ」菊谷が気難しい声で言ったが、顔は笑っている。

二階の部屋に案内した途端、しまったと思った。自分が散らかしたものもそのままなのに、博太郎がさらに原稿用紙を丸めて畳の上に転がしていたのだ。足の踏み場がないというほどではないが、客を迎える部屋ではない。

「すみません、すぐに片づけますので」

「小説でも書き始めたのか」

「ええ、いや……まあ」

菊谷がそれ以上追及してこないので助かった。人気作家に小説の話で突っこまれても、何と答えていいのか分からない。ゴミになった原稿用紙を何とか部屋の隅に片づけ、座布団を出した。

「それで先生、何のご用ですか？」

「うむ」菊谷が、着物の袂から煙草とマッチを取り出す。灰皿を——と差し出すと、こちらも一杯である。客に対して、この汚い灰皿はない。申し訳ない気持ちで一杯になって、松川は額を畳に擦りつける勢いで頭を下げた。

「申し訳ありません。だらしない限りで」

「君は、私の同業者のもっとだらしない姿も見ているだろう」

「いえ、そんな……」

「小説を書くというのは、みっともないものなんだ。自分の内面の全てを吐き出す行為は、人に見せられるものではない——それで？　君も小説を書いているのか？」菊谷がしつこく聞いた。

「お恥ずかしい限りですが」嘘をつくわけにもいかず、松川は認めた。「今は時間だけはあるので。でも、一枚書いてすぐに、失敗だと分かるんです」

「君は作家には向いていないな」菊谷があっさり言った。「私は、小説を書ける人かどうか、ちょっとつき合うとすぐに分かる。君は小説が書けない人間だ。しかし、小説を書かせる能力に関しては、緑岡主幹以上の才能の持ち主かもしれない」

縁の下の力持ち——編集者に向いているということか。しかし、そんなことをわざわざ言うためにここへ来た？

「菊谷先生、作家の方が大変なのは、少しは分かりました。今後は一層腰を低くして――」

「読んでくれたか？　『文學四季《ぶんがくしき》』」

菊谷が急に切り出した。部屋の中をキョロキョロと見回し、机に置いてあったそれを見つけてニヤリと笑う。松川は急いで手に取った。

「読ませていただきました」

「どう思う？」

「それは――」

まとまりがない。それに尽きる。

創刊号には、菊谷の「創刊の辞」を筆頭に、多くの作家が作品を寄せている。川端康成《かわばたやすなり》や小島政二郎《こじままさじろう》、横光利一《よこみつりいち》ら人気作家の短編がページを飾り、佐山《さやま》も巻末に、随筆とも論説とも言えぬ文章を書いていた。「市民公論」の巻頭言に対して、全体の締めのような役割ということか。

確かに執筆陣は豪華だ。菊谷の人脈を活かして、文壇の重鎮から若手まで、幅広く原稿を集めている。しかし内容は今ひとつ締まらない。全員が戸惑ったのではないだろうか。菊谷は「好きに書いてくれ」と太っ腹に言ったのだろうが、そう言われるとむしろ、困ってしまったはずだ。雑誌の「色」も決まらない中、何を書けばいいのだろう――せっかく書いても、菊谷に却下されるかもしれないと考えたら、気持ちが縮こまる。

小説は、遠慮がちに何本か載っているだけだった。やはり随筆、それに論説のような文章が多く、全部を読んでも「『文學四季』はこういう雑誌だ」と説明しにくい。業界を離れているので内情は分からないが、売れているという話は聞いていなかった。菊谷にすれば計算外ではないだろうか――松川にとっては「予想通り」なのだが。

「謝りに来たんだ」菊谷が、ばつが悪そうな表情を浮かべる。

「私に、ですか？」

「ああ。君の見通しは正しかった——ある意味では。強引に君の予想を退けたことは、間違いだったと思う」

「いえ——」まさか菊谷がこんなことを言うとは。傲慢ではないが、そう簡単には人に頭を下げない人間であり、それが魅力なのに。

「まあ、人は失敗しないと前へ進めないということだ。連戦連勝の人間は、どこかで必ず高い壁にぶつかって、乗り越えられずにそこで終わる。しかし何度も低い壁にぶつかってきた人間は、いつの間にか高い壁を乗り越える術を覚えるものだ」

「ええ」

「内容について、正直に聞かせてくれ」

「申し上げてよろしいですか」松川は唾を呑んだ。今、自分は菊谷とは関係がない。敢えて言えば作家と読者というだけの関係だ。しかしかつて編集者として担当していた記憶はまだ新しく、図々しく本音を言うのは無理——それでも松川は勇気を奮い起こした。「まとまりがありません」

「そうか？」菊谷が睨みつけてきた。しかし視線は揺らぎ、焦点が合っていない。

「はい」松川はうなずいた。まずいなと思ったが、言ってしまったのだから、このまま思い切って続けよう。「先生が創刊前に言われていたこと——注文を受けるのではなく自由に書きたいというお考えは、理解はできます。今回お声がけされた先生方にも、同じように言われたのではないですか？」

「皆、注文通りに書くことにはうんざりしているんだ」

菊谷がうなずき、煙草を灰皿に押しつけた――吸殻の隙間に無理矢理押しこんだ。緊張している松川も煙草を吸いたかったが、吸殻を押しこむ隙が、もうない。

「好きに書きたい――それは分かります。そういう場があれば、張り切って書こうとするのも理解できます。ただし雑誌には、必ず一定の方針が必要です」

「そんなことは分かっている」重々しい表情で菊谷がうなずく。

「では、『文學四季』の方針は何でしょうか」

「自由だ」菊谷が自信たっぷりに言った。

「自由に書く――ですね？」

「そうだ」

「しかしそれでは、結局まとまりがないものになってしまいます。『市民公論』には、明確な方針がありました。自由民主主義の推進、です。普通選挙の実現のための意見の場です。必然的に、そういう方針を理解して推進してもらえる人に書いてもらう。その結果、雑誌の色がますますはっきりする――ということかと思います。しかし『文學四季』の自由というのは、あまりにも幅が広過ぎませんか？」

「そうか……それなら私は、編集方針をはっきり決めた方がいいんだな？」

「そう思います」

「しかし何だな、君たちは本当に面倒な仕事をしているんだな」菊谷が新しく煙草を一本引き抜いたが、吸殻の山になっている灰皿を見て吸うのを諦めた。

「そうですか？」

「正直、雑誌を作るのがこんなに大変だとは思っていなかった」菊谷が打ち明ける。「君たちはただ、原稿を頼んで待っているだけだと思っていたよ」

そもそもそれが大変なのだが。最終的には印刷所の都合を見て、校了の予定をじりじりと詰めていく。本当に間に合わずに誌面に穴が開きそうな時など、胃がきりきりと痛む。松川も「市民公論」時代は胃薬が手放せなかった。ところが辞めてしまうと、胃痛とはあっさり縁が切れた。

「原稿を待つのは、仕事のほんの一部です。まず次の月の特集を決めて、それが得意な先生方に原稿を依頼する。書いた原稿をもらうこともありますし、喋っていただいて筆記することもあります。それから印刷所に入稿して、出張校正でゲラを確認――それで雑誌作りの作業が終わっても、今度は新聞広告の内容を考えなければなりません。数ヶ月先の特集を検討することもあります」

「なるほどね……君、仕事はどうしてる？」

「ええ、まあ……今は疲れを癒している状態です」嘘。毎日暇過ぎて、原稿用紙をゴミに変える以外にやっていることは、博太郎の相手ぐらいだ。

「そろそろ仕事をしたまえ。ご家族も心配しているだろう。金は大丈夫か？」

「そのうち、何とかします」

「今、だ」

「はい？」

「うちで働かないか？　『市民公論』時代の給料は保証するよ」

「先生……この件については、私は先生と意見が合わないと思っていました」

「そうだな」菊谷があっさり同意した。「全ての意見が合う人などいないだろう。多少の相違はあるのが当たり前だ。ただし私には、君の編集者としての能力が必要なんだ。『文學四季』を長く続けていくためにな」

まったく、何を言い出すんだ……松川は菊谷を市電の停留場まで送って行った後、家に帰る気になれず、ぶらぶらと街を歩いた。

思った通りだ、という思いがある。「文學四季」の構想を聞いた時に、松川はまず、上手くいくわけがないと思った。菊谷は全てを自分で仕切って雑誌を作るつもりでいたのだが、それでなくても多忙な菊谷が、さらに雑誌の編集までできるわけがない。作家仲間が集まった「同人誌」として始まっていたのだが、創刊号を作るに際して、大混乱したことは想像に難くない。小説や論説を書く能力と、それを雑誌にまとめる能力はまったく違うのだ。

夕飯まで、じっくり考えようか。松川は菊谷を見送ったばかりの停留場に戻り、市電に乗った。何度か乗り換えて銀座に出る。

銀座は相変わらずの人出で、歩いているだけで息が苦しくなるようだった。二月というのに、人が多いせいで、少し気温が高い感じもする。

ふと思いつき、「カフェーパウリスタ」に入る。学生時代から頻繁に利用していたカフェーで、女給ではなく少年店員がサービスしてくれるのがよかった。女給のいるカフェーは、コーヒーを飲みに行く店ではなく、普段女性と接点のない男が、都会ずれした女性を眺めに行く場所と思われている。学生時代にも、そういう店が好きな友人はいたが、松川は女性のいない静かな店で本を読むのが好きだった。

店は混み合っている。雑誌の棚に「市民公論」があるのに気づいた……緑岡と喧嘩して辞めてしまったのだが、今でも発売日には、本屋が開店するのを待って手に入れている。今月は、久々に藤島が長い論説を書いていた。市民公論社と藤島、東日新聞の三者の間で、何か約束でもできたのかもしれない。

今月号は、中国国内の混乱を伝える特集号だった。今年一月に、日本とも縁の深い孫文とソ連代表、アドリフ・ヨッフェの共同宣言が出され、孫文の「連ソ・容共」の姿勢が明らかになった。中国の国内事情を反映してのものだが、この共同宣言は世界に大きな衝撃を与えた。中国が共産化を目指すわけではないが、宣言ではソ連との思想的な差異を認めた上で連合する、としていた。それでも、中国がソ連に呑みこまれるように共産化する見込みはゼロではない。特集号では、こういう昨今の状況を背景に、中国、そして世界情勢の分析を行っていた。藤島にとっては、際どい——嫌な記憶につながる話題のせいか、さすがに以前のような切れ味はない。

ようやく店の奥の席に案内された瞬間、懐かしい顔を見かけた——懐かしいとはいっても、一年と少し前までは会社の同僚だった安田《やすだ》。学生時代の松川に編集者の魅力を語ってくれた男で、今の松川を形作った人物とも言える。松川が社を辞める時には、「市民公論」から「女性公論」の編集部に移っていたので、一緒に仕事をすることはなくなっていた。辞めると報告に行った時には「馬鹿だねえ」と一言発しただけだった。

「安田さん」

安田がゆっくり顔を上げる。右手の指先では、煙草が短くなって、灰が落ちそうになっていた。顔色が悪く、目が充血している。

「よう」

「校了明けですか」そう、確か「女性公論」の校了は昨日だった。

「今月はちょっと大変だったんだ——どうした？」

「散歩です」

「散歩にしては遠くないか？」

「散歩というか、市電で来ましたけど……座っていいですか」

「ああ」

安田はテーブルに古本を積み上げていた。こういう習慣はまだ続いているのか……安田は校了日明けには必ず神田の古本屋街へ寄って、古本を大量に買いこむのだ。――安田にとっては、給料日よりも、その月の仕事が無事に終わった日の方が大事なのだろう。自分に対する褒美のようなものだ。

松川はブラジルを頼み、煙草に火を点けた。

「生きるべきか、死すべきか、なんて顔をしてるぞ」未だに文学青年の気配を漂わせている安田が、シェークスピアを引用した。「お前、まだブラブラしてるのか」

「小説を書いてます」つい言ってしまった。

「ほう。どんな？」

「それは……」言葉に詰まり、むきになって煙草をふかす。「反省しましたよ」

「何が？」

「先生方に原稿を急かしていたことを。何で五枚、六枚ぐらいの原稿にそんなに時間がかかるんだって苛々してましたけど、一枚だって書くのは大変だ」

安田が声を上げて笑い、煙草を灰皿に押しつける。

「今更何だい」

「まあ……自分でやってみて気づくこともあるんですね。俺には小説は無理です」

「だったらどうするんだよ。博太郎にも、これから金がかかるだろう。親父さんに助けてもらうか？」

「それは……」

既に文部省の役人を退官した父は、今は大学で教えている。収入は安定しているだろうが、親に頼るのは恥だ、という感覚もある。

「仕事の話はあるんですよ。受けるべきかどうか悩んでるだけで」

「ほう、何だい？　悩んでいるような余裕はないと思うけどな」

「菊谷先生です」

「ああ……『文學四季』か？」急に安田の顔が暗くなる。

「菊谷先生から直接、編集を手伝うように頼まれました」

「名誉な話じゃないか……でも、名誉だけじゃ飯は食えないんだよな」

「何か、悪い評判でもあるんですか？」

「持たないだろうって言われてる」安田がずばり指摘した。「あれは、菊谷先生が自分の金で立ち上げた雑誌だ。創刊号の売り上げは期待ほどじゃなかったようだし、このまま続けていくと、菊谷先生と雑誌は共倒れになる」

「潰れるということですか」

「正直、早く手を引いた方がいいと思う。菊谷先生の小説の仕事にも、悪い影響が出るだろうし、評判だって落ちる。それじゃ困るんじゃないか？」

「実は、まだ『市民公論』にいた頃に、菊谷先生からは相談を受けていたんです。新しい雑誌を作りたいけど、どうかって」

「で、何と答えた？」安田が身を乗り出す。

「難しい、と。小説の仕事を続けながら、自分で雑誌を編集するなんて、無理に決まってるじゃないですか。でも、菊谷先生が俺の言うことを聞くわけがないし……理想は分からないでもないですが」

その志は……雑誌編集者としては、微妙だと思う。まるで学生のようではないか。編集は編集の専門家に任せて、作家にはこちらが決めた枠の中で暴れて欲しい。そうでないと、藤島のようなことが起きる――未だに藤島に対して申し訳なく思う気持ちは強い。自分が守り切れなかったのは間違いないのだから。緑岡の心遣いを後から知って、彼を非難したことも後悔したが、それでもそもそも緑岡は、問題が起きないように事前に対策を取ることができたはずだ。あれはやはり、編集主幹として怠慢だったと思う。

あんなことが起きないようにするためには、編集者がきちんと安全な枠を作り、作家にはその中限定で暴れてもらうに限る。「自由」を「何でも言っていい、書いていい」に履き違えると、大怪我するかもしれないのだ。

「菊谷先生の理想は分かるけど、危ないな。そもそも『文學四季』の色が見えない。菊谷先生も全部抱えこみ過ぎて、訳が分からなくなってるんじゃないかな」

「そうかもしれません」

「それで菊谷先生は、君に助けを求めてきた」

「助けと言えるかどうかは分かりませんが」

「そうか――どうする？」

「ええ……」すぐには返事はできないと言って、菊谷には帰ってもらったのだった。

「君、『文學四季』の創刊には反対したんだよな？」

「創刊に反対というか、やり方に反対しただけです」

「ああいう雑誌——作家さんたちが自分で乗り出して発行するような雑誌は、世の中に無用のものだと思うか？」

「そんなことはありません。同人誌は、文芸の世界に新しい力を持ちこむものですし。ただし、菊谷先生がやるなら、きちんと商売にならないとまずいと思います。儲かるかどうかはともかく、赤字続きで廃刊になったら、菊谷先生の評判に傷がつきます」

「だったら、専門家の君がお手伝いしたらどうだ」安田があっさり言った。

「いや、しかし……」

「タダでやれとは言われてないんだろう？」

「ええ」

「君だって、いつまでも家族に心配をかけているわけにはいかないはずだ。ちゃんと働いて稼げ。それとも、菊谷先生と仕事をするのは嫌なのか？」

「先生は原稿が遅くて……」思い出すだけで胃が痛くなる。毎月、原稿をもらうのにどれだけ苦労していたか。「光秀道行き」は、よく無事に連載が完結したと思う。そういえばあれも、そろそろ単行本として出版されるはずだ。

「それは、編集者なら誰でも知ってる」安田が苦笑した。「でも今度は、菊谷先生から原稿をもらうのが仕事じゃないだろう。先生を助けて雑誌を作る——もっと大枠での仕事になるんじゃないか？　上手く条件を出して、一緒にやればいい」

「条件？」

「原稿をもらったり、出張校正を担当する若い編集者を何人か——少なくとも二人は雇うことだ。そんなことまで君がやっていたら、とても間に合わないよ」

「でしょうね」

「やれよ」安田が強く言った。

「そうですか?」

「君は編集者に向いているんだ。『市民公論』時代にも、君を評価する人は多かったんだぞ。辞める時も、俺は本当にもったいないと思った。緑岡さんも後悔していると思う」

「どうですかね」

「ここだけの話」安田が声をひそめる。「緑岡さん、体調が良くないんだ。年明けからは、頻繁に休んでいる」

「そうなんですか?」初耳だった。完全に会社と縁を切ってしまったから、噂はまったく耳にしていなかった。

「僕は詳しい病状は知らないけど、結構まずい状況かもしれない。あんなに元気で精力的な人が……」

そういえば、と思い出す。松川が市民公論社に入った頃は、スペインかぜが流行っていた。怯えながら出社して、外出する時には必ずマスクをかけていたのだが、緑岡はまったく平然として毎日呑み歩き、「俺がスペインかぜにかかるわけがない」「アルコール消毒だ」と豪語していた。実際ピンピンしていたのは、元々体力があったからかもしれない。酒の呑み過ぎで二日酔いはしばしばだったが、そんなものは病気とは言わない。

「心配ですね」

「もしも緑岡さんがいなくなったら、と考えると怖いな。『市民公論』は緑岡さんで持っている雑誌だから。今考えると、君が辞めたのは本当に痛かった。緑岡さんの跡を継げるのは君ぐらいだろう」

「そんな……」

「だけど君も、今更『市民公論』に戻る気はないだろう？」

「さすがにそれはないです」松川は苦笑した。喧嘩して飛び出した自分が頭を下げても、緑岡も困るだろう。そもそも、緑岡には挨拶もしないで飛び出してしまったのだし。

「だったら、他の雑誌で活躍して、その姿を緑岡さんに見せるのがいいんじゃないか？　君が頑張っていれば、緑岡さんも元気が出るかもしれない。かつての部下が好敵手になったと思えば、もう一回頑張ろうと思うんじゃないかな。病気なんか吹っ飛ぶと思うよ」

「君は……図々しくないかね」そう言いながら、菊谷の目は笑っていた。

「いえ、全て先生のため――『文學四季』のためです。日本を代表する総合雑誌にするんです」

「しかし、人を集めるのは大変だ」菊谷の表情が渋くなる。

「若い編集者については、心当たりがあります」

「経理担当者は？」

「それは……これから考えます」経理担当者を置くのは、松川の考えだった。雑誌を作るには金が必要だ。それに金にまつわる雑務――特に支払いが面倒臭い。菊谷にやらせるわけにはいかないし、自分も金の計算は苦手だから、得意な人間に任せるしかない。

「必要なんだな？」

「会社組織としてきちんとやるためには、金の計算ができる人間は絶対必要です」

「分かった」

「先生は、『文學四季』をどんな雑誌にするかだけをお考え下さい。編集は私が責任をもってやります。金の計算は専門の人間が……先生には、責任編集、つまり雑誌の広告塔、それにご自分の原稿に集中していただければ」

「うむ……」

「雑誌作りは、私が全て引き受けます。先生、やはりご自分で全部やろうとするのは無理ですよ」

「はっきり言うな」菊谷の表情は引き攣ったままだった。

「最後に一つだけ……これだけ認めていただければ、私は全力で先生をお支えします」

「何だね」菊谷が不安げに訊ねる。

「ご自分で全てやる――やれると宣言されました。私が、それは無理だと申し上げました。私の方が正しかったと認めていただけますか？」

一瞬間を置いて、菊谷が大きな笑い声を上げた。やがて笑いは咳きこみに変わり、しばらく止まらなくなる。ゆっくり深呼吸、最後に咳払い。菊谷は煙草を取り出したが、くわえなかった。手の中で転がしながら、松川を睨む。しかしやがて、相好を崩した。

「君も、言うものだね」

「自分が正しかったという前提で仕事をしたいんです」

「まあ、それは認めざるを得ないだろう」菊谷がうなずく。「いずれ、この家からも出ることになるかもしれん」

「そんな……」

「君は、この家を守ってくれるか？」

「きちんとした経理担当者がつけば。お約束します」

「分かった。私の読みが甘かった、ということだな」菊谷がうなずく。

「私は止めたんですよ。それも覚えておいて下さい」

「君ほどはっきりものを言う編集者には、会ったことがないな」

「はい、申し訳ありません」松川は頭を下げた。ゆっくりと顔を上げ、これだけはどうしても言っておきたいと思っていた台詞を口にする。「私は今後、菊谷先生の担当編集者ではありません。先生と一緒に『文學四季』を作る——仲間、と言っていいでしょうか」

「もちろんだ」

「その確認だけです。では、そういうことでよろしくお願いします」松川はまた頭を下げた。ただし今度はさっと。もう仲間なのだから、あまりにも丁寧な挨拶は不自然だ。


松川が正式に「文學四季」の編集部員になったのは、第二号が発行された直後だった。その時点で既に、第三号の原稿の発注は終わっていたので、松川は何も言わなかった。ここで自分が口を出すと、編集方針が混乱してしまう。

松川は当面、編集部の陣容を揃えることに注力した。若い編集部員を二人——一人はすぐに見つかった。大学の後輩で、卒業してから田舎に戻って教員をしている男に声をかけたら、すぐに返事がきたのだ。すぐにでも東京へ出てきたい、という勢いである。そして何度か手紙のやり取りをした後、この男——玉田《たまだ》幸吉《こうきち》は群馬から上京してきた。

学生時代に比べて少し太ったようだが、勢いは昔のままだった。子ども好きで、松川の家では博太郎とひとしきり遊んでいた。

「やりたいと言ってくれるのはありがたいんだが、仕事や家族のことは大丈夫なのか？」

「いつでも辞めてきますよ。本当は、東京で雑誌の仕事をしたかったんですから」

「家族は……」

「気楽な独身《ひとり》暮らしですし、親も別に反対はしてません。教え子たちと別れるのは辛いですけど、俺にだって、やりたいことを追い求める権利はあるでしょう」

「本当に大丈夫なんだな？」松川は念押しした。「新しい雑誌だから、色々と大変だ。菊谷先生はじめ、癖のある人ばかり揃っているし、大学で作っていた同人誌とは訳が違う。毎月きちんと出し続けていくのは、かなり大変なんだぞ」

「承知！」玉田があぐらをかいた膝を勢いよく平手で叩いた。澄んだ甲高い音が部屋に響く。

「それで、いつから来ればいいですか？」

「君はいつから来られる？」松川は逆に聞き返した。

「そうですね、三月には一区切りつけて、四月から……こっちで家も探さないといけませんけど、一人ですから何とかなるでしょう」

「それは、俺も手伝うよ。適当な下宿を探しておく」

「ありがとうございます」玉田が、畳にくっつきそうなほど低く頭を下げた。

玉田が顔を上げたのを見て、松川はまだ解決していない問題を持ち出した。

「それと、もう一人の編集者のことなんだけど……どうかな？　誰か、若い元気のいい人間、心当たりはないか？」

「俺がいれば大丈夫ですよ。死ぬ気で働きますから」

「そう思っていても、なかなか上手くいかないんだ。何人もの人間を同時に相手にしないといけないから」

「ふむ」玉田が腕組みをした。着物の袖から太い腕が突き出る。「俺は、小学校で四十人の子どもたちを相手にしていますよ」

「作家の先生方は、一ヶ所に集まって話を聞いてくれるわけじゃないよ」松川は苦笑しながら指摘した。

「そうか……」玉田が頭を掻いた。「何十人もの作家さんが、あちこちにいるんですよね。その人たちのところを回って、原稿をもらってくる——結構大変そうですね」

「自分で原稿を持ってきてくれる人もいるけど、日参して催促しないと一枚も書いてくれない人もいる」

「それは、なかなか……」玉田が真面目な表情を浮かべる。「甘く見るわけにはいかないようですね」

「ああ。その辺はじっくり説明するよ。今日は牛鍋でも食べに行こう。東京の牛鍋、久しぶりじゃないか？」

「ありがとうございます」玉田が頭を下げた。「もう一人の編集者、心当たりがないわけでもない……明日までこっちにいるので、明日、会いに行ってみますよ」

「どんな人なんだ？」

「女性です」

「俺が知ってる人かい？」

「いえ、女子大出の子なんですよ。松川さんは、面識はないと思います」

「仕事は？」

「今は何もしていません。去年大学を卒業したんですが、不運なことに怪我しましてね。自動車にはねられたんです」

「そりゃ大変だ」自動車事故の話はたまに聞くが、被害者に会ったことはない。どんな怪我なのか、想像もつかなかったが、鉄の塊に衝突するのだから大変だろう。「普通に働けそうなのか？」

「本人はそう言ってますけど、手紙でやり取りしただけですから……会って様子を見てみます」

「俺はどうする？　一緒に行った方がいいか？」明日は日曜日、時間はある。

「できれば……松川さんが会ってくれれば、早く判断できるんじゃないですか」

「分かった。その辺のことは、牛鍋でも食べながら話そう」

話は確実に滑り出している。自分たちだけではなく、誰でも新しいことには興味を惹かれるのだろう。そこには人気作家の菊谷と仕事ができる、という興奮もあるはずだ。自分もそういう面がないではない――菊谷とは一度微妙な別れ方をしていて、「仕切り直し」という感じだったが。

それにしても、二歳年下の玉田の若い情熱には驚かされる。ほぼ同世代なのに、ずっと若い学生を相手にしているような感じなのだ。

玉田が若いままなのか、自分がこの世界にいて一気に歳を取ってしまったのか……できれば若い感覚を持ち続けていたいものだが。

三原塔子《みはらとうこ》は、いかにも東京のお嬢さんという感じがした。洋装。髪も綺麗にセットしている。ただし、歩く時に少し足を引き摺るのが気になった。

「怪我は大丈夫なんですか」松川は思わず訊ねた。一番大事な問題だ。

「普通に歩く分には何ともないのですが、少し長い距離になると辛い時もあります」塔子が正直に打ち明ける。

だったら、銀座の人波の中を歩き続けるのは辛かろう。三人はすぐに、カフェーパウリスタに落ち着いた。

「事故がなければ仕事をしていたんですね」松川は聞いた。

「はい。実は『新星』で働く予定でした」

「あ、そうなんだね」松川は思わずうなずいた。「新星」は、「市民公論」の競争相手とみなされている雑誌である。「市民公論」よりも後発で、より過激な論説が人気の源になっていた。ただし、時々あまりにも行き過ぎた論説を載せることがあるので、当局からは目をつけられている。

「せっかく就職が決まっていたのに、もったいない」

「はい。でも、歩けるようになるかどうか分からないと言われていたので……それでは、編集者の仕事は難しいと思いました」

「ずっと入院を？」

「三ヶ月ぐらいです。その後は家にいて、家業の手伝いをしながら、体が元に戻れるように運動をしていました」

「普通に毎日会社へ出勤して、編集の仕事をする分には大丈夫そうですね？」松川は念押しした。

「はい」緊張した面持ちで塔子がうなずく。

「ご家族には、この話は？」家業を手伝うというぐらいだから、かなり立派な家かもしれない。厳しい家庭だったら、娘を家から出さない、と言い出してもおかしくない。嫁にいくのも自然な年齢なのだし。ただし彼女は、まだ珍しい大学出の女性である。しっかり仕事をしてもらわないと、これまで学んだのがもったいない。

「まだしていません。でも、大丈夫だと思います」

「そう？」つい疑わし気な声を出してしまう。

「元々家族は、大学を出て働くことには反対していませんでした。事故がなければ、普通に働いていたと思います。これから働いても、反対はしないはずです」

「分かった。この仕事が相当大変なのは分かるね？　同人とは訳が違うよ」

「はい」塔子が背筋をすっと伸ばした。

「一癖も二癖もある作家先生に原稿を頼んで、締め切りまでにちゃんともらう。それだけならただの御用聞きだけど、これから『文學四季』をどんな雑誌にしていくか、菊谷先生とちゃんと話して方針を決めていかないといけない。つまり、菊谷先生とも正面からやり合う可能性があるんだ」

「承知してます」

「菊谷先生は、一癖二癖どころか、三癖ぐらいある人だ。悪い人じゃないけど、扱いやすいわけでもない」

「覚悟しておきます」塔子がうなずく。その真剣な表情を見ただけで、松川はこの若い女性は信用できると思った。松川は、人を見る目はあると自負している。この作家はきちんと原稿を書いてくれるかどうか——初対面で初めて仕事の話をした時に、だいたい予想できるし、それは当たる。

「では、細かい条件は後で文書にしてお送りします。もしもご両親が反対したら……」

「心配いらないと思いますが」

「もしも反対されたら、菊谷先生に御出座《おでまし》願いましょう。今回の件は、菊谷先生が始めた話で、私も巻きこまれただけですから。菊谷先生に責任を取ってもらわないと」

そこでようやく小さな笑いが弾けた。何とかなるだろうとほっとして、松川はコーヒーを一口啜った。残る問題は経理担当だが、これは密かに安田に頼んで探してもらっている。以前、秀英《しゅうえい》舎《しゃ》で経理を担当していて、定年で辞めたばかりの人が候補に挙がっていた。まだ十分仕事ができる年齢だし、何より業界内の事情に詳しいのも大きい。まったく関係ない業界から来てもらうよりもずっといいだろう。おそらく第四号からは、新体制で編集作業を進められる。

その前に——松川には密かに決めていることがあった。

菊谷は「文學四季」の大看板だ。これまでも「責任編集」を謳い、菊谷の名前で読者の目を引いてきた。それはこれからも続けるとして、編集の実務作業には手を出さないように上手く誘導しないと。約束はしているものの、つい手も口も出すのが菊谷という男である。

菊谷は細かいことによく気がつくし、面倒見がいいから若い作家からも慕われている。しかし彼の本業は、作家——それも今の時代を代表する作家なのだ。何よりも、優れた文学作品を世に送り出すことが、彼に課された大事な使命である。しかも「大家」と言われ、全集が発行されているのに、まだ三十代なのだ。年齢を考えると、彼の全盛期はむしろこれからだろう。そんな中で、雑誌の編集に力を入れ過ぎて欲しくない。もちろん「俺の雑誌」と胸を張ってもらっていいし、いずれ大きな部数を発行して、彼の懐をもっと潤すこともできるだろう。

しかしそうするのは、松川たちの仕事なのだ。編集の専門家である松川たちの。

「佐山先生に、短編をお願いしましょう」松川は提案した。これは以前から考えていたことだった。

佐山はこれまで「文學四季」で毎号、巻末に随筆とも論説ともつかない文章を書いていた。菊谷は佐山を買っていて、それこそ「何でも自由に書いていい」と言って「文學四季」の「締め」を任せていたのだが、松川の感覚ではもったいない。この文章は、佐山の新しい一面を掘り起こすかもしれないが、小説で見せる切れの良さには及ばない。佐山は短編小説でこそ真価を発揮するし、読者もそれを望んでいる。

「佐山はもう、手一杯じゃないか。彼は今、一番売れっ子なんだぞ」

「分かっています。でも『文學四季』をもっと売るためには、佐山先生の小説が必要です」

「彼は……神経衰弱の気味があるんだ。無理はさせられない。文壇の宝なんだぞ」

「佐山先生は、まだお若い。体力のあるうちに、書いて書いて書きまくって、ご自分の基礎を鍛えるべきではないですか？　我々が伴走します」

「だったらまず、私が様子を確認――」

「我々がやります。それは編集者の仕事です！」

いつの間にか声が大きくなっていたのに気づき、松川は口をつぐんだ。「文學四季」の編集部は菊谷の自宅なのだ。広い「宝石御殿」とはいっても、怒鳴り合いのように話していたら、家族にも聞かれてしまう。それは申し訳なかった。

松川は咳払いして、声の調子を落とした。

「取り敢えず、依頼させて下さい」一礼して菊谷の顔を見やる。菊谷は眼光鋭いのだが、福耳のせいで冷たさや厳しさは相殺されている。そして笑うと目が細くなってきつい印象は消えてしまうのだが、今は違う。大事な後輩を本気で心配しているのだと分かった。

佐山は、菊谷の帝大の後輩で、文壇で認められたのも菊谷の方が早かった。佐山も学生時代から小説は発表していたのだが、まだ高い評価を得るには及ばず、若い頃はずっと菊谷の家に入り浸っていたという。菊谷は、他人が書く小説について批評することはないのだが、佐山は例外だった。毎晩文学論を戦わせ、佐山の書いた原稿を二人で読みこんで、どこをどうすればよくなるか、徹底して話しこむのを、松川も目撃している。まさに切磋琢磨、熱心な編集者以上の取り組み方で、菊谷が佐山をどれだけ買っていたかが分かる。佐山が作家として名を成して――佐山を頻繁に起用した「市民公論」の力も大きい――からも、二人はよく会っていた。だからこそ「文學四季」の巻末の一文を任せるようになったのだ。

「私も、しばらく佐山先生に会っていません。実際に会って、お元気かどうか、こちらに書いていただけるかどうか、様子を見ようと思います。それで判断してもいいでしょうか」

「つくづく、君らは強引だ」菊谷が溜息をついた。

「はい。でも、首に縄をつけて引っ張ってこようというわけではありません。それは菊谷先生もよくご存じかと思いますが」

「同じようなものだろう」

しばらく押し引きが続いたが、最後は菊谷が折れた。「文學四季」を売るためにはいい小説が必要――それは菊谷も分かっているのだ。「市民公論」が部数を伸ばしたのも、それまで評論・論説だけだったのが、小説を掲載し始めてからである。時事問題についての小難しい解説を進んで読もうとする人間は、やはりまだ少数派だ。それよりも小説こそ、多くの人が求めるものだということは、松川も身をもって知っている。

「では、これからすぐに佐山先生に会いに行きます。二人ともついてきてくれ」松川は玉田と塔子に声をかけたが、二人はすぐには立ち上がらない。

「どうした？」

「いや……いきなり佐山先生に会うんですか？」玉田が不安そうに言った。

「会わなければ仕事は頼めないぞ」

「話をするのも大変な人だと聞いたことがあります」

「いいから行ってきなさい！」菊谷が大音声を上げた。「決めたら動く。それが仕事の基本だぞ！」


「菊谷先生も怖い人ですね」

佐山の家の最寄りの停留場で降りて歩き出すとすぐに、塔子が言った。

「そうか？」

「せっかちというか。佐山先生に原稿を頼むのを反対してたのに、急に態度が変わって……」

「一度決めたら、それまでのことはなしになる感じかな。いつまでも愚図愚図して、時間を無駄にするのが嫌いなだけなんだ」

「それがせっかちな感じなんだと思います」

「まあ、そうだな」頻繁に会ううちに分かってきたのだが、塔子はかなり図々しい——言いたいことははっきり言う人間だ。考え方もだいぶ先進的である。西洋かぶれというべきか、女性も社会で働くべし、選挙権も与えるべしということを、控えめながらはっきりと主張する。今の時代の最先端の女性という感じだ。佐山は基本的に、流行などに興味を持たない人間で、塔子のような女性の言葉をどう受け止めるか、興味もあった。

世間は佐山を誤解していると松川は思う。おそらく、広く流布している写真のせいだろう。がりがりに痩せて、頬もこけている。そして髪はもじゃもじゃ。写真になると、そういう特徴はさらに強調され、一種近寄りがたい印象を与える。しかし実際に会ってみると、つい笑ってしまうような皮肉をよく飛ばす人間で、同席している人を喜ばせようと腐心しているのが分かる。菊谷は昔、「漱石門下の人間で、佐山が一番ユーモアがある」と評していたが、松川もそれには全面的に賛成だ。

世間が佐山から受ける印象は、彼の作品のせいもあると思う。佐山は基本的に、短編小説しか書かない――長年長編に取り組んでいるが、まだ日の目を見ていなかった。その短編小説は常に「切れ味」という一言で評価される。歯切れの良い文章、人間の暗い側面に鋭く斬りこむ内容、そして鮮やかに幕を下ろす結末。まさに「切れ味がいい」という形容が似合う小説だ。

ただし最近、体調がよくないのは事実である。顔見知りの松川が訪ねて行くと、追い返すようなことはしないが、原稿の依頼を受けてくれるかどうかはまったく分からない。その時の体調と気分次第だ。

佐山は在宅だった。松川だと分かるとすぐに家に上げてくれて、応接間で待つように言われる……しかしなかなか顔を見せない。玉田が煙草を取り出したので、松川は慌てて止めた。

「佐山先生は、煙草を吸わない。煙草が嫌いなんだ。会っている時は、煙草は御法度だぞ」

「分かりました」玉田の顔が蒼くなる。

「そんなに緊張しないでも大丈夫だ。佐山先生がうるさいのは、煙草についてだけだから」

「でも、灰皿があるんですね」塔子が指摘した。

「それは、菊谷先生専用だ。菊谷先生だけは、ここで煙草が吸える――理由なんか聞くなよ。あの二人のつき合いは帝大時代からなんだから、俺たちには計り知れない関係があるんだろう。だから――」

引き戸が開いて、松川は口をつぐんだ。佐山だと分かり、すぐに立ち上がって一礼する。佐山は部屋の中に入らず、ぎょっとした表情を浮かべている。

「どうして、三人も?」怯えたように佐山が言った。

「ご挨拶です。我々三人が、『文學四季』の新しい編集部員になります」

「ああ……はい。松川さんとはお久しぶりですね」

「今後は、『文學四季』で仕事をさせていただきます」

「そうですか……」

まずい、と松川は警戒した。今日は「危ない時の佐山」である。普段より顔色が悪いし、髭も剃っていない。身だしなみは常にきちんとしている人で、毎朝たっぷり時間をかけて髭の処理をしているのだが、今日はそれどころではないようだった。原稿を依頼するなどまず不可能だろう。

松川は玉田と塔子を紹介した。依然として佐山の反応は鈍い――表情もぼんやりしている。もしかしたら睡眠薬を呑んでいるのでは、と心配になった。佐山はここ数年不眠症に悩まされており、睡眠薬を常用しているという噂がある。家の中のことなので、本当かどうかは誰にも分からないのだが。ただし実際、会ってもぼうっとしていることがある。薬の効果が切れておらず、半分寝ているような状態なのだ。

「先生、お忙しいでしょうから、用件を先に申し上げます。『文學四季』の次号なんですが、先生に短編小説をお書きいただけないかと思いまして……巻末の論説だけでも大変なのは分かっていますが、どうしても先生の小説を読者に届けたいんです」松川は一気にまくしたてた。「正直、『文學四季』は苦戦しています。このままだと、菊谷先生の金を食い潰すだけで、早晩休刊、ということにもなりかねません。そうならないために、我々が編集を引き受けて、菊谷先生には執筆に専念していただくことにしました。我々が編集を担当して最初の号になりますから、ぜひ佐山先生に作品をお願いしたいんです」

「あー、苦しいのは分かってるよ」佐山が気の抜けた声で言った。「僕も『文學四季』の同人だから。収支はちゃんと見ている」

「失礼しました」松川は頭を下げた。

「それで、原稿のことなんですが……内容は好きに書いていただいて構いませんので、次号にいただけませんでしょうか」

「それはねえ」佐山が深々と溜息をつき、着物の袂に手を突っこんだ。一枚の紙を取り出す――電報だと分かった。「君たちが来る前に、菊谷さんから電報が届きましたよ。小説を頼む、と」

松川は一瞬頭に血が昇るのを感じたが、すぐに「落ち着け」と自分に言い聞かせた。深呼吸して続ける。

「そうですか、菊谷先生が――私たちも同じことをお願いに来たんです」

「まあ、受けざるを得ないでしょう」困ったな、と言いたげに佐山が苦笑する。

「よろしい……んですか？」松川は遠慮がちに確認した。

「責任編集の菊谷さんのご要望とあらば……しかし、『文學四季』は大丈夫かな」

「売ります」松川は宣言した。「きちんと売って、今後も安心して書いていただけるようにします。菊谷先生の理想は素晴らしいと思いますが、売れなければ雑誌はやっていけません」

「金勘定は、どんな世界でも大事なんだね」佐山がうなずく。「でも僕は、そういうのは苦手だ。菊谷さんも同じだろう。実は『文學四季』を創刊する時に、菊谷さんに忠告したんだけどね……実際に雑誌を作る作業は編集者に任せて、あなたは看板になった方がいいと」

松川は、表情が緩むのを感じた。佐山がそれを鋭く見抜く。

「何だい？　俺は何か変なことを言ったかな？」

「いえ……私も菊谷先生に同じことを申し上げたんです。散々文句を言われました」

「ああ」佐山も笑った。「菊谷さんは、思いこむと周りが見えなくなることがあるからね。君もとんだ災難だったな――でも、それぐらいは分かってたでしょう」

「言わざるを得なかったんです」

「心配性だねえ」

「それは間違いありません」

そこから先、話は順調に進んだ。かなり急なことで、普通なら受けてもらえなくてもおかしくないのだが、佐山も「文學四季」のあり方には危機感を覚えているようだ。ちょうど今月は、他の雑誌に書く予定がなかったことも幸いした。

「内容は任せてもらえるんだね？」佐山が念押しした。

「もちろんです」

「分かった。考えをまとめたら、連絡するよ。それでいいかどうか、まず意見を聞かせて欲しい」

「もちろんです」

応じながら、松川はかすかな違和感を抱いていた。佐山は小説の内容について、予め編集者に相談する人間ではない。中には、短い小説を書くためだけでも、何度も編集者と打ち合わせする作家もいるのだが、佐山は「黙って待っていてくれ」という感じだ。前にそのことを聞いてみたら「頭の中のことは、話していては説明できない」と言われた。書く分にはいいが、話すのは苦手ということだろう。そして仕上がってくる原稿は常に素晴らしい——そんな彼が「まず意見を聞かせて欲しい」というのはちょっとした異常事態だ。

しかし、作家がそう望むなら、応じるのが編集者の役目である。

話し合いが無事に終わって佐山の家を辞した後、松川はかすかな怒りが込み上げてくるのを意識した。黙りこんでしまったので、玉田が不安そうに訊ねる。

「何か……不満なことでもあるんですか？」

「いや、菊谷さんが余計なことをしたな、と」

「電報ですか？　我々が頼りないと思ったんですかね」

「そういうわけじゃないと思う」編集者としての自分の能力を、菊谷は買ってくれているはずだ。だからこそ「文學四季」に呼んでくれたのだから。「いても立ってもいられない、という感じだったんじゃないかな。自分でも何かやるべきだと、焦っているんだと思う」

「菊谷先生、本当にせっかちですよね」塔子が言った。

「ああ。それは分かってるけど、帰ったら説教だな」

「菊谷先生に説教ですか？」塔子が心配そうに言った。「そんなことして、大丈夫なんですか？」

「俺が『文學四季』に来る時、菊谷先生には執筆、そして広告塔に徹してもらう約束をした。それが、先生にとっても一番いいんだよ。約束を破って……説教して、先生には原稿をたくさん書いてもらうようにしよう。そうすれば、余計なことに手を出す余裕はなくなる」

「本当に大丈夫なんでしょうか？」塔子はまだ心配そうだった。「菊谷先生、せっかちということは短気でもありますよね？　怒らせたら――」

「相手が作家でも、言うべきことは言わないといけないんだ。でもこれも、全て先生のためなんだから。君たちも、菊谷先生には遠慮なく話してくれよ。きちんと説明すれば、話は聞いてくれるから」

　必ずしもそうとは限らないが。菊谷は癇癪《かんしゃく》持ちで、かっとすると相手の言葉が耳に入らなくなる。しかしそれで菊谷に怒られるのも、編集者としての勉強だ。怒られながらも、諦めず相手に向かっていかないと、編集者としては成長しない。

第四章　成功への道

「文學四季」の売り上げは、決して悪くはなかった。評判が高いのも確かで、定期購読の申し込みは引きも切らない。「一年だけじゃなくて、二年、三年の定期購読を申しこんでくる人もいるんだ」と菊谷《きくたに》は自慢していた。

しかし……会社には事務仕事を担う者が一人しかいない。印刷会社の秀英舎《しゅうえいしゃ》で経理を担当していた人で、優秀なのだが、定期購読の手続きなどの仕事が増えてきて、とても手が回らなくなっている。松川《まつかわ》も手伝っているが、編集の仕事の合間なので、完全に対応できているとは言い難い。しかも菊谷は「ここは手狭になったから引っ越す」と急に言い出して、勝手に新しい自宅兼会社を決めてしまった。夏からは、駒込神明町《こまごめしんめいちょう》が、文學四季社の新しい本拠地になる——。

その引っ越しの準備があって、仕事は松川が予想していた倍にもなっていた。そんな中で、自分が初めて担当した四号は一万部、五号は一万五千部まで部数を伸ばしていた。広告も順調に集まり、今のところ採算は十分に取れている。菊谷もずっと上機嫌で、編集部員に無理を言ったり、自ら乗り出して余計なことをしようとはしなかった。

松川としては、やりやすい状況になってきた。「文學四季」をどんな雑誌にしていくかは松川の一存では決められない——そういうことを決めるのは菊谷の役目だが、こちらの意見も言いやすくなるだろう。

それにしても、引っ越しは大変だ。菊谷の家には、予想していたよりも多くの蔵書があり、それをまとめて荷造りするだけでも大事《おおごと》だったのだ。しかも菊谷は、だらしないところがある一方で、本の整理に関しては几帳面だ。図書館のようにきちんと整理されていないと、苛々するらしい。確かに、図書館並みに本があるのだが……しかも荷造りしている最中にも、神保町《じんぼうちょう》の古書店がまとめて本を持ってきたりするから、どうにも整理がつかない。

松川は書庫になっている部屋の中で、しゃがみこんでしまった。この部屋は、きつい陽射しが入らないのはいいのだが、風も入らない。これでは湿気がこもって本も傷む……菊谷はその辺も考慮して引っ越すことにしたようだ。それにしても、ここで作業をしているとたまらない。松川は手拭いで額の汗を拭うと、うめきながら立ち上がり、書庫の前の廊下に出た。廊下は中庭に面しており、春や秋は美しい庭の光景を楽しめるのだが、この季節は藪蚊がわいて厄介だ。蚊やりは焚いてあるものの、それをものともせずに蚊が襲ってくる。

そこへ、塔子《とうこ》がやってきた。相変わらずの洋装だが、少し暑そう……足はまだ治りきっていないようで、やはり長時間歩き回るのは辛いようだ。本当は、人力車で動く方がいいのだが、さすがにそこまでの予算はない。塔子が「大丈夫です」と言ってくれているのを信じるだけだった。

松川は煙草に火を点けた。労働の後の一服は格別……のはずだが、この後も延々と本の整理を続けなければならないと考えるとうんざりする。

「引っ越し作業は、学生でも雇ってやらせるか」

「お金があれば、その方がいいかもしれませんね」塔子が同意した。

「菊谷さんに相談するよ。それより、佐山《さやま》先生、次の作品はどうだい？」松川が頼んで、一回は短編を書いてもらったのだが、「修業」として、今後は塔子に佐山を担当させることにしたのだ。

「それが、どうもいい返事をいただけなくて」塔子が松川の前で正座した。体が真っ直ぐにならないのは、やはり足が悪いせいだろう。「私のやり方がいけないんでしょうか」

「体調は？」

「眠そうでした」

「そうか……」松川は腕組みをした。「文學四季」に来てから何度か佐山には会っているが、体調が万全だったことは一度もない。ひどく眠そうにしているか、ぼうっとして上の空か。睡眠薬の常用癖がかなりひどく——中毒症状のようになっているという噂は、どうやら事実のようだった。今回書いてもらった原稿も少し怪しかった。佐山は元々、誤字脱字の少ない、綺麗な原稿を出してくれる人なのだが。

「この引っ越しで、落ちこんでいるのかもしれません」塔子が言った。「菊谷先生の家が遠くなる、と嘆いておられました」

佐山の家からここまでは、市電を乗り継いで一時間はかかる。近くに引っ越すとはいえ、遠出を好まない佐山にすれば、菊谷がはるか遠くに行ってしまうような感覚だろう。「見捨てられた」と感じてもおかしくない。佐山にとって、菊谷は大事な兄貴分なのだし。

「次をやってくれるかどうか、きちんと返事はしてくれなかったんだな？」

「ええ」

「二日後にもう一度行ってくれないか？　二日後なら、もしも駄目でも、まだ他の人に頼む余裕がある」

松川は、「市民公論」でやっていたように、万が一のための若い作家の一覧を作り始めていた。誰かが「書けない」と泣きついてきたり、急に病気になったりした時のための、すぐに原稿を頼める相手の一覧だ。文壇における影響力という意味では「市民公論」の方がはるかに大きいが、菊谷の名前も大きな力を持つ。使えるものは何でも使えということで、松川は若い作家に声をかけていた。ただし、「市民公論」でやっていたように、原稿をもらっておいていつでも使えるようにしておく、というまでの準備はしない。このやり方だと、せっかくの原稿が結局使われないままになってしまうことがあり、若い作家を失望させるだけだからだ。何かあったら大慌てで尻を叩いて書かせればいい——今回は誰に頼もうかと、松川は早くも考え始めた。

「佐山先生が心配です」塔子が渋い表情で言った。

「佐山先生は、だいたいあんな感じだけどね。睡眠薬も今に始まったことじゃない。不眠症は昔からなんだ」

「睡眠薬も長く呑み続けると、体に悪いと言いますよ。ご家族も心配されています。二人目のお子さんも、間もなく産まれるんですから」

三年前には長男が、この秋には二人目が産まれる予定だった。佐山も生活していけるだけの仕事は十分こなしているはずだし、決して贅沢な暮らしをしているわけではないから、金の問題については心配はいらないだろう。ただし、何かと考えこんでしまう人なので、松川たちなら笑い飛ばすようなささやかなことに引っかかって悩み、睡眠薬に頼っているのかもしれない。

そういう時に相談に乗れるのは菊谷、そしてやはり帝大で同窓だった作家の久留米正志《くるめまさし》ぐらいだろうか。松川は久留米とはつき合いがないが、一度会ってみたいと思っている。いずれ「文學四季」に原稿を頼むこともあるだろうし、顔つなぎは必要だ。その際に、最近の佐山の様子を聞いてみてもいい。

佐山が酒を呑めれば、と思うことがある。緑岡《みどりおか》のように浴びるほど呑んでいては仕事に差し障るが、適量の酒で悩みを吹っ飛ばしてぐっすり眠れば、明日への活力も生まれるだろう。しかし佐山は体質的に酒がまったく呑めず、たまに酒宴に出てきても、隅の方で静かにお茶を呑んでいたりする。

漱石が生きていれば、と思う。佐山と漱石の関係は、松川も多くの人から聞いていた。漱石は佐山の新しい才能を最大限に評価し、佐山は漱石を小説の師だけでなく人生の指南役と見ていた。自らを導いてくれる存在――漱石が亡くなった時には、遺体に取《と》り縋《すが》って泣いていた、という話を菊谷から聞いたことがある。

「とにかく君は、もう一度佐山先生に会ってくれ。俺は俺で、何か手を考えておく」

「分かりました。原稿のことは……今は無理にお願いしない方がいいですよね」塔子が勘よく言った。

「ああ……あくまで様子を見るだけだ。どんな反応をするか観察して、後で詳しく教えてくれ」

引っ越し準備の合間の何気ない一時が、急にどんよりと暗くなってしまった。


久留米は村夫子《そんぷうし》然とした男で、分厚い眼鏡の奥の目が常に笑っているような感じだった。一時小説から離れていたこともあるが、菊谷の勧めで書いた新聞小説が好評を博し、今は通俗小説で人気を得ていた。筆は早いが、仕事を引き受け過ぎて間に合わない、と言われている。そのせいもあって、松川は今まで、「文學四季」への執筆は依頼していなかった。そもそも菊谷が「文學四季」を立ち上げた時、同人に誘われたのに断ったというのだから、かなり変わった人ではないだろうか。菊谷は今や文壇を引っ張る第一人者であり、同時に久留米にとっては帝大同期、同じ同人で活動した仲間である。そういう相手からの誘いを断る感覚が分からない。

実際には、変人ではなかった。

ただし、酒が過ぎる。

自宅を訪ねたのは午後早くだったのだが、久留米は既に酒が入っていて、ご機嫌だった。そして松川にも酒を勧めてくる。こういう時は難しい。向こうは好意で勧めてくれるのだし、酒呑みは、差し出した盃を断られると急に機嫌を悪くしたりするのだ。それが分かっていても、厳しい仕事の話の時は酒を断らざるを得なくなる。

今日は……一杯だけもらうことにした。ただし、湯呑み茶碗になみなみと。

「ささ、どうぞ。駆けつけ一杯で」

「いただきます」覚悟を決めて、茶碗に口をつける。何とか半分ほど——久留米が厳しい視線を送ってきているのに気づいたが、それだけで茶碗をちゃぶ台に置く。

「何だ、呑んで下さいよ」久留米は不満げだった。

「後でいただきます——それで今日は、仕事の話ではありませんか」

「何だい、ようやく天下の『文學四季』から注文かと思ったのに」

「今の先生の仕事量では、新しい仕事をお願いするのは気が引けます」

「そう?」

「はい」松川はさっと頭を下げた。「我々にとってありがたいことに、先生は筆が早い。もしかしたら、今の文壇で一番かもしれません。でも、仕事の適切な量というのもあると思います。『文學四季』としては、先生がもう少し時間に余裕ができた時に原稿をお願いするとして——今日は別の話なんです」

「仕事のこと以外で、編集者が訪ねて来るとは思わなかったよ」久留米が皮肉っぽく言った。

「佐山先生のことなんですが」

久留米は口元まで酒の入った湯呑みを持ち上げていたのだが、ゆっくりと手を下ろした。酔いが回ってとろんとしていた目が、一気に真剣になる。

「佐山がどうかしたか？」

「最近、お会いになりましたか？」

「うむ……」もう一度湯呑みを持ち上げ、酒を一口啜《すす》る。「たまに会うよ、家も近いし」

「佐山先生とは、長いおつき合いになりますよね」

「そうだね、いつの間にか……一高で初めて会ってから、十年以上になる。時の流れは速いものだ」

「最近の佐山先生は、少しお疲れというか、塞ぎこんでいることが多いように見えます。睡眠薬の服用量も多いのではないでしょうか」

「ああ。医者に相談したまえ」

いきなり「医者」という言葉が出てきて、松川は衝撃を受けた。まるで佐山が、完全な病人のようではないか。

「あいつの家に遊びに行った時に、お茶を飲みながら白いものをぽりぽり食べ始めたんだよ。お菓子かなと思っていたら、急に倒れてそのまま寝てしまった。睡眠薬を齧《かじ》っていたんだね」

「そんなことが――」松川は顔から血の気が引くのを感じた。「いつ頃の話ですか？」

「半年ぐらい前だったかな？　それでしばらく足が遠のいていたんだが、一月《ひとつき》前に街でばったり会ってね。近くに住んでいるとそういうこともある……ちょっと立ち話をしたんだが、その時は普通だった。これから原稿を持っていくんだ、なんて言ってね」

「そうですか」

「まあ、睡眠薬は呑むと癖になるというしな。ただ、呑まなければいいだけだから。佐山もその辺のことは分かってるんじゃないか」

「しかし……睡眠薬を食べていたという話は気になります」

「俺も、あんなことをする人間は初めて見たよ。奴が睡眠薬を常用している話は有名だろう？」

「はい」

「睡眠薬が悪いわけじゃない。俺だって眠れない時には呑む。ただし、度を過ぎているとな……さすがに心配だ。最近、菊谷は佐山に会っていないんだろうか」

「ええ。『文學四季』を始めてからは、目が回るような忙しさですから」

「あの人は、作家になるべきじゃなかったな」久留米がぽつりと言った。

「いや、先生、それは――」

松川は反論しかけたが、久留米は人差し指を顔の前でピンと立てて、松川を黙らせた。

「本当だ。俺はそう思う。菊谷が、異常に面倒見がいい人間だってことは、知ってるよな」

「はい。時々、自分の限界を超えて他の人の面倒を見ています」

「そういうのは、パトロンの役目なんだ。パトロン、知ってるかい？」

「……いえ」

「後援者、ぐらいの意味だ。西洋では昔から、王家や宗教関係者、資産家が美術や音楽を守ってきた。人の心を揺さぶる絵を描いたり、偉大な曲を作曲しても、それですぐに金が入ってくるわけじゃない。だからパトロンは、芸術家が生活に困らないように資金援助をして、時には作品を買い上げて莫大な額の金を払ったりする。そうしないと、芸術なんか立ち行かなくなるんだよ。日本でも、真仁法親王《しんにんほっしんのう》が、円山応挙《まるやまおうきょ》のパトロンだった。そういう人は、芸術の世界では常に必要なんだ。菊谷は、実業の世界で大儲けして、我々作家のパトロンになるべきだったと思う」

「しかし、菊谷先生の作品を心待ちにしている人もたくさんいます」松川はつい反論した。「私もその一人です。編集者の特権で、一般読者よりも早く読めるのが、一番の喜びです」

「ほら、そういうことだ」

「何がですか？」

「菊谷には常に、熱心な支持者がいる。帝大時代からそうなんだよ。彼の周りには常に人が集まって、大きな集団ができる」

「それと、パトロン――後援者になるのはまったく別の話だと思います」後輩たちの面倒見がいいのは、松川も自分の目で見て知っているが。

「まあまあ……実際には『文學四季』だって、パトロンとしての仕事みたいなものだろう。仲間たちに書く場を与えるんだから」

「それは――はい。同人のようなものですが、ちゃんとお金も払っています」

「とにかく、佐山のことは菊谷に相談した方がいい。正直言えば、佐山は俺の言うことなど聞かん。医者へ行った方がいいと思うが、俺が言っても無駄だろう。俺も、変に恨まれたくもない。ただし、菊谷の言うことなら素直に聞くはずだ」

「パトロンだから、ですか」

「そう考えてもいい。『文學四季』で忙しいのは分かってるけど、ここは菊谷本人が御出座《おでまし》、というところじゃないかな。佐山は、漱石先生門下の優等生だ。これからの日本の小説を変えていくのは佐山だよ。そんな人間を失いたくないだろう」

「失う――」松川は一瞬言葉を失った。「そこまで危ない状況だと思われますか？」

「目の前で、睡眠薬をぽりぽり食われてみろ。あれは緩慢な自殺じゃないか。そして俺が何を言っても、佐山は聞かない――悔しいが、あいつを救うためには菊谷が出るしかないんだ」


この件を菊谷に話すのは気が重い。何というか……編集は自分たちに任せてくれと、松川は大見得を切った。編集を任せるというのは、作家の面倒を見ることも含めて、だ。だから佐山の件も、やはり自分たちが何とかすべきではないだろうか。家族と相談して、騙してでも病院に連れていって診察を受けさせるとか。

しかし久留米は「君たちには無理だぞ」とあっさり言った。口は悪いが、判断力は確かな人らしい――そして、自分が佐山を助けられないことに、本気で悩んでいるようだった。彼の中では、きちんと順位ができているのだろう。一番いいのは、親友である自分が佐山を説得して医者へ連れて行き、心身ともに健康を取り戻させること。しかし親友であるが故に上手くいかない――佐山の方に甘えもあるだろう――ことも見越して、次善の策に出たわけだ。

久留米が菊谷に対して微妙な感情を抱いているのは明らかだ。「パトロン」などと言い出し、菊谷の作家としての才能を半ば否定するような言動を取ったことでもそれは分かる。それでも菊谷なら佐山を動かせる、という判断だろう。

久留米のそういう気持ちは、大事にしなければならない。

ここはやはり、菊谷に任せた方がいいだろう。忙しいのは承知で、頼みこんでみるか――会社に戻ると、ちょうど菊谷が出て来るところだった。

「先生」

「ああ」菊谷が、悪戯を見つけられた子どものような表情を浮かべる。

「お出かけですか？」麻雀だ、と分かった。菊谷は数年前から麻雀に凝っている。松川にはまったく縁がない娯楽だが、凝り出すと時間の経過さえ忘れるほど中毒性が高いという。

「ちょっとな」菊谷がにやりと笑い、両手を腹の前で動かした。ピアノを弾くような奇妙な動作で、菊谷が麻雀のことを話す時、いつもこういう動きをすることに、松川は気づいていた。何か、麻雀に関係する動きなのだろう。

「ちょっとだけお時間いただいていいですか」

「何だ？　時間がないんだが」

「麻雀よりも大事なことです」

「君は最近、ひどく生意気になったな。編集については任せたが、私の趣味にまで首を突っこまないでくれ」

「編集について、大事な相談なんです」

菊谷が立ち止まり、松川の顔を見た。

「分かった。それなら聞こう」

とはいえ菊谷は、その場から動こうとしない。大事な話と言っているのだから、家に戻って座って話すのかと思ったら立ち話——話が終わったら、一刻も早く麻雀へ向かうつもりだろう。

「佐山先生のことです。最近、お会いになっていませんよね」

「編集は君らがやるという話だよな。私が他の連中に会えなくしたのは君たちじゃないか」菊谷が恨めしそうに言った。

「仕事として会うのは……という話です。友人としても会われていないんですよね」

「残念だが、最近はとてもそんな余裕はない。君らが原稿を急かすからだろう。まったく、『文學四季』の創刊の精神はどこへ行ったのかね」

それはまだ失われていない。松川は、原稿の内容について、菊谷に注文をつけたことは一度もないのだ。自由に、好きなことを書いて欲しい。ただし、締め切りだけは厳しく決めていた。菊谷はそれが気に食わないのかもしれないが、雑誌はしっかり作らねばならないのだ。締め切りまで作家の好き勝手にされたらたまらない。

「佐山先生、心身ともに状態がよくないようです」

「ああ」

「ご存じでしたか？　最近は、睡眠薬の量も増えているようです」

「そう……だな」菊谷の顔が曇る。

「睡眠薬を、お菓子代わりに食べていた、という話も聞きました。医者に診せないと、深刻な状態になるかもしれません」

「そんなにか？」

「はい」松川はうなずいた。「眠れないので睡眠薬を呑むのは仕方ないかもしれませんが、佐山先生はもう、病的です」

「そうか……」

「一度、お話ししていただけませんか？　三原《みはら》女史が、担当として心配しています」

「分かった」菊谷が歩き出す。松川は慌てて跡を追った。

「先生――」

「今から行く」

「麻雀は――」

「佐山より大事なものが、今の日本にあると思うか！」

菊谷はすぐに、ほとんど走るようになった。ずんぐりむっくりした体型の男にしては驚くべき速さで、松川も辛うじてついていけるぐらいだった。

すぐさま人力車に乗りこみ、佐山の家へ向かう。到着するなり引き戸を開け、大音声で「佐山！」と呼びかける。子どもなら泣き出しかねない大声で、まだ幼い佐山の子どもたちのことが心配になった。

ほどなく、佐山は出て来た。いつものようにぼさぼさの髪。普段なら整えられた髭も、しばらく剃った様子がない。松川は先日会ったばかりだが、短期間に急激に痩せてしまったように見える。頬はすっかりこけ、体はちょっとした衝撃で二つに折れてしまいそうだった。

菊谷が黙りこむ。分厚い唇をぎゅっと引き結び、拳を握り締めた。肩が何度も上下しているのは、呼吸を整えているのか、怒りや悲しみを押し殺そうとしているのか分からない。

「佐山！　お前、飯食ってるのか！」

「何ですか、いきなり」佐山が弱気な笑みを見せる。

「飯に行こう、飯に！　うなぎでも食おうじゃないか」

「腹は減ってませんよ」佐山の顔が強張る。

「そう言うな。飯を食わないと元気が出ないぞ！」

結局、佐山は渋々出て来た。本当に食欲がない様子で、足取りも重い。家を出た途端、菊谷が松川の耳元で囁いた。

「君は来るな」

「しかし――」

「今日は、友人同士の話し合いといきたい。君がいると、仕事になってしまう」

「……分かりました」それももっともだと思い、松川はうなずいた。二人がうなぎを食べ終えるまで待とう――それまでこっちは、書庫の整理だ。


夕方になって気温が下がってきても、書庫の整理作業は辛い。玉田《たまだ》も塔子も引き上げて、一人きり。書庫内の本の置き場を確認して、種類別にまとめて紐で縛っていく。まだ書架は空かないのに、床は本でほぼ埋まっていた。いずれ、他の部屋に移すことになるだろう。それにしても、この家にある本全てを移動させるためには、何台の大八車を使って、何往復すればいいのだろう。そういえば、本の整理に学生を雇うという話も出ていたが、あれはどうしようか……。

廊下に出て、煙草に火を点けて寝転ぶ。夜になって少しだけ風が涼しくなっていたが、それでも額に浮かんだ汗が引くほどではない。さっさと帰って一風呂浴びたいが、菊谷と佐山の話が気になる。

煙草を一本灰にしたところで、猛烈に酒が呑みたくなった。菊谷は自分では呑まないのに、編集部に酒瓶を何本も置いていて「夕方になったら勝手に呑んでくれ」と言っているのだが、松川はまだ手をつけたことはない。一仕事終えて酒が呑みたくなることはあるのだが、仕事場で一杯やっていると、「仕事が終わった」感覚が希薄になってしまいそうだった。仕事場を出て、どこかで一杯引っかけなければ、「けじめをつけた」感覚は得られない。

どたどたという足音を聞いて、松川はゆっくり体を起こした。菊谷……いかにも元気がなく、腕組みしてうつむいたまま、こちらに近づいて来る。うめくような声を上げて、松川の側であぐらをかく。大きな溜息をついてから両手で顔を擦り、煙草をくわえた。マッチで火を点けてから、激しく右手を振るってマッチの火を消し、庭に投げ捨てる。薄い煙が上がり、香ばしい煙草の香りが流れた。

「先生――」

「佐山は重症だ。もっと早く気づいておくべきだった。私の責任だな」菊谷の顔は真っ赤になっていた。

「そんなに悪いんですか」

「君らは、佐山とちゃんと会話ができているか？　原稿の依頼は受けてくれたか？」

「いえ……はっきり返事をしないのでおかしいと、三原女史が心配していました」

「佐山は普段、原稿に対してはどういう態度だ？」

「できるかできないか、早く判断される方です」

あっさり「できない」と言われることも多いのだが、はっきり言ってくれるので、次の一手を打ちやすい。

「今回は違うか」

「はい。いつもとは感じが違います」

「うむ……」菊谷が腕組みした。「そうだな」

「先生は、どう感じられました？」

「帝大時代に、睡眠薬が手放せなくなった友だちがいた。そいつは実家が長野の豪農で、たっぷり仕送りをもらっていたんだが、本代以外は全部睡眠薬に使っていたぐらいだ。最初は『眠れないから』だったのが、そのうち『呑んでいないだけで不安になる』と言い出した。効き始めのぼんやりする感じがたまらない、と言うんだな。私も睡眠薬は呑んだことがあるが、ただ眠くなるだけで、気持ちがいいと感じたことは一度もない。ただ、睡眠薬がもたらす感覚が快感という人は、少なくないようだ」

「佐山先生もそうなんでしょうか？」

「いや、佐山の場合は、快感を貪っているようには見えない。ただ不安なだけだと思う。薬を呑んで頭がぼうっとしている間は、何も心配しないで済む、というわけだ」

「何がそんなに不安なんでしょうか」松川は首を傾げた。

「長編だよ」

「長編が書けない、ということですか」

「ああ」

佐山は文壇に認められて以来、菊谷らと並んで「日本の小説を支える存在」と言われている。漱石門下という血筋の良さもあり、短編小説に関しては、既に「名手」の呼び名をほしいままにしている。未だ長編をモノにしていないのが問題かもしれないが、松川の感覚ではこれは仕方がない。長編と短編、どちらが得意かは、作家によって違うのだ。どちらでも素晴らしい作品を発表する作家がいるが、それは稀有な存在である。佐山は、「日本で最高の短編の名手」。それだけで十分ではないか。そもそも佐山は、それほど望みが高い人間ではない。何となく現状に満足し、あまり金が儲からなくても文句も言わず、自分の好きな小説を好きな時に発表できればいい、という感じだった。

「『雛《ひな》の時代』のことでしょうか」

「知っているかね」菊谷がうなずく。

「雛の時代」は、数年前に佐山が東日新聞に連載した長編小説である。平安時代末期を舞台に、平家の若武者の数奇な人生を描いたものだったが、連載は三ヶ月ほどで休載になり、結局完結しないまま打ち切られていた。佐山の文体は密度が濃い――いかにも短編向きで、印象的な言葉を連打するのだが、長編でもそのやり方を貫いたために、ひどく重く、暑苦しい感じになっていた。佐山が新聞小説を連載するというので、松川も楽しみに読み始めたのだが、正直、休載になってほっとしたものである。このまま連載が終わり、一冊の本になったとしても買う人がいるのか、と疑問に思ったほどだった。松川の感覚では、長編の文体はやや緩く「隙間」があった方が読みやすい。緻密で凝った文体は、短く勝負する短編にこそ合っていると思う。

「佐山は、あれを完成させられなかったことを後悔している」

「佐山先生なら、どこかに続きを書かせてくれと頼めば――」

「そういうことじゃないんだ。あれが休載になった時、佐山は私の前で号泣した」

松川は思わず絶句した。佐山は感情表現に乏しい……いつも飄々としていて、本音を窺わせない人間だとばかり思っていた。最近の苦悩の表情、そして今の話――やはり佐山も普通の人間なのだと思い知る。

「佐山は、一字一字、魂を削るように書いていく。だから、長編になると息切れしてしまうんだ。短編の文体を維持したまま長編を書き切るのは大変だからな。私なら最初から、不可能だと諦める。しかし佐山は、漱石先生の門下として、絶対に長編をモノにしないといけないと思っているんだ。そうしないと、漱石先生を超えられないと」

「超えるとか超えないとか、そういう問題ではないと思います。小説の優劣を比較するなんて、不可能ではないでしょうか」

「比較は不可能ではない。ただし数字の比較だ。何冊売れたかなら、簡単に比較できる。私はそれでしか本を評価しない」

小説の評価はそんな風に割り切れるものではないのだが……菊谷のように、小説が売れて豪邸に住むような作家だと、そういう発想になるのかもしれない。ただし菊谷の小説は質的にも優れている――本人が亡くなって何十年経っても、読まれ続けるものばかりだと思う。

佐山の場合、菊谷のように「小説で儲けている」ことはないと思う。毎月のように様々な雑誌に短編小説を発表しているが、短編はまとめて一冊の本になるのに時間がかかるのだ。長編の方が圧倒的に効率がいい。しかし佐山は、長編の執筆で失敗した……本当に、師である漱石を超えたい、と思っているのだろうか。この辺は、どれだけ作家に寄り添っている編集者でも分かりにくい感覚かもしれない。

「二人目の子どもが生まれるから、家も大変だしな……女遊びでもしてくれればいいんだが、昔からそういうことには興味がない」菊谷が溜息をついた。「小説以外では使い物にならない男だ」

「どこかで少しゆっくりしてきたらどうでしょうか。温泉宿にでも投宿して、何もせずにゆっくりして……ぼんやりしていれば、長編の構想を思いつくかもしれません」

「うむ……」菊谷が腕組みをした。「来月、佐山に原稿を頼むつもりなんだな?」

「はい」

「取り敢えず、それはやめよう。今は、無理に注文しない方が、佐山も気持ちが楽かもしれない」

「しかし……」一度頼んでしまったものを「結構です」と断るのは難しい。「他の原稿を載せることになったので」と説明しても、佐山の誇りを踏み躙《にじ》ってしまうだろう。まるで自分が弾き飛ばされたような……。

「分かった。私から言っておく」菊谷が松川の心根を読んだように言った。「少し休んだ方がいい、それだけの話だ」

「それで佐山先生は納得してくれるでしょうか」

「正直、今のあいつが一行でも書けるとは思えない」菊谷が険しい表情を浮かべる。「この前の作品も、あいつらしい切れがなかった。書けない時に無理して書く——そんなことをするとどうなるか、私にはよく分かるよ。本当に心が壊れてしまうんだ。それだけは絶対に駄目だ。とにかく今は、佐山にはゆっくり休んでもらって、薬を抜くのが大事だ。その間、生活の面倒は私が見る」

「それも大変だと思いますが」

「今までもずっとそうやってきた。先を走る人間は、後から来る人間を助けてやらなくてはいけないんだ」

実際に菊谷は、若い作家に飯を食わせ、生活を支え、小説を書く環境を整えてやった。今はいい。菊谷には十分過ぎるほどの金があるはずだし、心意気は尊いものだ。しかしこんなことが永遠に続くとも思えない。

菊谷自身の今後のために、少し金を残しておくことを考えるべきではないか……そんなことを言っても菊谷は相手にすまいが、例えば会社として、何らかの方法で金を積み立てておくことはできるだろう。文學四季社は菊谷の会社なのだから、その金はいずれ菊谷に還流させればいい。

そこまで考えるのは編集者の仕事とは言えないかもしれないが……いや、安全で気楽な環境で執筆に専念してもらうのが一番大事なことだとすれば、編集者はそこまで作家の面倒を見るべきかもしれない。

佐山には原稿を頼まず、「文學四季」最新号は無事に完成した。今や作家の方で「あそこに書きたい」と言われる雑誌になってきているので、今後も原稿には困らないだろう。逆に、多くの作家の作品を掲載するために、ページ数を増やさねばならないかもしれない。しかしそうなると、十銭という今の定価では厳しくなる。値上げは避けたいが……雑誌とはいえ、定価十銭は破格の安値である。その価格で人気作家の作品が読めるということで、喜んで購入する読者も多いはずだし。

この辺は悩ましいところで、それこそ菊谷が判断していかねばならないことだ。この話を持ち出すのはもう少し後にしよう。値上げするにしても年明けとか四月とか、キリのいい適切な時期がある。

土曜日。今日は大した仕事はない。次号の原稿の発注は終えているし、実際に原稿を貰いに行くのはもう少し先である。今日の午後はサボって、活動写真でも観に行くか。活動を観るのも、編集者の仕事のうちである。市民の娯楽といえばこれまでは何と言っても芝居だったが、最近は活動人気が盛り上がっている。芝居小屋は数が限られている上に、一日に上演できる回数にも限りがあるが、活動なら、何度でも上映できるのが強みだ。

菊谷も入れこんでいて、頻繁に小屋に足を運んでいる。最近は「活動専門の雑誌を作ったらいいんじゃないか」とまで言い出した。「文學四季」でも作家に活動を鑑賞してもらって、その批評を載せることがあるが、活動は公開される作品が多く、毎月その案内や批評などを集めただけでも、一冊の雑誌が作れそうだ。今のところ本気の様子ではないが、菊谷のことだから、いつか急に「来月から始める」と言い出すかもしれない。

とはいえ、引っ越したばかりでまだ片づけも終わっていない。編集作業をしながら片づけを進めるのはかなり大変で、こういうふっと空いた時間に一気にやってしまうしかないのだが……新しい菊谷家――文學四季社の書庫は快適だ。窓があって風も入るし、湿気が少ない。まだ新しい家で、カビ臭さもないし、ここにずっと籠って本を読んでいるだけでも楽しいだろう。

まあ、近くで蕎麦でも食べてから、もう少し片づけを続けるか。活動はその後観に行けばいい――書庫を出て、廊下で背伸びする。その瞬間、足元から突き上げるような揺れを感じた。地震――地震はよくあるが、今回は違う、と本能的に思った。

すぐに揺れが大きくなり、立っていられなくなる。これは大きい――松川は咄嗟に廊下に這いつくばった。どこか隠れる場所は……と思ったが、そもそも動けない。こんなに大きい地震は生まれて初めてだ。

松川は完全に四つん這いになってしまった。目の前を瓦が落ちて、砕ける。思わず頭を抱えたが、この廊下にいる限りは安全なはず――しかし実際には、埃が落ちてくる。廊下の天井が歪み始めたのだと分かった。このまま家は崩壊するのではないか？　家族は無事なのか？　様々な思いが去来し、松川は這いつくばって動けぬまま、ひたすら恐怖と戦っていた。

ゆっくりと揺れは鎮まった。何とか無事か……しかし、揺れの最中に大きな音が聞こえたのが気になっていた。何かが崩れ落ちたような音。この家のどこかが壊れたのではないか？　しかもすぐ近くで火事が起きたようだ。焦げ臭いにおいが鼻を刺激する。どこか安全なところへ逃げなくては――いや、その前に菊谷の安全を確認しなくてはいけない。

立ち上がる。しかし足がふらついて、真っ直ぐ立てなかった。まだ揺れている？　壁に手を当て、何とか体を安定させる。頭がふらふらしているが、揺れは収まっているようだった。

「先生！」声を張り上げたが、返事はない。菊谷は……二階の編集室にいるはずだ。壁に手を当てたまま、何とか階段のところまで行く。しかし階段を上がり始める前に、松川は既に異変に気づいていた。台所から、煙が噴き出している。そこから菊谷の妻、久子《ひさこ》が這い出てきた。

「奥さん！」思わず声を張り上げる。久子は額から血を流しており、顔面は蒼白だった。先ほどまで膝ががくがくしていたのに、松川は急にしゃんとして意識がはっきりするのを感じた。久子の側でひざまずき「大丈夫ですか！」と声をかける。

「火が……」久子の声は掠れている。

「台所ですか？」先ほどのにおいは、ここからだったのだ。慌てて台所の中を覗きこむと、確かに火の手が上がっている。消さねば――しかし今は、そんなことをしている余裕はない。

「とにかく、外へ逃げましょう」

「主人が……」

「今連れてきます。奥さんはとにかく、外へ！」実際に外へ逃げていいかどうかは分からなかったが、このままだと家は焼け落ちるかもしれない。

松川は久子を外へ連れ出し――呆然とした。道路の向かいの家、それに両隣の家は完全に崩れ落ちている。動けない――また大きな揺れがきて、松川は久子を抱えこんだまま道路にしゃがみこんだ。外も危ない。だが家は燃え始めている。早くここを離れて、安全な場所に避難しないと――しかし、そんな場所がどこにあるんだ？

「主人が！」久子が叫ぶ。

「今、助けに行きます。ここを動かないで下さい」声をかけ、家に駆け戻る。中には既に煙が充満していて、二階まで上がって無事に菊谷を救出できるか、分からなかった。

その時、煙の中に菊谷のずんぐりむっくりした姿が——その影が見えた。

「先生！」返事はないが、影は確実にこちらに近づいてくる。ほどなく菊谷の顔が見えた時には、松川はその場で崩れ落ちそうになった。実際には、菊谷の顔は見えていない。暑い時期はいつも頭に巻いている手拭いで、口を覆っているのだ。マスク代わりということだろうが、あれでは煙は防げまい。それでも菊谷の足取りはしっかりしている。

「先生、大丈夫ですか！」

「これを」菊谷が大型の手提げ金庫を差し出す。本当は、自分たちが持って出てこなければいけなかったものだ。「これさえあれば大丈夫だ」

「他に誰かいるんですか？」玉田と塔子は外出している——無事を確認できないから心配だし、他の書生たちもどうしているだろう。

訊ねようとした瞬間、書生の一人、坂口《さかぐち》が転がり出て来る。帝大の学生で、大学に通いながら菊谷の身の回りの世話をしている男だ。足取りは怪しく、額は血で汚れている。

「坂口君！」

「大丈夫です！」坂口が、ぎょっとするような大声を上げる。普段は物静かな男で、決して声を荒らげるようなことはないので、松川は慌ててしまった。

「坂口君、血が出てるぞ！」

「大丈夫です」坂口が強気に言って、額に手を当てる。しかし手についてきた血を見て、顔面が急に蒼くなった。しかし自分に言い聞かせるように、もう一度「大丈夫です」と繰り返した。

大丈夫ではない。自分の足で歩いてきたのだから重傷ではないだろうが、かなり動転している。

「他の人たちは？」

「今はいません」

「よし」取り敢えず家にいた人間は全員無事——怪我人二人だ。「草履を履いて下さい。外は滅茶苦茶になっています。裸足だと怪我をします」

「久子は？」菊谷の表情が険しくなる。

「額に軽い傷を負っていますが、ご自分で歩いて逃げました」

「よし」菊谷が草履を引っかけ、久子の草履を手に取った。「とにかく外へ出よう」

「先生、本はどうしますか？」今ならまだ、救い出せる本があるかもしれない。菊谷の自著は……それは書店や出版社に行けばすぐに手に入る。しかし手書きの原稿はどうなる？　いつか「菊谷聡記念館」ができた時に展示しなければならないのに。それに、これまで集めた資料は？　既にそれらを利用して作品にまとまったものもあるが、これから読みこんで小説になるものもある。せめて、資料の目録だけでも持ち出さないと……それさえあれば、失われた資料が何だったか分かる。なくなったものは買い直せばいい——松川は家に入ろうとして、菊谷に腕を摑まれた。振り返って叫ぶ。

「先生、本が！」

「捨てておけ」菊谷が低い声で脅すように言った。「煙がひどい。今から行ったら危ないぞ」

「しかし、本が！」

「本なぞ、どうでもいい！」菊谷が怒鳴った。「人だ！　人が無事なら何とかなる！」

その言葉で、松川は体から力が抜けてしまった。坂口が正気にかえり、松川の腕を引いて外に出る。

外は……別の地獄が始まっていた。あちこちで火の手が上がり、街中に煙が渦巻いている。これはまずい。家の前でぼうっとしていたら、この火事に巻きこまれて全滅だ。

菊谷は久子に草履を履かせ、手を貸して立たせている。普段は亭主関白で、「俺は自分で足袋も履かん」と威張っているのが嘘のような献身ぶりだった。

「近くの公園に避難しましょう。火事が収まるまでは、ここにいてはいけません」松川は気力を振り絞って言った。頭を殴られたようにぼうっとしているのだが、そのままでは生き残れない。この地震は、たぶん東京を壊滅させる……いや、今は余計なことを想像しないようにしよう。

松川は、菊谷たちを先導して公園へ向かった。同じように家が潰れた、あるいは火事に見舞われた近所の人たちが、重い足取りで公園の方へ歩いていく。途中、激しい余震——悲鳴が上がり、恐る恐る歩いていた人たちが、一斉に地面にひれ伏す。くそ、まさかさっきの揺れはまだ「本番」ではないのか？　地震は何度も繰り返す。もっと大きな揺れも警戒しなければならない。

ようやく公園にたどり着く。避難してきた近所の人たちでごった返していたが、何とか四人で落ち着ける場所を見つけた。松川はいつも持ち歩いている手拭いを裂き、二人の額の怪我を手当した。幸いにも傷は浅いようで、放っておいても治りそうだった。

菊谷は金庫を地面に置いて、その上に腰を下ろしている。頑丈ではあるが小さな金庫の上に、巨漢の菊谷が腰かけているのは奇妙な構図だったが。地面に直《じか》に腰を下ろす気にはなれなかったのだろう。袖から煙草とマッチを取り出すと火を点け、忙《せわ》しなくふかしはじめる。

最初の衝撃がようやく抜けてきて、松川はこれからどうするかを考え始めた。情けないというか意外なことに腹が減っている。そうか、ちょうど昼に地震が起きたから……蕎麦を食べに行こうかと思っている最中に揺れがきたのだった。昼飯は抜き、夜もたぶん食べられない。今夜はこの場で、このまま夜を過ごすことになるのだろうか。怪我人を二人抱えているのが心配だ。せめて、どこか屋根があるところに避難できればいいのだが。

会社に戻って来る連中もいるだろうから、自分たちがここに避難していることを知らせておかないと。家の近くの電柱に張り紙をしておくのがいいだろう。紙と墨が手に入るかどうかは分からないが。

「家を見てきます」

「気をつけろよ」菊谷が忠告したが、その目は虚ろだった。あまりの衝撃に、まだぼうっとしている感じである。しかし金庫を持ち出したのは大正解だろう。あの金庫の中には現金だけではなく、銀行の通帳、印鑑、それにさまざまな証券類が入っているのだ。菊谷はそれを松川たちに見せた上で「もしもの時は持ち出してくれ」と予め指示していた。自分でそれを実行したわけで……この金さえあれば、菊谷が生活を立て直すことは可能だろう。何だったらしばらく東京を離れて、鎌倉や小田原辺りに避難してもいい。

家に戻る間に、自宅のことが心配になってきた。今日、妻の治子《はるこ》は、息子の博太郎《ひろたろう》を連れて府《ふ》中町《ちゅうまち》の実家に行っている。とても府中まで行くような余裕はないし、向こうの被害は想像もできない。いったいどうやって無事を確認すればいいのか。自宅へ戻って待つしかないのだろうか。おそらくこの地震で、市電も省線も完全に止まってしまっているだろう。歩いて帰れない距離ではないが、遅くなると危険な感じがする。混乱に乗じて悪さをしようとする人間はいるはずだから。今日は菊谷たちと一緒にいて、明日になってから、どうするかを考えようか。

菊谷の家は無事だった。

台所付近から出火して、そのまま家は丸焼けになるだろうと思っていたのに、何故か火は家の一部を焼いただけで消えたようだった。まだ焦げ臭さが漂っているが、何とかなるかもしれない。

しかし家に上がると、中には薄らと煙が漂っていた。まだどこかが燃えているのかもしれない。

松川は庭に降りて、井戸の水を汲んだ。バケツを持って台所へ向かい、火元も分からないまま、水をぶちまけた。二度、三度……さらに煙が激しく上がる。まだ燻《くすぶ》っている火元に水が当たったのだろう。

「松川さん！」誰かに名前を呼ばれ、バケツを摑んだまま玄関へ向かう。玉田だった。

「玉田君！　無事か！」

「はい、何とか」あちこちが煤で汚れているが、怪我はないようだった。

「台所でまだ火が燃えているかもしれない。手伝ってくれ」

「分かりました」

庭にはバケツが二つある。二人は交互に井戸から水を汲んで、台所に水を撒いた。何とか完全に火は消えたか……午後早い時間なのに台所は真っ暗で、まだ煙が充満しているために中の様子がよく分からない。松川は二階に上がり、蠟燭《ろうそく》を持ってきてマッチで火を点けた。草履を履いたまま台所に入り、中を確認する。ひどく焼けている……元に戻すのは大変そうだが、今はそんなことはどうでもいい。家が無事だったのだから、何とでもなる。

「玉田君、先生たちは近くの公園にいるんだ。連れて来てくれるか？」

「分かりました。先生はご無事ですか？」

「奥さんが怪我をしているけど、心配はいらない」

「家が無事なら、何とかなりますね」

「ああ」

玉田を送り出した後、松川は家の中を見て回った。台所の修復にはかなりの時間がかかるだろうが、他は何とか無事——と思ったが、書庫がひどいことになっていた。床一面に本が散乱……書架から全ての本が落ちてしまったようだった。倒れている本棚もある。本を整理し直すのがどれだけ大変かを考えてぞっとしたが、やがて笑えてきた。こんなことだけ心配していれば済むなんて、自分は幸運なのだろう。東京中が被害に遭っているかもしれない。明日がどうなるかさえ分からないのだ。

松川は庭に出て、煙草に火を点けた。空には夏の名残り——しかし急に雲が湧き上がってきた。ここで一雨きた方がいいのではないか？　あちこちで火事が起きているはずだが、とても消しとめている余裕はないだろう。雨が助けになる。

人間の力など弱いものだと思う。これまで必死に積み上げてきたものも、大きな地震がくれば一発でおしまいだ。


塔子も、外出していた書生たちも全員が戻って来て、菊谷家に関係している人間は全員が無事だと分かった。取り敢えず、台所に残っていたパンや缶詰で、昼飯とも夕飯ともつかない食事を摂る。一段落した後で、菊谷が宣言した。

「松川君、君たちは今日はここへ泊まりなさい。家は心配だろうが、今は市電も動いていないそうだし、歩いて帰ると危ない。家が無事かどうかは、明日確認してくれ。今日は取り敢えず、無事に生き延びることだけを考えるんだ」

生き延びる――大袈裟だと思ったが、決してそんなことはないと考え直す。未だ被害の実態は分からないが、東京は壊滅しているかもしれない。実際、夕方になって空のあちこちが真っ赤になっているのが分かった。火事だ。それも、松川がこれまで経験したことのない大規模な火災。このままでは、東京は全て焼き尽くされてしまうのではないだろうか。

不安だが、それを話してもどうにもならない。何の情報もない場所で推測を話し合うだけでは、不安がいや増すだけだった。

「来月の『文學四季』は休刊にすることも考える。いや、休刊せざるを得ないだろう。そもそも……」言葉を切り、菊谷が首を横に振る。

これまでに見たことがない弱気な態度に、松川は不安になった。菊谷という人間は、基本的に常に前を向いて歩く。「精力的」という言葉がこれだけ似合う人もいないと思う。それが今は、どこか呆けた感じになっているのだ。

「先生」松川は言葉を挟んだ。「今日は何も決めずに、とにかく夜を乗り切りましょう。あれこれ考えるのは明日でいいと思います。それより、焼け出された近所の人をここへ迎え入れたらどうですか？　屋根があるところなら、皆さん安心できるでしょう」

「そうだな」菊谷があっさり同意した。これも菊谷らしくない。普段の菊谷は、松川たちが何か提案すると、必ず反論の言葉をぶつけてくるのだ。ただしそれは、提案をさらにいいものにするための反論だと分かっている。

「では玉田君、近くにいる人たちに声をかけにいこう」松川は立ち上がった。

しかし近所にはあまり人はいなかった。家が倒壊した、あるいは焼けてしまった人たちは、近くの公園に避難しているに違いない。焼け跡でぼんやりしている数人の人たちに声をかけて家に連れ帰った時には、もうすっかり日は暮れていた。

菊谷が「しばらく編集作業は中止」と明言したので、松川は翌日、歩いて家まで帰った。途中、両脇の家が崩れ落ちて通れなくなっている道路もあり、三時間もかかってしまったが。

家は何とか無事だった。それで一安心したが、妻たちの様子が不明だ。近所の人と話をして、揺れが激しかったのは東京の中心部や横浜だったらしいと分かったので、そこに望みを託したが……府中の方では、揺れはここまでひどくなかったかもしれない。実家の両親たちと一緒にいてくれれば安心だ。しかし今のところ、確認する方法はない。取り敢えず家の中を片づけておくか……一番ひどいのは、自分の部屋だった。本棚が倒れて、部屋中に本が散らばっている。何とか本棚を元に戻し、整理せずに本を突っこんで――気づいた時には夕方近くになっていた。昨夜もほとんど眠れなかったし、体力がつきかけている。昼飯も抜いてしまったし……部屋の中で座りこみ、煙草をふかして休憩した。

その時、玄関の引き戸が開く音がした。近所の人が来たかと思って見に行ったら、治子である。顔を見た途端、力が抜けて玄関先でへたりこんでしまった。

「博太郎は？」

「実家に残しました」

「君はどうやって来たんだ？　鉄道は動いているのか？」

「停電で停まってるわ。歩いてきたの」

「そんな……」府中からここまでどれぐらいあるのか。甲州街道をずっと歩いてくればいいのだが、何もなくても五時間か六時間はかかるだろう。女の足で、地震の後に無理なことを……。

「こんにちは」後ろから治子の弟、公夫《きみお》が顔を出した。こちらは顔が汚れ、疲れ切っている。

「公夫君……送ってくれたのか」

「姉さんがどうしても帰るって言うもので。一人じゃ危ないですからね」

ほっとしたのか、治子も玄関でしゃがみこんでしまう。まあ……家族が全員無事なら、まずはよかった。

しかも公夫は、実家から大量の握り飯を持ってきてくれていた。立て続けに三つ食べ、何とか人心地がつく。

三人はそれから、今後どうやって生活を立て直すかを話し合ったが、何も決まらない。正確な状況が分からないので、どうしようもないのだ。まずは家を片づけて、鉄道が復旧したら博太郎を迎えに行く。博太郎を無事にこの家に迎えたら、仕事のことを考えよう。

今まで、仕事では大変なことはたくさんあった。しかしこれほどの危機はなかった。どうなるのか、まったく分からない。不安しかなかった。


九月六日、博太郎も無事に帰って来たので、松川は久しぶりに出社した。菊谷邸の周辺は惨憺《さんたん》たる有様……台所が焼けただけで家が無事だったのは、奇跡のようなものだ。

家の前に人力車が停まっている——見覚えがあった。

「伝《でん》さん」人力車の脇で煙草をふかしている伝さんを認め、松川は反射的に声をかけた。

「ああ、どうも」伝さんが手を挙げて笑みを浮かべたが、疲れた表情だった。

「緑岡さんは、もう動いているんですか？」

「家や会社が無事だと分かったら、途端に呼び出されたよ。まったく、あの御仁はねえ」

「伝さんは？　ご家族は無事だったんですか」

「家が少し崩れたけど、家族は怪我もなかったよ。松川さんは？」

「うちも全員無事でした」

「それはよかった――あ」

緑岡が菊谷の家から出てきた。松川を見てさっと目礼したので、歩み寄って「ご無沙汰しています」と声をかけた。この男に対しては複雑な気持ちがあるが、こんな大地震の後ではそういう感情はどうでもいい。和解するいい機会かもしれない――しかし緑岡はさっと一礼しただけで、人力車に乗りこんでしまった。伝さんが苦笑して、松川に向かってうなずきかける。会話拒否……気分はよくないが、わざわざ追いかける気にもならない。

家に入って、編集部に顔を出す。菊谷が一人、煙草をふかしていた。

「菊谷先生、今、緑岡さんが――」

「断った」

「はい？」原稿の依頼を断ったということか。震災から数日しか経っていないのに原稿を依頼に来る緑岡はやはり大したものだが、さすがに菊谷も受ける気にはなれなかっただろう。自分の「文學四季」が休刊になる中、やることは山積みのはずだ。

「緑岡主幹は、やる気満々だ。しかし、東京はもう駄目だ。東京の文化は終わる。君、関西へ行ってくれないか？　京都か大阪か……向こうへ文學四季社を移転して、立て直す」顔を上げ、繰り返す。「東京はもう駄目だ」

そんなことはない――とは言えない。

東京は確かに終わるかもしれない。こんな大地震が起きて、街も人も元に戻れるとは思えなかった。

第五章　大阪

関西は、何事もなかったかのように平穏だった。新聞も普通に刊行されているので、東京にいるよりも、地震の惨状がよく分かるぐらいだった。

地震からは二ヶ月が経過しており、東京の復興は既に始まっている。しかし、地震以前と同じように東京で暮らし、仕事ができるようになるまでには、まだまだ時間がかかるだろう。妻から頻繁に届く手紙を読む度に、松川《まつかわ》は東京の大変さをしみじみと感じるのだった。

「松川さん、あんた、もう東京へ帰ったらどうですか」正木十伍《まさきじゅうご》が呆れたように言った。

「正木さんこそ、他の仕事を始めるなんて、裏切りじゃないですか」松川は遠慮なく切りこんだ。酒が入っているせいもあったが……。

「しょうがないよ。俺だって、生活していかなくちゃいけないんだから。『文學四季』は二ヶ月休刊しちまったし、この先、また出るかどうかも分からない」

「きっと復活しますよ」

「本気で復活するつもりだったら、もう大阪に来てないと駄目なんじゃないですか」正木が指摘した。「ここにいたら、菊谷《きくたに》さんとも連絡が取りにくい。大阪の様子も分かったでしょう？　一度東京へ帰って、菊谷さんとちゃんと相談したらどうですか」

「それより、会社として使えそうな建物、まだ見つからないんですか？　正木さんは大阪出身でこっちに詳しいっていうから、お願いしたんですよ」

「それがなかなかねえ。安くていい物件は、簡単には見つかりませんよ」

「文學四季」の同人である正木も、菊谷の命を受けて大阪に飛んできたのだった。目的は松川と同じ、「文學四季」大阪移転の地均《じなら》し。松川は、既に移転する前提で、家族が揃って住める家も探しているのだが……正木は実家に戻り、いつの間にかプラトン社という大阪の出版社に出入りするようになっていた。プラトン社では女性向けの雑誌を去年創刊し、さらに総合誌を刊行する準備を進めているという。詳細はよく分からないのだが、正木は菊谷の推薦状を持って、プラトン社に入社したという。ということは、正木が大阪に来た本当の目的は「文學四季」移転のためではない？

　正木はプラトン社の新しい雑誌も編集するという話だが、自身も小説を書くから、松川とは立場が違う。松川は、正木とどうつき合っていいか、未だによく分かっていなかった。編集者同士なのか、編集者と作家なのか。

「ま、とにかく一度東京へ戻った方がいいんじゃないですか」正木がもう一度提案した。

「考えますけど、今は菊谷さんに報告すべきこともないですからねえ」

「そう深刻にならないで」正木が立ち上がった。「菊谷さんも、気が変わりやすい人じゃないですか。今頃はもう、大阪移転なんて忘れてるかもしれない」

「まさか」と言ってみたが、菊谷がころころと方針を変えることは、松川もよく知っている。気まぐれというわけではなく、頭の回転が速いから、次々といい考えを思いつくのだが……松川たちはついていけないと感じることも多い。

「ま、そう深刻に考えないで」正木が軽い口調で繰り返した。「何だったら松川さんも、プラトン社に来たらどうですか？　新しい雑誌を一から作るのは楽しいですよ」

「『文學四季』だって、始まったばかりじゃないですか」

「そりゃそうだ……松川さん、呑み過ぎないようにね」

　忠告を残して、正木は帰って行った。下宿に一人残った松川は、菊谷への手紙を書き始めた。会社を移転するためのいい物件がなかなか見つからないこと。悪口になるのは承知の上で、正木が新しい会社での業務に夢中になって、「文學四季」をすっかり忘れていること。一度東京へ戻って、今後のことを相談したいと書いて、手紙を締め括った。

　別紙に、関西へ避難している文士たちの動静を記した。地震の被害から逃れてこちらへ来ている作家も多い。「文學四季」が再出発する時には、こちらに来ている作家に原稿を頼むこともあるはずで、そのための下準備も必要だった。既に大家の評価を得つつある谷崎潤一郎《たにざきじゅんいちろう》、そして、正木と一緒にプラトン社に入った川口松太郎《かわぐちまつたろう》も創作を始めたと聞いている。

　そして何より、松川が小説を書いてもらいたいと切望している志方礼太郎《しかたれいたろう》がいる。

　志方は松川と同い年、そして学部こそ違うが、早稲田の同窓でもある。志方は、学生時代は同人活動などに参加せず、卒業後は東京で教員をしていた。その一方で、密かに文学を志しており、去年、緑岡《みどりおか》に見出されて、「市民公論」にデビュー作「穏便な日々」を発表していた。学生と人妻の淡い恋愛を題材にしたものだが、通俗的な感じはなく、切々たる魂の交情を描いて高い評価を得た。その後も定期的に「市民公論」に作品を発表していたが、関東大震災で自宅が焼け落ちてしまい、仕方なく出身地の大阪に戻ってきたのだという。

軽く酔いが回っていたが、松川は下宿を出た。まず、郵便局に寄って、菊谷宛の手紙を出す。その足で、志方が住んでいる道修町《どしょうまち》へ向かった。地元の人以外はすぐには名前が読めないこの町は、江戸時代以来の「薬の街」だという。

商人の街である船場も近く、街は活気にあふれていた。確かに「薬」の看板を掲げた店が多く、どこも人が忙《せわ》しなく出入りしているので、歩いているだけで圧倒されそうになる。関東大震災で怪我人も無数に出たから、薬種問屋も忙しいのだろうか。

志方の実家も薬種問屋で、「志方商店」の木製の看板がかかっている。この看板自体が相当古いもので、字は掠れており、店が老舗だと証明しているようなものだった。

店の中を覗くと、人が多く、ざわついている。商売の話をしている中に入っていっていいものかと躊躇《ためら》った。裏口があれば、そちらから入った方がいいのかもしれないが……探すのも面倒で、松川は思い切って店の中に入った。

「へ、いらっしゃいませ」威勢のいい大阪弁に迎えられ、たじろぐ。応対してくれたのは和服姿の中年の男で、松川が頭を下げると怪訝《けげん》そうな表情を浮かべた。来る人も馴染み客ばかりなのだろう。そして、背広を着ているのは松川一人……明らかに浮いている。

「志方礼太郎さんのご実家はこちらですか?」

「礼太郎さんでっか?　へえ、こちらですが」

「お目通り願えませんか?　私は、松川と申します。『文學四季』の松川と言っていただければ分かると思います」言って、松川は頭を下げた。

「少々お待ちいただけますか?　へえ、こちらにおかけいただいて」

そう言われても、腰を下ろす気にはなれない。松川は、周辺を観察しながら志方を待った。周りの目が気になる……やはり自分は「異物」であり、注目を集めてしまっているようだ。

五分ほど待っていると、志方が出てきた。着物の袖に両手を突っこみ、怪訝そうな表情を浮かべている。松川は深々と頭を下げてから、彼の顔を正面から見た。

堂々としている、というのが第一印象だった。がっしりした体格で、顔は西洋の彫像のようだ。一瞬気圧《けお》されてしまったが、一歩前に出て「『文學四季』の松川です」と名乗った。

「お名前は……緑岡さんから色々聞いていますよ」志方が草履を履いた。

「悪い話でしょう」緑岡との絶縁状態は続いている。

「いやいや……今は？　こっちにいるんですか？」

「会社をこちらに移そうかという話もあって、色々調べているんです。それに、せっかく関西にいるので、こっちにいる先生方にも顔を売っておこうと思いまして」

「ちょっと出ましょうか。ここは、昼間はうるさくてね……常に人の出入りがあるし」

志方が先に立って外に出る。大股で、歩き方も堂々としている――運動選手のような身のこなしだ、と思った。

ふいに志方が振り向き、立ち止まった。

「酒でも？」

「いやいや……」正木と呑んでいたのが、匂いで分かってしまったのだろうか。

「ご機嫌じゃないですか」

「昼から申し訳ないです。正木さんと一緒だったんですよ」

「正木さんもこっちにいるんですか」

「新しい雑誌を出すみたいです」

「で、正木さんとつき合って呑んでいた」

「まあ――そうですね」茶碗酒を三杯。ほどよく酔いが回っていた。「志方さん、酒は？」

「私はまったくの下戸で」

「だったら、お茶でも飲みませんか。酒を出すような店につき合わせたら申し訳ない」

「じゃあ、カフェーでもどうですか。東京並みとはいわないけど、この辺にもカフェーがありますよ」

「気づきませんでした」

「この辺に住んでるんですか？」

「ちょっと離れてますけど、大阪ではそもそも、そんなにカフェーは見ませんよね。だから、見つけたら覚えてしまうんですよ」

「なるほどねえ」

志方の案内で、一軒のカフェーに入る。志方の家に来る時にここは通ったはずだが、この店は見落としていた。自分で考えている以上に酔っているのだろうか。

平日の午後三時だが、店内は結構賑わっていた。それを指摘すると、志方がうなずく。

「この辺の旦那衆がサボったり、仕事の打ち合わせをしたりで、一日中混んでますよ」

コーヒーは香り高く美味かった。東京のカフェーにも引けを取らない味だが、微妙に違う。それを指摘すると、志方がうなずいた。

「大阪は、豆はモカを使っているところが多いんですよ。その違いでしょう」

「なるほど」濃く美味いコーヒーで、酔いが抜けてきた。

「あなたは？　家は大丈夫でしたか？」

「ええ、何とか。志方さんの家は、焼けたと聞きました」

「まあ、長屋なので……持ち家じゃないですから、自分の財産を失ったわけじゃない」

「本とかは、大丈夫だったんですか？」

「それはねえ……」志方の顔が歪む。「残念ながら、全部灰になりました。書きかけの原稿は何とか持ち出せたけど、本は全焼。資料用に集めた本もあったんですけどねえ」

「もったいないことをしましたね」

「でも、命があるだけましですよ。知り合いも、ずいぶん亡くなった」

「関西へは……」話が微妙なところに入りつつあるのを松川は意識した。「今後は、こちらに拠点を移すんですか？　それとも一時的な避難ですか」

「それを決めかねているんですよ」志方が髪をかきあげる。「うちの女房は金沢の出なんです。だから向こうへ引っ越す手もある。でも、東京が落ち着いたら帰りたい気もある。あるいはこのまま大阪でもいいかなと……女房が、実家の商売を手伝い始めたんですが、これが大したものなんだね。働いたことなんかなかったのに、まあ、そろばんの速いこと、速いこと。親父には、おまえは出て行ってもいいけど、女房は置いていけと言われていますよ」

「ご兄弟は？」

「兄貴が二人いるので、私は店のことを心配する必要はないんです」

よほどのことがない限り、商売が傾くことはないだろうし、裕福な薬種問屋の三男が東京の大学を出て、好きな小説に専念して名前が売れ始めた……ということなのだろう。そして震災で家が焼けても、実家を頼れる。

「実家の居心地が悪い、ということはないですか？」

「肩身の狭い思いはしてますよ」志方が苦笑する。「私は店の仕事を手伝うわけじゃない……何も分かりませんし、邪魔になるだけです」

「こちらでも書かれてるんですか?」

「頼まれていた『市民公論』の原稿は何とか仕上げたけど、この先はどうするか分かりませんね。雑誌だって、今後も出続けるかどうか……」

「『文學四季』も二号、休みました」

「それどころじゃないよねえ」志方がうなずく。「まったく、東京はどうなることか」

「だから正木さんも、大阪で出す雑誌の仕事をすることにしたそうです。正木さんって、とにかく動いていないと駄目な人らしくて」

「確かに忙しない感じがする人ですよねえ。私には真似できないな」

「『市民公論』に書いたのは、どんな話だったんですか?」

「ここ」志方が両手の人差し指を床に向けた。

「道修町、ということですか?」

「そう」志方がうなずいた。「ここは、江戸時代から薬の街でね。日本で商われる薬は、一度この町に集まって、その質を検査されてから全国に流通していったんです」

「じゃあ、本当に日本の薬の中心だったんですね」

「そう……だから、江戸時代の面白い話はたくさんあるんですよ。子どもの頃から聞かされてきた話を、今回は小説にしてみた。まあ、話は面白いんだけど、書くのは難しいですね」

「自分の出身地を書くことが、ですか?」

「小説ですから、いいことも悪いこともある。悪いことを書くと、いろいろな人の顔が浮かんじゃって……仮の名前にしてあるけど、この店のモデルはあそこだと分かっちゃうだろうな、とか心配なんですよ。好色な問屋の若旦那の話の時なんか、悩みましたよ。結局、名前を完全に変えて、時代も少しずらしましたけどね。その店の人が読んだら、文句を言われるかもしれない」

「気を遣うところですよね」緑岡はどんな風に指導したのだろう。自分だったら……と松川は考えた。確かに江戸時代の道修町も面白そうだが、「今」のこの街を書いてもらうように頼んだかもしれない。志方はこれまで、現代物で高い評価を得ていた。江戸時代を舞台にした作品はどうなのか……もちろん、新しい素材に挑戦する気概は大事だと思うが、今の志方は、得意な部分を伸ばすように小説を書くべきだと思う。

志方がコーヒーを一口飲んだ。それも様になっている。いかにも女性にモテそうな男だ。もしかしたら、人妻との道ならぬ恋をテーマにしたデビュー作「穏便な日々」は、学生時代の自身の体験を元にしたのかもしれない。

「先生の志向は……『穏便な日々』的なものですか？　現代を舞台にした、自然主義的な文学」

「私はあまり、そういうふうに考えたことはありません。自然主義とか通俗小説とか、編集者も世間も何かと分類したがる。でも私は、自分がどういう作家か、どんな小説を書くべきかなんて、考えたこともないですよ。書きたいことを書くだけで」

「今度の『市民公論』の原稿も……書きたいことでしたか？」松川は挑むように訊ねた。

「どういうことですか？」

「江戸時代の話は、なかなか難しいものです。平和で起伏のない時代ですから、話を盛り上げにくい」

「そりゃあ、戦国時代を書いておけば、必ず血湧き肉躍る合戦がありますからね……でも、道修町が薬の街になったのは江戸時代だから、それ以前の話は書けないんですよ」

「逆に、今の道修町を書いたらいかがですか。今まさに、志方さんが暮らしている街を書かれては？」

「それは考えてもいなかったなあ」志方が顎を掻いた。

「『穏便な日々』は、私も読みました」

「――どうも」

「心は穏便ではなかったです」

「どうしてまた」

「何でしょう……隣に座っている知り合いの打ち明け話を聞いているような感じだったんです」

「へえ」志方が照れくさそうな笑みを浮かべた。「喜んでいいことなのかな」

「不思議でした。親しみやすい、分かりやすい文章でもないと思います。志方さんの文章は、どちらかというと格調高い、文学性の高いものですよね？　それなのに、隣の人が囁いてくれるような感じ……こういう小説は、読んだことがありませんでした」

「何でしょうね――私は、喋るように書く、それだけを心がけているんですが」

こういう話をするのは久しぶりだ。こちらへ来てから、小説について語る相手がいなかったのである。正木とは頻繁に会っていたが、彼は小説について話すのを嫌う。谷崎潤一郎には一度挨拶に行ったのだが、彼も自分の作品が話題になると、そっぽを向いてしまうのだった。作家というのは、皆こういう感じ――いや、志方は違うようだ。

「喋り言葉にしては、高尚かと思います」

「だったらまだ、私は言葉を使いこなせていないんだ」志方が笑った。「まだまだ修業ですね」

「――嬉しいですね」

「何がですか？」志方がきょとんとした表情を浮かべる。

「こっちへ来て初めて、小説の話をしましたよ。小説の話をしたがらない先生は多いんです」

「私でよかったら、いつでも話し相手になりますよ。女房は実家の仕事で忙しいけど、私は暇なので」志方が自嘲気味に言った。

「ぜひ、よろしくお願いします」松川は頭を下げた。出だしは上々……志方とは上手くやっていけそうだ。だったらここで一歩踏み出してみよう。「いずれ、『文學四季』にも書いていただけますか？　今、うちは大変なんです。大震災から何とか立ちあがろうとしているので、強力な一手が必要なんですよ。志方さんが初めて書いてくれたら、目玉になります」

「それはまあ……いずれそのうち、ということで」急に志方が素っ気なくなった。

「今、お忙しいんですか？」

「まあ、そうですね。『市民公論』にはまた書く約束をしていますし」

「志方さんは、書くのが速いと聞いていますよ。今の文壇ではナンバーワンかもしれない」

「それは別に、いいことではないですよ。書くのは、頭の中にある物語を出すだけだから。書くまでに、物語をどうやってまとめるかが大変で、それは効率よくできることじゃないから」

「その考えをまとめるのは、私たちもお手伝いできますよ。そんなことなら、いくらでもつき合います。原稿ができるまで、一週間家に通い続けたことに比べたら、楽なものです」

「一週間？」

「一日五枚。一週間でようやく、その月の原稿が完成するんです」

「そんなに大変な人がいるんですか」唸って、志方が腕組みをした。

「皆が皆、そんな感じじゃないですけどね。でも本当に、志方さんには原稿をいただきたいです。またぜひ、お話しさせて下さい。今日はそのためのご挨拶ということで」

さっと頭を下げて、松川はコーヒーを一口飲んだ。今日は本当に、これぐらいにしておこう。志方は話し好き、しかも小説の話も喜んでする人間だが、だからこそ、最初は少し物足りないぐらいのやり取りにしておいた方がいい。そうすれば志方の方でも「また会って話がしたい」と思うだろう。

「こちらでは、人に会ってますか」

「ええ……ただ、誰がこちらに来ているか、名簿があるわけじゃないですから。網羅できてはいないと思います」

「『キネマ旬報』の編集部は、もうこちらに移ってきたそうですね。活動写真も、これからは関西が中心になるかもしれないなあ」

「そうですね。蒲田の撮影所も、相当の被害を受けたようですし」

「『旬報』に書いてる、古川緑波《ふるかわりょくは》という男をご存じ?」

「いえ……」「キネマ旬報」は時々読んでいたが、そんな名前の人間がいたかどうか。

「まだ、早稲田高等学院の学生ですよ。それが一人前の活動評を書く。大したもんだし、なかなか面白い男ですよ。会ってみるといい。『旬報』の編集部は今、西宮《にしのみや》の香櫨園《こうろえん》にあるから」

「古川さん、ですか。そんな若い人が『キネマ旬報』に書いているとは、驚きですね」

「中学生の頃から常設館に出入りして、弁士とも知り合いになっていたそうです。早熟な人は、どの世界にもいるもんですね」志方が豪快に笑う。「まあ、あなたの仕事に役立つかどうかは分からないけど……いずれ、文學四季社から活動専門雑誌を出すかもしれないでしょう」

「ああ……菊谷さんもそんなことは言ってました。これからの娯楽の中心は、活動写真だからって」

「作家がそんなことを言うのはどうかと思うけどねえ」志方が苦笑した。「作家は小説で頑張らないと、本当に活動に食われてしまう」

「そうですかね……小説を原作にして活動ができることもあるでしょう。共存はできるんじゃないですか？」

「私は小説に専念しますよ」

「では、ぜひ『文學四季』にも」

「いや、まあ……手が空けば」

乗り気にならないのが不思議だった。「市民公論」は、文壇の「権威」だから、作品が掲載されれば、若手作家は一人前と認められたことになる。そこから出てきた菊谷が今や文壇の中心的存在になり、自ら発表の場である「文學四季」を立ち上げた。菊谷の存在は、いわば文壇の「本流」であり、だからこそ松川も、今まで原稿の依頼で困ったことはない。『文學四季』に書けるなら」と、前のめりで引き受けてくれる人がほとんどなのだ。

しかし志方は乗ってこない。志方も「市民公論」に何本もの作品を発表し、既に文壇に認められた存在になっているとはいえ、まだ活動の幅は狭い。「文學四季」に書いてくれ、と頼まれたら、喜んで飛びついてきそうなものだが。それに筆の速さは評判だから、何本も並行して書いても、困ることもあるまい。そういう人はむしろ、仕事が増えれば増えるほど、調子が出てくるものだ。

まあ、焦ることはないだろう。そもそも志方に書いてもらうことは、菊谷にも相談していないのだから。

やはり、久しぶりに東京へ戻ろう。菊谷には定期的に報告書を送っているが、返事は常に素っ気ない。ここは一度、直接顔を合わせて話をすべきだ。

正直、大阪にいることが心苦しくてならない。大震災では自分も大きな衝撃を受けたが、家族も家も無事だった。本当なら今頃は、「文學四季」の復刊、そして東京の復興へ向けて、獅子奮迅の活躍をしているべきなのだ。菊谷の命とはいえ、地震の影響がまったくない関西で、たまに人に会って呑気に暮らしているだけ——仕事がしたいとつくづく思った。作家たちに会って原稿を頼み、なかなか書き上がらない作品を待って家で粘る。秀英舎《しゅうえいしゃ》で、汗をかきながらねじり鉢巻きで出張校正をしていたことさえ、懐かしく思い出されるのだった。

ここは俺の居場所じゃない。

東京こそ、「文學四季」こそ俺の仕事場なのだ。


久しぶりの東京は、まだ生き返っていなかった。

あちこちに瓦礫が積み重ねられ、埃が舞っている。十二月だからまだいいが、これが夏だったらたまらないだろう。しかも今日は、駅から出た瞬間に雪さえ降ってきた。十二月だから積もることはあるまいが、大阪よりもずっと寒い……。

家に帰ることは、電報で伝えておいた。妻の治子《はるこ》は、ほっとした様子で出迎えてくれた。

「不便かけてすまなかった」玄関で靴を脱ぎながら松川は言った。靴が埃でだいぶ白くなっている。地震の前は、こんなことはなかったのだが。

「大丈夫。もうだいぶ元に戻ってきたから」

部屋に落ち着くと、松川は風呂敷を広げた。

「土産だ……こんなもので申し訳ないけど」向こうを出る時にかき集めてきた缶詰だった。

「あら、よかった」治子が穏やかな笑みを浮かべる。

「そんなに食べ物にも困ってたのか？」

「そうじゃなくて、また地震がくるっていう噂があるのよ。本当かどうか分からないけど、缶詰があれば、地震がきても安心でしょう。この前は、こういう保存食を置いておかなかったから、大変だったし」

確かに。しばらくは食事にも困り、近所の炊き出しのお世話になったのだ。

「じゃあ、これは取っておこう。普通に食べるものは大丈夫か？」

「実家の方から、いろいろもらってきているから。府中の方は、被害は少なかったのよ」

「それは助かるな」

「ご飯にしましょう。今日は秋刀魚があるわ」

「そいつはありがたいな」

松川は博太郎《ひろたろう》を抱き上げた。ほんの数ヶ月会わない間に、また重くなっている。あんなひどい地震が起きたのに、子どもは普通に成長していくものだ、と感動してしまった。

「博太郎、大阪土産は絵本だ」

博太郎が声を上げて喜んだ。まだ字を読むのはおぼつかないが、絵本は理解できるようになった。以前は頻繁に本屋で買ってきたのだが、地震で家の近くの本屋は皆潰れてしまっていた。

博太郎と一緒に絵本を見ているうちに、外で秋刀魚を焼く匂いが漂ってきた。大阪では魚も野菜もふんだんにあって、食事に困ったことはないのだが、東京で食べる秋刀魚、と考えただけで涎《よだれ》が出そうになる。治子はあちこち駆けずり回って手に入れてくれたのだろう。塩気も苦味も、これが東京の味、という感じがした。

さて、俺はいつまで大阪にいないといけないのだろう。東京へ……家族と一緒に暮らしたい。落ち着いた環境で、また「文學四季」の編集に取りかかりたいものだ。

久しぶりに家族三人での夕食。博太郎も、一人でちゃんと食べられるようになってきた。叱ることもなく、和やかに食事が進む。

「治子、東京は大丈夫なんだろうか」

「何とか……まだ不便はあるけど、だんだん元に戻ってきてるから。何とかなると思うわ」治子は楽天的だった。「あなたはどうなの？　大阪で仕事を再開するなら、私たちも向こうへ行かないと」

「それを菊谷さんに相談するために帰って来たんだ。明日、会ってみるよ」

「私はどちらでも……大阪はいかがですか」

「東京よりも暖かい。それに活気がある。言葉は乱暴だけど、それは方言だからしょうがないね。食べ物はだいたい美味いよ。特に魚」

「いいことばかりに聞こえるけど」治子が首を捻った。

「二ヶ月もいたら、悪いところよりいいところの方を見るようになるよ。東京生まれの人間には馴染みにくい部分もあるけど、そんなに心配することはないと思う。博太郎にしても、小学校に上がる前に向こうへ引っ越して、慣れておいた方がいい」

「もう、行かれるって決めてるじゃないですか」治子が笑った。

「いや、決めてはいないよ。あくまで菊谷さんの判断次第だ」

「菊谷さんは、どうお考えかしら」

「どうかなあ。頻繁に考えが変わる人だから。でも、会社を関西に移転するなんていう大きなことは、そう簡単には変えられないと思うんだ」

「じゃあ、しっかり話してきて下さいね。どうなっても、私たちは一緒に行きますから。大阪も悪くないかもしれないわ」

「君は度胸があるなあ」

「地震の翌日に、府中からここまで歩いてきたんですよ。あれで、怖いことなんかなくなりました」


久しぶりの会社——菊谷邸。一部が燃えた台所はすっかり修復されている。そして人が多い。松川が知らない人間も、頻繁に出入りしていた。松川は菊谷に会う前に塔子《とうこ》を摑まえ、簡単に事情を聞いた。途端に塔子の表情が暗くなる。

「これは、私が言っていいかどうか」

「何だい？」

「先生からお聞きになった方がいいんじゃないですか？」

「いや……先に聞かせてくれよ。そんな風に言われると心配だ」

「あのですね……先生、関西行きの計画は引っこめるみたいです」

「ああ——やっぱりな」松川は首を横に振った。

「知ってたんですか？」

「向こうから手紙を出しても、返事が素っ気なくなってね。気が変わったのかもしれない、と思っていた」だとしたら、自分の二ヶ月は完全な無駄になってしまう。予想していたことだが、そう考えると少しむっとした。

「怒らないで下さいね。菊谷先生、このところずっと――松川さんが関西に行ってから、少し情緒不安定みたいです。言われることがコロコロ変わるので、私たちもちょっと困っているんです」

「昔から、そういうところはあるよ」

「でも私も……今は編集者じゃないんです」

「どういうことだ？」松川は声をひそめ、塔子に詰め寄った。

「外は危ない――瓦礫もあるし、市電が動いていないところもあるから、確かに外を回りにくいんです。足のこともありますし」

「やっぱり、歩きにくい？」事故の後遺症を感じることは減ってきていたのだが。

「道も悪くなりましたし、正直、きついところもあります。それで菊谷先生、会社にいて庶務をやれと……読者からの手紙がたくさんくるので、その整理だけでも大変なんです」

「そんなに？」

「早く『文學四季』を再開して欲しいって。やっぱり、愛読者は増えていたんです。定期購読の申し込みも、まだたくさん来るんですよ。東京とその近郊は大きな被害を受けましたけど、他はそれほどでもない――だから、『文學四季』を読みたいと思う人が全国にいるのも当然じゃないですか」

「そうだよな。それで……君が編集から外れたのは、希望じゃないだろう？」

「希望じゃないですけど、誰かが庶務の仕事をしないと、会社は回りませんから」

「君は、女性編集者として貴重な存在なんだけどな。佐山《さやま》先生とは、上手くいきそうだろう？」

「佐山先生、今日、見えられてますよ」

「だったら後で挨拶しないと」地震の後、睡眠薬の服用量は減っただろうか？　あれだけの大地震を経験したら不安になって、さらに量が増えそうな感じがするが。「佐山先生、どうだ？　睡眠薬は？」

「相変わらずです。それに、地震の後お見舞いに伺ったんですけど、『これでしばらく書かなくていいだろう』なんて呑気に仰って……今は、書くこと自体に興味がないのかもしれません」

「口だけだと思うけどな。佐山さんは、小説を書くために生まれてきたような人だよ。書かずにはいられないはずなんだ」

「私もそう思いましたけど……その後担当から外されましたから」塔子の顔が暗くなる。

「異動の件も、菊谷先生にちょっと言ってみるよ。いったいどうしたのかな」松川は首を捻った。コロコロと考えの変わる人なのは確かだが、「誤った」方へ考えが向いてしまうことはまずない。前よりもいい考えを思いついて、方針転換する感じなのだ。

久しぶりに面会した菊谷は、少し痩せていた。「お痩せになりましたか」とは聞きにくい。しかし菊谷の方で話を切り出した。

「痩せただろう」

「ええ……だいぶすっきりされましたね」

「何しろ飯が食えない。贔屓《ひいき》にしていた店も結構被害を受けて、なかなか営業を再開してくれないんだ。仕方がないから、家で握り飯ばかり食っていたら、このザマだよ」菊谷が自虐的に言った。

「佐山先生が来られていると聞きました。ご挨拶したいんですが……」

「寝てるよ」忌々《いまいま》しげに菊谷が言った。「相変わらずの睡眠薬漬けなんだ。今日もフラフラしながら現れて、玄関で寝こんでしまった。仕方ないから、今は寝かせている」

「心配です。佐山先生のような場合、環境を変えるのも一つの手じゃないですか？　それこそ、思い切って関西に引っ越すとか」

「佐山のように東京で生まれ育った人間が、この年になって関西に引っ越すのは辛かろう。ますます睡眠薬に頼るようになるかもしれないぞ」

「しかし、関西行きを計画したのは菊谷さんですよ」

「うむ……」菊谷が火鉢にかざしていた手を筒袖の中に引っこめ、煙草を取り出した。マッチを擦って素早く火を点け、一服する。「やめた」

「関西行きはやめた」

「やめた？」あまりにもあっさりした言い方に、松川は呆れて言葉を失った。

「しかし、私は向こうで……正木さんはどうなるんですか」

「正木君は、向こうで仕事を見つけただろう。新しい雑誌——志の高い、いい仕事だ。彼の小説にもいい影響が出ると思う」

「本社に使えそうな物件をいくつか見てきたんですよ。まだ手付は打っていませんが、早く決めないと、いい物件から取られてしまいます」

「だから、行かない」

「菊谷さん……私は向こうでいろいろ準備をしてきたんですよ？　関西に移った作家の方も多い。そういう人たちは、『文學四季』が関西に来るのを心待ちにしています。向こうで新しく、創作活動を始めたいと」

「今までも、あちこちにいる連中に原稿を頼んでいた。郵便も電報も電話もある。日本中どこにいても、仕事はできる」

「でも、自分の地元に出版社があるのは、心強いようですよ」松川は反論した。「ここにも、いつもたくさんの作家さんが顔を出すじゃないですか。ここに来れば誰かに会える——それが楽しみ、生きがいになっている人も多いんです。関西へ行った作家さんは、自分たちが取り残されたように感じているんですよ」

「申し訳ないが、それは彼らの判断だから」菊谷が、本当に申し訳なさそうに言った。

「でも、『文學四季』が関西に移転するかもしれないからということで、向こうへ行った人もいるんですよ」

「私は、正式には一度も、関西へ行くとは言っていない」

「しかし……」松川は躊躇《ためら》った。予想はできていたが、この方向転換は急過ぎるし、こんなことを聞いたら戸惑う人もいるだろう。思い切って言ってみた。「菊谷さんは、地震の後で、東京の文化はもう終わりだ、と仰っていたじゃないですか。その発言は、かなり多くの人に伝わっています。東京が駄目なら関西で……と再起を図ろうとするのは、普通の考えじゃないですか。実際、関西なら出版事業もできます」

「君は、関西へ移転する方がいいと思うのか」

「仕事はできます。引っ越しは大変かもしれませんが、すぐに通常業務を始められるでしょう」

「二ヶ月、刊行を中断した。しかし発行は再開した。それは分かってるな？」

「ええ」それも松川を苛々させる材料になっている。関西にいた自分には何の相談もなしに、

「文學四季」は再出発したのだ。これでは、自分は邪魔者扱いされて、関西に追いやられたようなものではないか。しかし松川は、菊谷に対して怒りを抱かないよう、自分に言い聞かせていた。菊谷のことだから、とにかく早く再開して、日常を取り戻そうとしただけに違いない。それに雑誌が刊行されて売り上げが入ってくれば、被災した作家たちに原稿料を払える。このご時世、何よりも金が大事だ。

「皆が励ましてくれた。すぐに再開しようと、無償で手伝うと言ってくれた人も多い。そういう人たちの好意を無にするわけにはいかないだろう」

「しかし……」俺の努力はどうでもいいのか、とさらに怒りが募《つの》るのを感じた。「関西移転の計画は、本当になかったことにするんですね？」

「ああ」菊谷があっさり認めた。「君も早くこっちへ戻ってきなさい。今まで通りに――いや、今まで以上に『文學四季』を盛り立てていこう。これからの『文學四季』は変わる。これまでは私が中心になった同人誌という感じだったが、今後は商業誌としてきちんと採算が取れるようにして、日本一の雑誌にするよ……まあ、何をもって日本一というか、という問題はあるが」

「部数ですか？」

「それは無理だろうな」菊谷が苦笑する。

「しかし、『市民公論』の部数を追い抜くのは時間の問題だと思いますよ」自分が編集者に復帰すれば、という自信はある。

「それだけが基準じゃないし、部数では喧嘩にならない……まあ、どうなるか分からないが、とにかくこっちへ戻ってきてくれ」

「――分かりました。それと、三原《みはら》女史のことなんですが、どうして編集から外したんですか？

彼女は優秀です。ここで手紙の整理だけをやっているのはもったいない」

「足場が悪いから心配なだけだ」

「確かに彼女は、少し足が不自由ですが……」

「君、ここへ来るまで、大変だったんじゃないか？　まだ瓦礫が片づいていないところも多いだろう」

「それはそうですが……」

「君や私でも大変なのに、三原君は……彼女のためを思って、だ。復興が進んで、昔と同じように市電が走り、歩きやすくなったら、すぐに編集者に戻ってもらう。ただし彼女は、庶務としても優秀だから、悩ましいところだな」

「彼女には、編集者に戻すつもりだ、と言ってもいいですね？　彼女をここへ連れてきたのは私です。安心させないと」

「ああ、構わんよ」

「では……私は年明けにこちらに戻ります。切りがいいところで」

「そうしてくれ」

「それと、うちに書かせてみたい作家がいます。今関西にいるので、これから戻って交渉してみます」

「誰だい？」

「志方礼太郎さんです。ご存じかと思いますが、今まで『市民公論』中心に書いてきました。でもそろそろ、うちに書いてもらってもいいんじゃないですか？　いろいろと構想をお持ちのようですし、何しろ筆が速い。そういう作家が一人いれば、雑誌作りには計算が成り立って――」

「駄目だ」菊谷が短く、しかし強く言った。

「はい？」

「志方礼太郎は駄目だ！」

「どういうことですか？」ふいに菊谷の怒りに触れて、松川は戸惑った。

「志方礼太郎を使う気はない」

「大変な才能ですよ。私は何としても、彼と仕事がしたい。彼の小説を編集してみたいんです」

「駄目だ」菊谷はひどく冷たく言った。知り合ってから初めて接する態度だった。

「菊谷さん……」

「君がどうしても志方礼太郎にこだわるなら、私は君とはもう仕事ができない」

「そこまで仰るのは……どうしてですか？」

「とにかく駄目だ！」菊谷が声を張り上げ、拳を火鉢に叩きつける。煙草の灰が畳に溢れた。

自分の気持ちも、枠から溢れ落ちてしまったようだった。


佐山が目を覚ましたので、松川は挨拶だけした。菊谷が志方を異常に嫌っている理由を佐山に聞いてみようと思ったが、そんな複雑なことが聞ける様子ではない。

「志方……」と言ったきり、あぐらをかいたまま、また寝てしまう。

塔子に菊谷の意図を伝え、必ず編集者に戻れると言って安心させた後、松川は会社を辞した。もやもやした気分を抱えたまま……菊谷を怒らせてしまったのは間違いないが、その理由がはっきりしない以上、謝る気にはなれない。こちらが悪いと納得できれば、いくらでも頭を下げるのだが。

取り敢えず、大阪から引き上げる準備をしないと。どうせまた大阪へ行くなら、ついでに志方とも話してみよう。しかし、菊谷が志方を嫌う理由を聞いても、答えてくれるかどうか……こういう時は、長く文壇で活躍している人に話を聞くに限る。作家というのは、とかく噂話が大好きな人種で、編集者が驚くような話を知っていたりするものだ。

そういう作家が、兵庫には一人いる——谷崎潤一郎。

谷崎潤一郎は、江戸っ子を絵に描いたような人である。何しろ生まれは日本橋だ。しかし長じてはあちこちを転々としていて、関東大震災が起きた時には横浜に住んでいた。そして今は、関西に移り住んでいる。

松川は一日をかけて、谷崎を訪ねた。大社村《たいしゃむら》……温泉が出て、保養地としても知られている。谷崎は萬象館《ばんしょうかん》という旅館に身を寄せていた。

顔を出すと夫人が応対してくれた。この時間はいつも、近くの共同浴場でラジウム温泉につかっているというので、そちらに向かう。谷崎と一緒に風呂に入ることになるかもしれない、と覚悟しながら。しかし谷崎は、ちょうど共同浴場から出てきたところだった。会うのは数年ぶりだったが、少し老けたような感じ……谷崎も、あちこちで苦労を重ねてきたのだろう。地震では相当の恐怖を味わったに違いない。明治二十七年の明治東京地震で被災して以来、地震恐怖症だと聞いたことがある。

「谷崎先生」

「やあ」谷崎が軽く手を上げた。

「ご無沙汰しております」丁寧に頭を下げる。

「まあまあ……どうだい、『文學四季』の方は」

「関西移転の話があったんですが、取りやめになりました。菊谷さんが、急に決めたんです」

「彼は何でも急だからね」谷崎が苦笑した。「しょうがない……まさか君は、ここまで私を追いかけて、注文するつもりなのか？」

「いずれぜひお書きいただきたいですが、その前に、今日は教えていただきたいことがあるんです」

「歩きながら話そうか……旅館の部屋は狭くてね。客をもてなすには向いていない」

「湯冷めしませんか？」関西の方が暖かいとはいえ、もう年末だ。着流し姿の谷崎が風邪でもひいたら大変である。

「いや、大丈夫だ。ラジウム温泉は、体が温まって、真冬でも全然湯冷めしないんだ。私は毎日入ってるよ」谷崎が笑う。「それで？　私に聞きたいこととは？」

「志方礼太郎さんのことです」

「ああ、彼もこっちへ来ているそうだね」

「お会いになりましたか？」

「いや――あまり面識がないんだ。一、二度会ったぐらいかな？　私に原稿の仲介を頼んでも困るよ。そういうことはしないし」

「いえ、原稿は私が自分で頼みます。分からないことは……菊谷さんとの関係なんです」

「菊谷と志方、か」何かに納得したように谷崎がうなずく。

「何かご存じですか」

「まだ時間は早いが、ちょっと酒でも呑もうか」

「構いませんが……」

この辺は基本的に住宅地、保養地で、酒を呑めるような店はあまりない。谷崎は、数少ない店――小さな腰かけの料理屋に松川を連れて行った。

「ここにも長くはいられないだろうな」椅子に腰を下ろすなり、谷崎がぽつりと漏らした。「この街は、これから開発が進んでうるさくなる。私は、できるだけ静かなところにいたいね」

「東京へ戻られる気はないんですか？」

「今のところはね。少し田舎の、静かなところがいいんだよ。横浜も気に入っていたんだが……関東にいると、また地震にやられそうじゃないか」

「ええ」治子ではないが、そういう噂はずっと流れている。関東大震災の後の大きな余震がくる、いや、実はあれは前震で、本震はこれからだ、富士山噴火の予兆に過ぎない――どれも信じる根拠はないのだが、心配し始めるとかなり怖くなる。松川が関西にいてさほど不安を覚えないのは、頭のどこかにそういう噂が引っかかっているからかもしれない。

「やはり、灘が近いからな。この辺は日本酒が美味い」

二人は美味い日本酒で盃を重ねた。

「ええ」

「それで？　二人がどうした」

「志方さんに原稿を書いてもらおうと思って、菊谷さんに相談したんです。そうしたら菊谷さんが、いきなり激怒して……あんな菊谷さんを見たのは初めてでした。嫌っている感じなんですが、今まで接点なんかなかったと思います」

「君は知らないだろうな」

「ええ」

「二人には接点がないわけじゃない。ただ、その数少ない接点が、大きなマイナスになっているんだ」

「何があったんですか」

「馬鹿馬鹿しい話なんだが」谷崎がまだ濡れている髪をかきあげた。困ったような、本気で心配しているような……谷崎の表情は、昔から読みにくい。「三年ほど前だ。君は『市民公論』にいたな」

「ええ」

「志方君はまだ、作品を発表していなかった。雌伏の時代と言っていい。その頃に、菊谷と志方君が、ある宴席で一緒になったんだ。そこで酔っ払った志方君が、菊谷を罵倒してね」

「二人は知り合いだったんですか？」

「いや、その時が初対面だ。志方君は酒に弱くてね。本人は何も覚えていないようだが、菊谷は激怒した。それはまあ、『俗悪作家』と罵られたら、いかに菊谷とはいえ怒るだろう」

「俗悪作家ですか……」松川は苦笑してしまった。酒が入ると、急に気が大きくなって、罵詈雑言を吐く人間はいる。大抵は「酒の席でのことだから」と笑って流されるのだが、そうはいかないこともあるわけだ。そして「宝石夫人」で名前を上げた菊谷を、「俗悪作家」と呼ぶ人間がいてもおかしくはない。確かにあの作品には、俗悪な部分もあったのだから。

「菊谷も、聞き流しておけばよかったのに、あの時は引っかかったんだろうな。扇子で、志方君の額を一撃」谷崎が右手を振るった。「気持ちがいいぐらいの、ピシャリという甲高い音だったね。志方君はそれでひっくり返った」

「まさか、怪我したんじゃないでしょうね」

「いやいや、扇子で殴られたぐらいで怪我するはずがない。酔ってただけだよ。ところが志方君の方も、扇子で殴られたことは覚えているんだね。それ以来二人は犬猿の仲なんだ。志方君は、どんなに頑張って作品を書いても取り上げられない時期が続いたんだが、それを菊谷の横槍だと思いこんで、周りに言いふらしていたらしい。菊谷も、そんなことをしている暇があるわけじゃない……ただ、そんなことを言われれば、菊谷も頭にきて当然だろう」

「ずいぶん詳しくご存じなんですね」

「問題の宴席には、私もいたからね」谷崎が苦笑する。「流れで、その後の話も聞いている。私は、志方君の作品は買っていたんだが……まあ、彼も無事に作家として独り立ちできたんだからよかったが、菊谷は許していなかったんだな」

「そんなことがあったんですか」

「下らないだろう」

「そんなことはありません」松川は否定した。「作品に対してどんな感想を持つかは、読んだ人の自由です。菊谷さんも、いろいろなことを言われるのには慣れているはずですが」

「普通の読者だったら、それでいい。しかし志方君は作家志望で、しかも優秀な男だった。菊谷にすれば、いずれ自分の好敵手になるかもしれない人間だったんだぞ」

「でも菊谷さんは、若い作家の面倒を見るのを何より楽しみにしている人です」

「それはそうだ。でも、酒の席とはいえ、自分を罵倒した人間だからな……限界はあるよ」

「じゃあ、二人の関係は修復不可能ということですか?」

「何とも言えないな」谷崎が首を捻る。「忠告しておくよ。君も今は、無理に志方君を使わなくてもいいんじゃないか？　彼は、『市民公論』によく書いているだろう。生活には困っていないはずだ」

「でも私は――私が、志方さんに書いて欲しいんです。『文學四季』にも、常に新しい風が必要なんです。特に、関東大震災の後で、『文學四季』も新しく生まれ変わるいい時期なんですよ。そのためには、志方さんのように、これまで書いていなかった人の作品がどうしても欲しいんです」

「菊谷は怒ると思うよ」

「でも、何とか説得したいんです」

「君も強情だねえ……強情過ぎて『市民公論』を辞めたんだろうが。同じことの繰り返しになるかもしれないぞ」

「首をかけても、志方さんの作品は欲しいんです」

「うーん」谷崎が腕組みした。「やはり勧められない。菊谷だって、今は『文學四季』を立て直すので手一杯なんじゃないか。無理に志方君の話を持ちこんで、煩わせることはないだろう」

「谷崎さんは、志方さんを評価していないんですか？」

「とんでもない」少し大袈裟に思えるほど、谷崎が首を横に振った。「あれは、十年に一人の天才だよ。それは『穏便な日々』を読めば分かる。あれが完全な想像だというのだから、まったく恐れ入る」

「そうなんですか？」松川は実体験に基づく部分があると思っていた。志方はいかにも、年上の女性にもてそうな感じなのだ。

「彼は、学生結婚だったんだよ。ただし、その時の奥さんを、病気で早くに亡くしている。夫婦仲はよくて、大変嘆き悲しんだ——後追い自殺まで考えたそうだよ。実際、親友たちが気づいて止めなかったら、今頃彼は生きていなかったかもしれない。それで、気晴らしの意味もあって小説を書き始めたら、あの出来だからね……世の中には、天才がいるんだよ。あれだけ濃密な性愛の世界を、頭の中だけで構築できるのが天才の証拠だ。その後今の奥さんと出会って結婚して落ち着き、小説も発表できるようになった。ただし、一つ問題がある」谷崎が人差し指を立てて見せた。

「何でしょうか」

「彼はまだ、自分が本当に書きたいものを摑み切れていないんじゃないだろうか。一番得意とするものが何か、分かっていない可能性がある」

「だからこそ、組んで仕事をしてみたいんです。普段つき合っていない編集者と仕事をするのも、新しい刺激になるんじゃないですか」

「まあねえ……しかし、菊谷のところじゃなくてもいいだろう」

「いえ、私は『文學四季』の人間です。だから『文學四季』で書いてもらうんです」

年明け、松川は東京へ引き上げた。谷崎、正木、志方は関西にいる。何だか逃げ帰ってくるようで気が進まなかったが、一刻も早く「文學四季」の編集を始めたかったのは事実である。

しかしすぐに、菊谷と衝突してしまった。

「志方に原稿を頼んだ？」新年早々の編集会議で松川が報告すると、途端に菊谷の顔色が変わった。「どうして勝手なことをする。来月号の予定は決まっているんだぞ」

「ですから、来月ではありません。菊谷さんの許可が出次第、何月号に載せるか決めて、すぐに連絡することにしています」

「駄目だ。志方の原稿は載せない。あいつには書かせない」

「菊谷さん……」松川は唾を呑んだ。「志方さんと、酒の席で揉めたことは聞いています。でも、昔の話じゃないですか。志方さんも、今や立派な作家です。どうしても『文學四季』に書いてもらいたい——書いてもらう価値のある作家だと思います」

「いや、奴はただの無礼者だ。たまたま書けたものが評判になっただけで、この先どうなるかは分からない。だいたい、毎回違うことを書くような人間は、長続きはしないんだ」

「ということは、菊谷さんは志方さんの作品を読んでいるわけですよね」

「読んでいない！」菊谷の顔が真っ赤になった。

「読んでいなければ、作風が変わっていることも分からないでしょう」松川は指摘した。

「人に聞けば分かる」

「菊谷さん、志方さんを恐れているんですか？　志方さんはまだ、文壇に出たばかりの人ですよ。それを菊谷さんのような大家が目の敵にするなんて……」

「恐れる？　ふざけるな！」菊谷が吠えた。「私は、あんな無礼な人間には小説を書く資格はないと言っているんだ」

「小説を書くのに、資格はいらないと思いますが……私は、どんな人でも、面白い小説を書いてくれそうな人には仕事を頼みます。だいたい、作家さん同士の酒の席では、もっとひどいこともあるでしょう。引っこみがつかなくなっているなら、私が間に入っても構いません。菊谷さんには気持ちよく仕事をして欲しいですし、志方さんにも今後、作家として——」

「私は、志方を作家として、人間として認めない！」

獅子吼《ししく》。会議の場に、重苦しい沈黙が満ちた。松川も、菊谷に対して初めて抱く感情に戸惑っていた――嫌悪感。菊谷といえばとにかく面倒見がいい人で、自分の懐が寂しい時でも、若い作家に苦労はさせない。松川から見て、大した才能がないような作家に対しても、援助の手を惜しまないのだ。ましてや志方のように才能溢れる作家だったら……まさか、本当に嫉妬を感じている？　二人はまったく傾向が違う作家だと思うが。

「この件はこれで終わりだ。私がいる限り、志方には原稿は書かせない。以上だ」

「分かりました」松川は立ち上がった。「私は志方さんと仕事がしたいと思います。それが許されないなら、ここにいる意味はありません」

「馬鹿言うな」菊谷の顔色が変わった。「落ち着きなさい。君は『文學四季』に必要な人間なんだ」

「だったら、私の提案を聞いてくれてもいいんじゃないですか」

「それとこれとは話が別だ」

「では、失礼します。短い間ですが、お世話になりました」

松川は頭を下げ、部屋を出ていった。菊谷が悪態をついているのが聞こえたが、内容までは分からない。

やってしまった――自分を拾ってくれた菊谷の顔に泥を塗ってしまった。これでは、酔っ払って罵詈雑言を浴びせた志方と変わらないではないか。

治子に何と言おうか……会社を辞めるのはこれで二回目である。家計だって楽ではないのに、また心配をかけてしまう。いっそのこと、人間関係で煩わしい思いをしない、雑誌作りとはまったく関係ない仕事を探そうか……しかし自分に、これ以外の仕事ができるとは思えなかった。

菊谷聡《さとし》の顔に泥を塗った男。

今後、自分は業界内でそう呼ばれるだろう。その前には、緑岡を殴った男としても知られているわけだ。出版界の二大巨頭に恥をかかせたのだから、そもそも自分の居所など、この業界にはもうないかもしれない。

引き返して頭を下げようか。すぐに謝れば、菊谷は許してくれそうな気もする。しかしどうしてもその気になれず、歩調を速めて駅の方へ向かってしまうのだった。

馬鹿なことをした――今はその想いしかない。こういう軽率なやり方をやめないと、そのうち大怪我してしまうだろう。

そうならないうちに生き方を改める。

とはいえ、働く場所もないのに、生き方もクソもない。俺の肩には妻と子ども、二人の生活がかかっているのだ。

第六章　エース

「今回、松川《まつかわ》さんが『文學四季』をお辞めになつたこと、誠に申し訳なく思ひます。私の過去の行状が、松川さんの仕事と人生に悪い影響を与へてしまつたことが、残念でなりません。若気の至りで済ませられる問題ではないと思ひます。私のやうな者を推していたゞいて感謝の念しかありませんが、何もできないのが悔しくてなりません。今後、何か私にできることがあつたら、真つ先に申しつけて下さい。全てに優先して、やらせていたゞきます。重ね重ね、お詫び申し上げます」

志方《しかた》からの長い手紙を、松川は丁寧に畳んで溜息をついた。相談していた原稿を菊谷《きくたに》によって却下されたこと、自分が「文學四季」を辞めざるを得なかったこと――経緯を手紙に書いて送ったら、志方からすぐに返事が来たのだった。極めて礼儀正しく、理路整然とした内容で、彼の人柄が読み取れる。こんな人が、酒の席とはいえ、菊谷に罵詈雑言を浴びせるものだろうか。菊谷の勘違い――いや、その場には谷崎《たにざき》もいて聞いていたのだから、間違いあるまい。それに志方も手紙で、「酒に酔つてゐたとはいへ、菊谷さんに失礼な暴言を吐いてしまつたのは間違ひありません。今まで謝る機会がなかつたのが残念至極です」と書いている。

志方を東京に呼んで、菊谷に引き合わせようかと思った。酒が入っていなければ、二人とも冷静に話ができるのではないか？　しかし自分は既に「文學四季」の人間ではない。一個人として二人を仲介するのも筋が違うし、菊谷は絶対に受けないだろう。誰かに菊谷を説得してもらうことも考えた。それこそ谷崎とか。しかし自分は、そんなことを頼めるほどには、谷崎と親しくはない。佐山《さやま》なら――しかし佐山の睡眠薬中毒は深刻で、医者は入院して薬を抜く治療が必要だと言っているらしい。

手詰まりか……。

部屋で寝転び、天井を見上げる。何もしない時間が続いて、既に一月も末。そろそろ仕事を探さないと、生活費にも困るのだが、求職活動をする気にもなれなかった。

治子《はるこ》が階段を上がってきた。困惑した表情を浮かべている。

「あなた……お客さんが」

「珍しいな」この一ヶ月は、家を訪ねて来る人もいなかった。菊谷が手を回して、「松川とは話をしないように」と命じたとか……いや、まさか。菊谷もそこまで意地悪ではあるまい。「誰だい？」

「玉田《たまだ》さん」

「玉田君か」ということは、菊谷から接見禁止令が出ているわけではないようだ。「上げてくれ」

すぐに玉田が二階に上がってきた。相変わらず軽快な身のこなしだが、顔には心配そうな表情が浮かんでいる。

「そんな顔、するなよ」

「でも、あんなことがあって……本当はもっと早く来ようと思っていたんですよ。でも、忙しくて」

「雑誌はいつでも忙しいさ。皆、元気か?」

「ええ。新しい仲間も増えました。松川さんの代わりにはなりませんけどね」

「菊谷さんは?」

「相変わらずですよ……あの、松川さん、戻る気はないですか?」

「無理だろう。菊谷さんが許してくれないさ」

「正直、松川さんがいないと編集作業が大変なんです。編集部で、きちんと雑誌作りの経験があるのは松川さんだけじゃないですか。そこの部分では菊谷さんよりも……松川さんがあれこれ指示してくれないと、作業が滞りがちなんです」

「そんなの、そのうち慣れるさ。とにかく俺は……まあ、菊谷さんに頭を下げるのは大したことじゃないけど、頭を下げても菊谷さんは許してくれないと思うよ」志方と同じだ、と思った。菊谷も子どもっぽいところがあり、感情的にもつれてしまうと、相手を受け入れなくなる。これは性格だから、仕方がないことだ。

「ですよね。菊谷さん、松川さんの話題が出ると、今もお冠ですから」

「じゃあ、俺の名前は出さないように、編集部に張り紙しておけよ」

「そこで松川さんの名前を見たら、菊谷さんは毎日激怒じゃないですか」

「そりゃそうだ」

二人は揃って笑ったが、どうにもぎこちない雰囲気になってしまった。仕方ない……治子がお茶を運んできて、二人はしばらく黙ってお茶を飲みながら煙草をふかした。

「松川さん、こんな下世話なことは聞きたくないんですけど、お金は大丈夫なんですか?」

「懐豊かとは言えないな」松川は正直に認めた。「仕事を見つけないといけないけど、どうもそんな気になれない」

「情けないこと、言わないで下さい。松川さんは、我々の先生でもあるんですから」

「先生は君じゃないか」

「まあ」玉田が頭を掻いた。「先生と言えば、教えていた生徒たちから手紙が来ましたよ。『文學四季』を読んでいるそうです」

「そういう子たちが文学青年に育って、将来の作家が出てくると面白いな。それを君が育てて、小説を編集する――夢があっていい話だと思わないか？」

「まだまだ先のことでしょうけどね。話を逸らさないで下さいよ」玉田が座り直す。「とにかく今日は、どうしてもはっきりさせておきたかったんです。松川さん、『文學四季』に戻る気はないんですね？」

「戻る気も何も、無理だな」松川は力無く首を横に振った。「今更どの面下げて、帰れる？」

「ほとぼりが冷めるまでは、まだ時間がかかりますよね。でも、編集者としての仕事はしたいんじゃないですか」

「そもそも、他の仕事をしたことはないからな」

実は一つだけ、編集者として仕事をする手を考えた。大阪にいる正木《まさき》に連絡を取るのだ。プラトン社に入社した正木は順調に仕事をしているようで、彼が編集を担当した雑誌「苦楽」は、年末に第一号が出たばかりだった。松川も早々手に入れて読んでみたが、なかなか高尚な作品が揃っている。里見弴《さとみとん》や岡本綺堂《おかもときどう》の作品に並んで、正木の作品も掲載されている。自分で編集する雑誌に自分の小説を載せるのはいかがなものか……と思ったが、そもそも「文學四季」の当初の狙いも、自ら作品を発表する場を作ろうとしたことだ。

創刊したばかりの雑誌の編集部が、人手不足でざわついているのは、松川も経験として知っている。編集経験のある自分が「手伝おうか」と申し出たら、正木は上層部に口をきいてくれるのではないだろうか。いや、そんな偉そうなことは言わず「ぜひ手伝わせてくれ」でいいではないか。何しろこちらは失業者なのだから。

しかし結局手紙は書けないまま、「文學四季」を飛び出して、あっという間に一ヶ月が経ってしまったのだった。

「もう一度、編集者として仕事をする気はありますか?」玉田が粘る。

「そんなに都合よく、話は転がっていないだろう」

「ところが私、情報を持っておりまして」

「ほう」つい身を乗り出しそうになってしまい、慌てて自分の膝を押さえた。贅沢は言っていられない立場だが、仕事に飢えているとは思われたくない。

「創建社《そうけんしや》ですよ。どうですか?」

創建社はまさに総合出版社である。特にここ数年は、立て続けに雑誌を創刊して、勢いに乗っている。子ども向けの「少年の時代」、婦人雑誌の「婦人の時代」など、様々な層に向けた雑誌を刊行している。

そして常に何か画策している、という噂が流れている。ただし松川は、創建社に知り合いがいないので、そういう噂を検証する術《すべ》がない。

「創建社が、また新しい雑誌を出すと言うのか?」

「そういう話ですよ。実は、昨年の九月に出す予定になっていたんですけど、それが地震で吹っ飛んだ。まき直しで、今年の年末か来年頭には創刊予定と聞いています」

「そんなにはっきりした話なのか？」松川は目を見開いた。「名前は？」

「その情報はまだ、流れてきませんね。最高機密じゃないですか」

「それで……俺に創建社に入れとでも言うのか？　その新雑誌の編集者になれと？」どんな雑誌かまったく分からないが、文芸誌、総合誌だったら腕の振るいようもあるだろう。いい加減腰を落ち着けて、安定して長く仕事をしないと、家族を養うこともできないし。

「やる気、ありますか？」

「この情報だけじゃ分からないな」松川は首を横に振った。「何か雑誌の編集をやるのか……創建社の社員として別の仕事をするのか。どうなんだ？　新雑誌で編集者を募集しているとか？」

「実は、私が誘われまして」玉田が頭を掻きながら言った。

「そうなのか？　あの会社に、知り合いがいるのか？」

「『少年の時代』の編集部の連中と、秀英舎《しゅうえいしゃ》の出張校正でよく一緒になるんです。その編集部に仲良くなった奴がいて、そいつから誘われたんです」

「外部から編集者を入れなくちゃいけないほど、大きな編集部になるのかな。創建社は、かなり大きな会社だろう？」少なくとも市民公論社や文學四季社よりはずっと人が多いはずだ。

「かなりページ数の多い雑誌になるようなんです」

「内容が分からないと、何とも言えないな」松川は煙草を灰皿に押し当てた。「まさか、第二の『少年の時代』とかじゃないだろうな？　少年雑誌は世の中に必要だと思うけど、自分が編集するのはちょっと……上手くできるとは思えない」

「創建社の人と会ってもらえますか？」

「君は、行くつもりはないのか？」

「ないです。今、『文學四季』の仕事は上手くいってますし、今度結婚するんですよ」

「そうなのか？　知らなかった。めでたい話じゃないか」

「田舎にいる子なんですけど、『文學四季』の仕事も安定してきたので、こっちへ呼んで結婚するつもりなんです」

「まさか、教え子に手を出したんじゃないだろうな？」

「何言ってるんですか。私は、高潔な教師として評判だったんですよ……とにかくそういうわけで、今は動きたくないんです。仕事は今のままで続けて、家庭を固めようと思っています。松川さん、どうですか？　興味があるかどうか、せめて話でも聞いてみたら」

「そうだなあ」松川は顎を撫でた。いい加減、仕事をしないと。「市民公論」を辞めた時には、小説を書こうと毎日原稿用紙に向き合っていたが、今回はそんな気にもなれない。まさに、何もすることがない、する気がない失業者だ。幼い博太郎《ひろたろう》はまだ事情が分からないだろうが、そのうち、父親が毎日家にいることを訝《いぶか》しむようになるかもしれない。それはいくら何でもみっともない……。

「ま、考えてみて下さいよ」玉田が膝を叩いて立ち上がった。

「何だよ、飯でも食っていけよ」

「失業者にご飯を奢ってもらうのは申し訳ないですから」

「おいおい」悪気のない冗談だと分かってはいたが、やはりむっとする。

「失礼しました。でも、本気で考えて下さい。博太郎君のためにも」

それを言われると耳が痛い。

暇だ……雑誌を読むぐらいしかやることがない。外へ出るのは、書店へ行く時だけ。しかし今や、十銭、二十銭の雑誌を買うだけでも気が引ける。安く抑えるためにも、いっそのこと、図書館にでも籠って一日中本を読んでいようか、とまで考えた。家事を手伝うのは、男の沽券に関わるし。

さて、今日は一日、どうやって時間を潰そうと悩みながら、松川は家を出た。とにかく家にいたくないので、まずは近くを散歩しよう。あちこちで復興工事が行われているので、毎日のように街の表情が変わる。こういうのを——つまり歴史をしっかり頭に焼きつけておくのも、編集者として大事な仕事なんだ……と思いながら。

しかし家を出た瞬間、電報の配達に出くわしてしまった。読まずに出るわけにもいかない。仕方なく確認すると、玉田からだった。

ホンジツゴゴヨジ　パウリスタニコラレタシ

いきなり呼び出しか……先日の話だろうと察しはついた。さすがに無視するわけにはいくまい。午後四時まで時間を潰さなくてはいけないが、それぐらいは何とかなる。久しぶりに家族を連れて銀座を歩いてもいい……しかし金もないのに銀座に行くと、悲しいだけだ。買い物もできないし、美味いものも食べられない。惨めな気分になるなら、家族は置いていこう。

さて、今日はどんな話になることやら。

約束の時間の五分前、松川はカフェーパウリスタに入った。一年ぶりか……創刊したばかりの「文學四季」について、菊谷にあれこれ言った後に来て以来である。震災後は関西へ行ってしまったし、会社を辞めてからはカフェーに行く余裕もなかった。

それにしてもここは、地震の影響などなかったかのように賑わっている。玉田は……いない。そう言えばあいつはいつも、約束の時間ちょうどに姿を見せる男だった。毎回そうなので、約束の場所の近くに潜み、時間が来るのをひたすら待っているのではないかと松川は疑っていた。

取り敢えず、空いている席に座って……腰を落ち着けた瞬間、声をかけられた。

「松川さん？」

顔を上げると、四角くいかつい顔立ちの中年の男が立っていた。和服姿、髪は短く刈りこみ、立派な口髭を生やしている。どこかで見たような……立ち上がると、男が丁寧に頭を下げた。顔を上げて目が合った瞬間、松川は男が誰なのか、悟った。

「藤見《ふじみ》さんではありませんか？」藤見龍大《りゅうだい》。創建社の社長で、今や「雑誌王」と呼ばれている出版界の大立者だ。

「藤見です」

深々と頭を下げる。申し訳なくなって、松川も同じように一礼した。頭を上げると、藤見はまだ頭を下げている。何と馬鹿丁寧な人か……ようやく顔を上げた藤見がニヤリと笑う。顔が大きく、首が太い。豪快な人柄を想像させる逞しい顔立ちだった。

「まあ、座りましょう。コーヒーを？」

「ええ」

藤見が、腰を下ろしながら手を上げ、店員を呼んだ。コーヒーを二つ、とすぐに注文する。そう言えば、座ったのにまだ外套も脱いでいない。せっかちな人だな、と松川は呆れた。

「菊谷君と喧嘩したそうじゃないか。あの菊谷君と対立する部下がいるとは思わなかったよ。彼の面倒見の良さは、日本一かもしれないのに」

「それは事実だと思います。後輩作家の面倒をあんなに見なければ、今頃は『宝石御殿』が三軒は建っていたと思います」

藤見が豪快に笑いを爆発させた。精力的……菊谷も緑岡《みどりおか》も騒がしく議論好きで、常に動き回っていないと気が済まない人だったが、藤見は二人に輪をかけて騒がしい人のようだった。これぐらい精力がないと、あれだけ次々と雑誌を創刊できないだろう。

「これは読んでくれているかね」

藤見が、鞄から一冊の雑誌を取り出した。創建社の「時代」。小説もあれば論説もある総合雑誌で、「市民公論」をもう少し柔らかくしたような感じだ。創建社の雑誌の中では「少年の時代」や「婦人の時代」の方が高い注目を浴びて売れているはずだが、一応「時代」は格が一番高い雑誌ということになっている。こんな風に何種類も雑誌を刊行できるのは、創建社が、他の出版社に比べて規模が大きいうえに、藤見が社員を精力的に引っ張っているからだろう。

「毎月読ませていただいております」

「それで、どうかね」

どうかね、と言われて「面白くない」とは言いにくい。しかし松川の感覚では、どういう層を狙ったのかがよく分からない、中途半端な雑誌だった。一瞬思案した後、松川は逆に訊ねた。

「お聞きしてよろしいですか」

「どうぞ」藤見は鷹揚だった。

「創刊の狙いは――想定していた読者層はどういう人たちだったんですか？」

「都会に住むインテリ層だな。大学生や、大学の卒業生が対象だ」

「『市民公論』よりも狙っている層は若い――執筆陣を見ていると、そんな感じがします。『市民公論』のような雑誌は何種類もありますから、同じような編集では、全部が生き残るのは難しいと思います」

「ただし私は、『時代』を潰す気はない。『時代』は創建社の顔なんだ。顔を潰したら、生きていけないだろう」

「ええ」

相槌をうちながら、松川は心配になってきた。「潰す気はない」と言うのは、逆に言えば潰れる恐れがある、ということではないだろうか。新しい雑誌の話かと思っていたら、自分に危ない雑誌の編集を押しつけようとしている？

しかし話は、意外な方向に流れていった。

「『時代』を潰さないためにはどうすればいいと思う？　編集者として経験豊富な君の意見を聞きたい」

「それは……読者の対象をもう少し明確にして、その層に向けた内容を充実させていけばいいと思います。それで確実に部数を計算できるようになれば、雑誌は安泰です」

「それは王道の考え方だ。ただし私は、邪道な考えを持っている」

「邪道、ですか」嫌な言葉だ。松川は眉が引き攣るのを感じた。

「『時代』は赤字でもいい。会社全体で赤字にならなければいいんだよ。他の雑誌を売って補塡することで、会社として収支はとんとんになる。もちろん、売れない雑誌を作っている『時代』の編集部は、居心地の悪い思いをするだろうが」

「それは、雑誌の話ではなく、会社の経営の話ですよね。私にはまったく理解できない世界です」

「経営には経営の専門家がいる。雑誌の編集にはまた、その専門家がいる。両者を兼ねることができる人もいるだろうが」

「藤見さんがそうなんじゃないですか？　これまで多くの雑誌を作られてきたんですから」

「ただし私は、必ずしもいい読み手ではない。雑誌を作ってきたのは優秀な編集者なんだよ。しかし私には、人とは違う決定的な能力があってね。優秀な人間を見つけ出して仲間に引きずりこむ力だ」

「それで私を？」

「新しい雑誌を作る」

何も言わずに松川はうなずいた。こんな人の多いところで、機密事項にあたるような話をしていいのだろうか。昔から、パウリスタには出版関係者が多いのだ。編集者、作家……多くの人が集まって、情報交換する場でもある。

「手を貸してもらいたいんだ。これは創建社としても社運をかけた仕事になる。どうしても成功させたい。そのために、経験豊富な編集者が必要なんだ」

「どんな雑誌なんですか」

「日本一の雑誌だ」藤見が簡単に言い切った。

松川はそのまま、創建社に連れていかれた。市電を乗り継ぎ、途中からは人力車を拾って……藤見が銀座まで出てくるのも面倒だっただろうと思う。そもそも、おつきの人が誰もいないのも不思議だった。これだけ大きな出版社の社長が、一人で銀座に出かけてくるとは。

藤見は、緑岡に近い人間かもしれない。何でも自分でやらないと気が済まない人……ただし、緑岡はあくまで「社員」であり、雇われて編集主幹を務めているだけだ。藤見は、幾つもの雑誌を束ねる経営者である。そんな人が自分で歩き回って、編集者を集めている――何だか心配になってきた。社長は自分の席についてどっしりと構え、部下に指示を出したりハンコを押したりしていればいいのではないだろうか。

「立派な会社ですね……地震の被害は大丈夫だったんですか？」

「何とかね。あちこち崩れはしたが、この辺は基本的に地盤が強固らしい。ただし、倉庫が崩れたのは痛かった。創刊以来の雑誌を全て保管してあったんだが、全部駄目になってしまった」

「将来、大きな価値が出たかもしれませんね」

「そうなって欲しいと、私は願っていたよ」

それにしても大きな建物だ……二階建てで、アルファベットの「L」字型に折れ曲がっており、二階部分にはぐるりとベランダが張り巡らされている。そこで数人の男たちが、煙草を吸いながら大きな声で話していた――まるで喧嘩しているようだが、松川には馴染みの光景だった。編集者は、普通の話をしていても、つい声が大きくなる。熱が入って、知らぬ間に単純な相談が論争に発展したりするのだ。

「編集部は、全部ここに入っているんですか？」

「ああ。会社の機能は全部ここに集約している。ただし、狭くなったから、いずれ建て直すか、移転しないといけないだろうな」

「大きな建物が必要ですよね」

「しかも地震に強い建物だ……まあ、入ってくれたまえ」

「旦那様、お疲れ様です」

急に、十五歳ぐらいの男の子が声をかけてきた。

「ああ、西村《にしむら》君。どうだ、頑張ってるか？」

「はい」西村と呼ばれた少年が元気よく返事をした。

「結構、結構。体に気をつけるんだぞ」

「ありがとうございます」少年は駆け出していった。

「あんなに若い社員がいるんですか？」

「彼らは少年社員なんだ」

「少年社員？」

「家庭の事情があって、働かないといけない子たちも多いだろう？　そういう子をうちで引き受けているんだ。働きながら、学校へ通ってもらう。もう十年以上になるかな？　そのまま正社員になった子もいるよ。皆真面目に働いてくれる。彼らがいないと、創建社はたち行かなくなるよ」

そんなことまでやっているのか……これでは会社経営というより、社会貢献活動ではないか。そう言えば藤見は、若い頃教員をやっていたはずだ。子どもたちと触れ合った経験が、今になっても生きているのだろうか。

藤見は、社長室に案内してくれた。とはいえ、他の社員と一緒……庶務の仕事をする部署が

「社長室」と呼ばれていて、そこに自分の机を置いているだけだった。

藤見は、自分で椅子を持ってきて、机の前に置いた。そこに座るよう、松川に促す。何だか恐縮してしまう……本当に、何でも自分でやらないと気が済まない人なのだと思う。もちろん、誰かに「椅子を持ってこい」と言うよりも、自分で運んできた方が早いのだが。

「さっきの話だが……」

「はい」早々に藤見が切り出したので、松川は背筋を伸ばした。雑談などしないで、すぐに本題に入るのも、せっかちな証拠だろう。

「『時代』を創建社の顔として生き残らせるためには、他で儲けなければいけない。『少年の時代』も『婦人の時代』もよく売れているが、まだ十分ではないんだ。だから私は、日本一の雑誌を作る。創建社の背骨になる雑誌だ」

「その日本一というのは……」

「日本一、部数の多い雑誌だ」

藤見が明確に言い切った。あまりにもあっさりした言い方に、松川はついうなずきそうになったが、すぐに首を横に振る。

「部数を目標にするのは難しいと思います」

今、よく売れているのは婦人誌だ。「婦人の時代」も十万部は出ているはずである。最も部数が多いと言われるのは、「世界の婦人」で、これまで最大で四十万部を売り上げたとも言われている。「市民公論」や「文學四季」のような総合誌は、ぐっと部数が落ちる。藤見はどんな雑誌を考えているのだろう。

「百万部だ」藤見が人差し指を立てた。

「百万……」言ったきり、松川は言葉を失ってしまった。しかし次の瞬間には、無意識のうちに言葉が出てくる。「今、日本の人口は六千万人ぐらいじゃないですか？　百万部ということは、六十人に一人が読む――いえ、購入することになります。そんなことが可能なんでしょうか？　いくら安く抑えても、雑誌は簡単には買ってもらえません。百万部という目標の数字だけが一人歩きして、結果的に上手く行かない可能性も高いですよ」

「そうだね」藤見があっさり認めた。「しかし、そのために様々な手を打ってみるのは悪いことではないだろう。編集でも宣伝でも、何でも新しい手を試してみればいい。百万部は数字的な目標だが、私には別の目標もあるんだよ」

「それは……」

「誰も見たことのない雑誌を作る。あらゆる人が読む雑誌だ。字を覚えたばかりの子どもから、寝たきりになったお年寄りまでが読める。男性も女性も関係ない、一冊あれば、一家全員で楽しめるような雑誌だよ。どうだ？　そういう夢や目標を追うのは間違っているだろうか」

「間違ってはいませんが……」

これは、松川が知っている雑誌作りとは違う。「文學四季」も、最初は自由に何でも書いてもらって、同人誌的な雰囲気でやろうということで始まったのだが、結局は高級文芸誌の色合いが強くなっている。松川がしつこく菊谷に迫ったせいもあるが、菊谷も作家であると同時に商売人である。上等な小説が載っている雑誌は売れる、ということは感覚的に分かっているのだ。だから「文學四季」は「小説が好きな大人が読む雑誌」という明確な路線に乗って突っ走っている。一方で「市民公論」は、やはり「民主主義」を前面に押し出して論陣を張る傍ら、小説も売り物にしている。それこそ「時代」と同じで、高等教育を受け、日本の行末を思案している意識の高い人を読者として想定している。

しかし、「一家に一冊」とは。それでは、あまりにも対象が広過ぎて、編集方針が決められないではないか。

「ちょっときてくれ」

声をかけられ、松川は立ち上がった。藤見は社長室を出て、さっさと階段を降りて行く。連れていかれたのは、二十畳ほどもある広い部屋だった。床は板敷。机が入っているだけで、人は誰もいない。

「ここは、うちで一番広い部屋なんだ。新しい雑誌の編集部をここに置く」

「ええ……」今まで松川が籍を置いた編集部の中で、ここが一番広い。それだけ大人数で回していくことになる——一家に一冊、あらゆる読み物を集めた雑誌を作るには、大勢の編集者が必要なのだろう。

「君は、喧嘩っ早い男なのか」唐突に藤見が訊ねた。

「そういうわけでは……いえ、否定はできませんね」松川は苦笑するしかなかった。「編集長二人と喧嘩して、会社を飛び出しました。そういう話は、業界の中ではすぐに広まりますよね」

「『市民公論』の緑岡君と揉めた話は聞いた。それは理解できる……というか、君は必ずしも悪くないと思う。しかし、菊谷君とはどうしたんだ？　あんな鷹揚な男は、滅多にいないぞ」

「ある作家を巡って喧嘩になりました」正直に話してもいいだろうと思い、松川は打ち明けた。

「私がどうしても『文學四季』に書いてもらいたい作家が、昔菊谷さんの逆鱗に触れたんです」

「その作家は？」

「志方礼太郎《れいたろう》さんです」

「ああ、志方君か」藤見がうなずいた。「彼は面白い作品を書くね。谷崎君にも通じる味わいがある。しかし、どういう路線をいくべきか、決めかねているのでは？　発表する作品が、毎回違う感じだ」

忙しい社長業をこなしながら、よく読んでいるものだと驚く。じっくり小説を読むのは、自分のような失業者の特権だと思っていたのに。

「私は、そういう作家とこそ、仕事がしてみたいんです。有り余る才能を持ちながら、自分が行く道が分からずに迷っている人が確かにいます。そういう人が、一番合った作品に出会えるように手伝いをしたいんです」

「君が善導するのかね」

「いいえ、一緒に考えます。どんな若い作家が相手でも、編集者は先生ではありません。一緒に歩く仲間だと思っています。それに志方さんは私と同い年ですから。同い年の才能ある作家が迷っているのを、見捨ててはおけません」

「しかし志方君は、菊谷君を激怒させたんだろう？　珍しいことだぞ」

「志方さんには酒の問題があるかもしれません。宴席での話でした」

「なるほどね……まあ、それはいい。君は、志方君に書かせなさい。内容は任せる」

「それは……」

「うちに来てくれるんだろう？」藤見が不思議そうな表情で言った。「新しい雑誌で腕を振るってくれたまえ。新しい作家をどんどん発掘してほしい。神山一朗《かみやまいちろう》君を知っているかね」

「はい」作品を読んだことはないが、創建社が行った懸賞小説で、一気に三部門で入選して話題になった若い作家だ。

「おとぎ話部門と滑稽小説部門で一等、小説部門で三等。つまり、子ども向けから大人向けまで、何でも書けるんだ。ただしさすがに、ずっとそんな書き方を続けていくことはできないだろう。神山君は稀にみる才能の持ち主だが、あちこち書き飛ばしていたら、その才能を無駄遣いしてしまう。いずれ方向性を絞って、じっくり取り組んでもらうよ。それが創建社として大きな目標の一つだ。神山君には、創建社と一心同体で頑張ってもらう。志方君もそうじゃないかな。じっくりつき合うつもりはあるかね？」

「もちろんです。ただ、彼は関西なので、それが問題かもしれません。頻繁に顔を合わせて、話を続けてこそ、前に進めます」

「関西にいるのはどうしてだ？　向こうの生まれなのか？」

「大阪の道修町《どしょうまち》の生まれで、実家は薬種問屋です。関東大震災で家を焼かれて、奥さんと一緒にそちらに移りました」

「東京に戻ってもらおう」藤見があっさり結論を出した。「いいだろう？　原稿料の前渡しの形で金は出せる。それで東京に引っ越してもらえば——子どもは？」

「奥さんと二人だけですね」

「だったら身軽だろう」

「それが……奥さんは、薬種問屋で仕事を始めて、たいそう役に立つと評判になっていまして」

一瞬間を置いて、藤見が爆笑した。

「だったら奥さんはそのまま薬種問屋の仕事をして、志方君だけ東京に来てもらってもいい。文学のためだ、多少の不便は我慢してもらわないとな」

何と強引な……松川は、すぐに返事をすることだけは避けた。物事には「勢い」が大事なことがあり、今回など特にそうだろう。新しい雑誌の創刊に関われる機会など、そんなにあるものではない。藤見の精力的な態度も、鬱陶しいが気に入った。こういう人が引っ張って行く会社は、これからも業績を伸ばしていけるだろう。

しかし……慎重にいかなければ、という考えもある。松川は短い期間に二度も会社を辞めて、家族に迷惑をかけている。今度こそ地に足をつけて、どうせ働くなら長く勤めたい。それを急に決めてしまったら、後々後悔することになるかもしれない。

「家族に相談します」

「そうか？」すぐに返事をもらえると期待していたのだろう、藤見の顔が少しだけ暗くなった。

「はい。家族には迷惑をかけてばかりですから……今度働くとしたら、辞めずに長くやりたいんです」

「分かった」藤見が真顔になった。「ただし私は、どうしても君の力が欲しい。気が短いのは困りものだが、編集者としての腕は評価しているんだ。新しい、日本一の雑誌には君の手が必要だ。そうそう、名前だけは決まっているんだよ」

「教えていただいてもよろしいですか」

「『エース』だ。トランプの一番強い札だよ。英語だけど、日本人でも知っている言葉だ。野球で一番いいピッチャーはエース。『エース』。いい響きだと思わないか？」

それは否定できない。松川は早くも、その名前に惹かれていた。

「すぐにお返事して」家に帰って事情を打ち明けると、治子が即座に言った。

「でも俺は、創建社のことはよく知らないんだ。社長の藤見さんのことも……今度は癇癪《かんしゃく》を起こしてやめたくない。皆のためにも長く働きたいんだ」

「社長さんがどんな人か分かれば安心できるの？　他に変な人もいるかもしれないわよ。それに、後から変な人が入ってくるかもしれないでしょう。そんなことを心配していたら、働ける場所がなくなるわよ」

「そりゃそうだが……」

「まず、給料をもらうこと。お金が入らないと、本当に食べていけなくなるわよ」

「武士は食わねど……」

「それは無理」治子が冷たく言った。「ご飯を食べないと、何もできないわ。博太郎も大きくなるし、あなたにはちゃんと仕事をしていただかないと。今度は少し気持ちを抑えて、頭にくることがあっても我慢して」

妻にここまで言われると、まったく逆らえない。確かに迷惑ばかりかけているし――しかし嫌な気分はしなかった。結局自分は、誰かに背中を押してもらいたかったのだろう。それをやるなら、妻の治子が一番相応《ふさわ》しい存在だ。

「今夜もコロッケだから」

「コロッケかあ……」さすがにうんざりしてしまう。安いコロッケも、ソースをかければご飯のおかずとして最高だし、揚げ物なので、少ない量で腹が膨れる。そのせいか、このところ夕食はコロッケが多かった。文句を言わずに食べてきたが、博太郎はさすがに可哀想だと思う。

「創建社に就職して給料が入ったら、皆で牛鍋でも食べにいこうか」

「そうよ」治子が真顔でうなずいた。「毎日コロッケが嫌なら、ちゃんと働いて下さい」

翌日、松川は創建社を訪れた。藤見は不在だったが、副社長の清水《しみず》という男が応対してくれた。話は通っているようで、手続きは簡単に進む。

必要な書類への書き込みを終え、これでまた新しい生活が始まる、とほっとした。「市民公論」を辞めてからは長い失業時代が続いていたのだが、今回は一ヶ月で済んだわけだ。

「来週から出社してくれるかな。月曜日に『エース』の編集会議があるから、そこに顔を出して、皆に挨拶するといいよ」

「雑誌が出ていないのに、編集会議をやるんですか」

「社運がかかってるからね」清水が真剣な表情になった。「私もあちこちの出版社で働いて、十年前からここにいるけど、これだけ大きい企画は初めてだ。失敗したら、会社が危なくなる」

「はい」自分が喧嘩しなくても、新雑誌のせいで会社が潰れ、職を失う可能性もあるわけか。しかしそれは何とかなる……頑張って、「エース」を売りまくればいいのだ。部数優先の考えにはまだ馴染めないが、これからはそういう時代がくるのかもしれない。関東大震災から立ち直る東京には、新しい娯楽が必要なはずだし。景気のいい話は、人を元気づけるだろう。

「しばらくは、実際の編集作業は始まらないと思う。会議ばかりかな……社長は会議が好きな人だから。というか、訓示が大好きなんだ。会議はよく、独演会になる」

「そんなこと言って、大丈夫なんですか？」まだ藤見という男のことを読み切っていないが、創業社長で、しかも「雑誌王」とまで呼ばれる人間である。横柄でワンマン、部下を子分扱いしていてもおかしくはない。緑岡にも菊谷にも、そういう一面はあった。

「ああ、社長には何を言っても大丈夫だよ」気楽な調子で清水が言った。「受け流すこともあるし、本気で反論してくることもあるけど、怒りはしない。ひとまず人の話は聞く、という人なんだ」

「そうなんですか……」いかにも豪快な独裁者という感じなのだが。

「ところで、緑岡君は元気だろうか」

「お知り合いなんですか？」

「私は一時『市民公論』にいてね。いろいろな事情が重なって一年ぐらいしかいなかったが、『市民公論』に入ったばかりの緑岡君と机を並べていた」

「そうだったんですか」松川はうなずいた。

「とにかく声がでかい男でねえ。今もそうなのかい？」

「しばらく会っていませんが、そうだと思います」

「この世界、声が大きい奴が偉くなるからな。『市民公論』の編集主幹にまでなるとは思わなかったが——その緑岡を殴りつけた君も大したものだ。業界の伝説を作ったね」

「勘弁して下さい」松川は頭を掻いた。「誤解もありましたから」

「ま、うちの社員を殴るようなことがないように。穏やかに頼むよ」

「もちろん、そのつもりです」

「結構、結構。それでは、月曜日の午前十時に来てくれ。その時間から編集会議が始まる」

急な展開……自分で決めたことだが、何だか焦ってしまう。

週明けからは新しい人生が始まるのだ。また編集者の仕事だが、これまでとはまったく違う仕事になるような気がしてならなかった。

「さて、今日から新しい編集部員が三人加わった。これで創刊時の部員が全員揃ったことになる。

実際に編集作業を始めてみて、都合の悪いことがあったら、さらに人を増やすことは検討する。諸君らは、安心して仕事に邁進して欲しい」藤見が編集部員の顔を見渡した。藤見を除いて十五人。かなりの大所帯だ。今、日本の雑誌編集部で、こんなに人が多いところはないだろう。「では、今日から加わった三人を紹介する。まず、松川晴喜《はるよし》君。これまで『市民公論』、『文學四季』で編集者としての経験を重ねてきた。『エース』では、文芸を中心に活躍してもらいたいと思っている。松川君、一言挨拶を」

松川はゆっくりと立ち上がった。焦っているようには見られたくない。周囲を慎重に見回し、低い声で「松川です」と挨拶して頭を下げた。

「今、藤見社長にご紹介いただいた通り、二つの雑誌で経験を積んできました。辞めたのは……色々と問題があったからですが、私なりの正義を押し通したつもりです。『エース』では、これまでにない新しい企画に、積極的に取り組んでいきたいと思います。よろしくお願いします」

まばらな拍手。真面目過ぎただろうか？　武勇伝を語って、苦笑を誘ってもよかったのではないか？　しかし初日から、編集主幹を殴った話をしても仕方がない。面倒な乱暴者だと思われたら、他の部員と話もできない。

「さて、今日は社として大事な方針を一つ、決めたいと思う。創刊号の部数だ」

藤見がまた編集部員の顔を見回した。この状況は何かに似ている……学校だ、と松川は思い至った。松川たち編集部員はそれぞれの机についているのに対し、藤見は部屋の前で一人立っているのだ――それこそ先生のように。藤見は一息ついてから、「五十万だ」と言った。編集部員たちの間に「おお」という声が流れる。

五十万……松川は絶句してしまった。今一番人気とされる「世界の婦人」の部数は、平均して二十五万部から三十万部と言われている。その倍？　あり得ない。しかし藤見は、「エース」を日本一の雑誌にすると、はっきり言っていた。何が分かりやすいと言って「部数日本一」ほど分かりやすいことはないだろう。内容で「日本一」と言っても、それは読む人間の感覚で変わってしまう。部数なら、どこから文句がつくわけでもあるまい。

「五十万という数字は、単なる創刊部数だ。本当は百万と言いたいところだが、私もそこまで図々しくはない。まずキリがいい数字で五十万と決めたい。取次は慎重になるだろうが、売れて悪いことはないんだから。取次も儲かる。ただし、どうやって説得するかは難しい問題だ。連中は慎重だから、納得できるだけの材料を出すのは難しい。これまでの『少年の時代』や『婦人の時代』の実績だけではどうしようもないだろう。今までにない方法で、五十万部は夢ではないということを、取次に納得してもらわなくてはいけない。今日は、忌憚《きたん》のない意見をもらいたい。それをまとめて、取次と交渉するつもりだ」

こんなに早く動き始めるのか、と松川は驚いた。「エース」の創刊は今年末、あるいは来年頭が予定されている。実際には来年になってからだろう。「大正十四年一月創刊」とした方がキリがいい。「十二月創刊」だと、いかにも慌ただしく、年末に間に合うように滑りこんだ感じになってしまう。

「どうだろう。何か意見があったら遠慮なく話してくれ」

すぐに編集部員たちの手が挙がった。何とも積極的……人数が多いせいもあるだろうが、この編集部は活気に満ちている。

しかし出てきた考えはありきたりだった。著名作家に「創刊記念号」として小説を書いてもらう、大規模な懸賞を行う、などなど。すぐに思いつく考えだが、どれも悪くはない。注目は集まるだろう。ただし、それだけでは……新しい雑誌を作るならば、もっと衝撃的な出だしが必要ではないだろうか。

ひとしきり意見が出た後、松川は遠慮がちに手を挙げた。

「おお、松川君、何かあるか？」嬉しそうに藤見が指名した。

松川は立ち上がり「宣伝はどうでしょうか」と提案した。

「宣伝？　新聞広告かね」

今の時代、雑誌や書籍の宣伝は、新聞広告が主戦場だ。緑岡など、「市民公論」の内容よりも、新聞広告でどれだけ人目を引くかを考えて宣伝文句を書いていたぐらいである。

「もちろん新聞広告は大事ですが、それは既存の雑誌がやっていることです。もっと目立つこと、目新しいこと……例えばですが、全国の書店で直接宣伝してもらうのはどうでしょうか？」

「書店が宣伝？　書店はあらゆる本を扱うんだぞ。創建社の雑誌だけを宣伝するというのは……それに、どうやって宣伝してもらう？」

「書店に幟《のぼり》を立ててもらうのはどうでしょう？　『エース』という名前と発売日をでかでかと印刷して、店頭に立ててもらうんです。幟を立てるぐらいなら、大した手間にはならないでしょう」

「なるほど……しかし、全国に書店は何千とある。全部に行き渡るだけの幟を用意するだけでも相当大変だぞ」

「しかし、一度作れば、繰り返し使ってもらえます。毎月、発売日の前に店の前に立ててもらうだけで……しまい忘れたら、その方が好都合でしょう。ずっと店先で宣伝してもらうことになる。そして何より、読者が『エース』を買うのは書店なんですから。読者との接点となる場所で宣伝するのが一番効果的だと思います」

「なるほど……それは新しい方法だ。松川君、以前からこんなことを考えていたのか？」

「『市民公論』時代に、同じようなことを考えていました。新年特大号の時に、書店に張り紙をしてもらおうと思ったんですが、やはり経費の関係で……金はかかると思います。幟なら尚更です」

「分かった。しかしいい案だ。実際にいくらかかるか、制作費と運送費、それに書店に対するお願い文も作らないといけない。ひっくるめていくらになるか、松川君、君、調べておいてくれ」

「分かりました」

腰を下ろしながら、松川は意外な展開に驚いていた。本当にこの案が採用されるかどうかはともかく、藤見が却下しなかったこと……新入りの編集部員が、いきなり金のかかる企画を出してきたら、まずは渋い表情を浮かべるのが普通なのだが。周りの編集部員も、特に驚いた様子は見せない。「この新入りが」「余計なことはするな」とあざけりの表情を浮かべてもおかしくないのに。

この編集部は、今までの編集部とは違う。面白いことになりそうだ、と松川はうつむいてほくそ笑んだ。


この編集部は他の編集部と違う——松川は翌日、それを思い知った。

出社して初めての会議をこなした直後、藤見に「関西へ行くように」と命じられたのだった。「関西ですか？」谷崎だろうか、と想像した。創刊号に大物の原稿が欲しい——その話は会議でもひとしきり盛り上がり、誰が適切かについて、何人もの名前が出たのだった。その中には谷崎の名前もあった。確かに谷崎に書いてもらえば「エース」には箔がつくだろう。

「君のご推薦の志方君だ」

「書いてもらうんですか？」松川は腰を浮かしかけた。これも話が早い……志方のことは、先週藤見に話したばかりなのに。これだけ忙しい人が、あんな話を覚えているのも意外だった。

「創刊号の目玉にしたい。もちろん、文壇の重鎮の作品も欲しいが、新鮮さのある新進気鋭の作家の作品も載せたい。どう思う？　志方君は、青少年向けの話を書けると思うか？」

「書ける――とは思います」松川はうなずいた。「狙いは、『少年の時代』に載るような作品ですか？」

「いや、もう少し高尚で、年齢層も高めを狙いたい。中学生が背伸びすれば読めて、一方で大学生の鑑賞にも耐える作品だ。そういうのが載っていてこそ、一家に一冊の雑誌になるんじゃないか？　今、そういうのを書ける作家がいない。だったら、志方君にゼロから挑戦してもらうのがいいんじゃないだろうか」

「話してみます。志方さんならできると思います」

早速その夜、松川は神戸行きの夜行に乗った。早朝に大阪着。そのまま道修町に向かう。薬種問屋の町は朝が早く、松川が「志方商店」の前に着いた時には、もう忙しく人が出入りしていた。

昨夜のうちに電報は打っておいた。しかし志方がそれを読んだかどうか……忙しない店に入り、志方を呼び出してもらう。志方は眠そうな表情で店から出てきた。まだ起きたばかりという感じで、髪にはひどい寝癖がついている。

「いやあ、ずいぶん早いですね」志方が着物の胸元に手を突っこんで胸を掻いた。「それにずいぶん急だ。そんなに急ぎの話があるんですか？」

「あるんです」

「じゃあ……入って下さい。この時間だとカフェーも開いていないので」

「では、失礼します」

松川は、志方の後について家に入った。大きな薬種問屋なので家も広く、商店部分だけでもかなりの面積だ。家も……何だか学校の中を歩いているような気分になってきた。

ようやく通された部屋は、本で埋まっていた。壁の二面が本棚で、それだけでは足りず、床にも本は積み重ねられてあった。あとは文机。綺麗に削った鉛筆が何本も、揃えて置いてある。原稿用紙は見当たらなかったが、ここは彼の書斎なのだろう。

「まあまあ、座って下さい」志方が座布団を出してくれた。

「失礼します」

座った志方が大欠伸《あくび》して「失礼」と言った。

「この時間だと、普段は寝てるんですか？」松川は軽い話題で切り出した。

「まあ、睡眠時間はその日によってバラバラなんで……睡眠薬を使いたいところなんだけど、あれは癖になるっていうでしょう」

「あまりよくないですね」松川は佐山の顔を思い浮かべた。「使わないに越したことはないでしょう」

志方が、机の引き出しから電報を取り出した。

「驚きましたけどね、あなた、創建社に入ったんですか？」

「誘ってくれる人がいまして」

「それで早速仕事をしてる？」

「仕事をするために、創建社に入ったんです」

「そりゃそうだ――それで？」

「今、お忙しいですか？」

「『市民公論』からは仕事をもらっていますよ」

「それが落ち着いたらどうですか？　今すぐの話ではないんです。今年の末か来年頭に出る雑誌用の原稿なんですが」

「ずいぶん先ですね」

志方が煙草に火を点ける。あまり乗り気ではないな、と松川は判断した。志方は筆は速いのだが、次から次へと小説を発表する人間ではない。準備に時間をかけ、じっくりと構想を温めるのだ。それでも、自分が頼んでいるのは、一年近く先に出る雑誌の話である。締め切りは九ヶ月か十ヶ月後になる。松川とじっくり話し合って構想を温めていっても、書く時間はたっぷりあるはずだ。

「実は、創建社でまた新しい雑誌を出すんです。その創刊号に、志方さんの原稿をいただきたいんです。創刊号は大事ですから、志方さんの新鮮な小説を――今回はそれをお願いに来ました」

「また新規に雑誌、ですか？」呆れたように志方が目を見開く。「もうたくさん出してるじゃないですか。『時代』に『少年の時代』に『婦人の時代』――まだありますよね」

「ええ。でも、新しい雑誌は、これまでにないものなんです。一家に一冊。子どもからお年寄りまで、誰が読んでも楽しめる読み物が載っている、そういう雑誌です」

「ちょっと待って下さいよ」志方が、本棚から今月の「市民公論」を抜いた。「これだって相当分厚い。でも、『市民公論』は読者を選ぶ雑誌です。一家に一冊なんて……家族全員を喜ばせようという雑誌なんか作ったら、大変なページ数になるでしょう」

「今のところは、何ページになるかまでは決まっていませんけど……そうですね、かなり分厚くなると思います」まだ外部には明かせないが、藤見は三百五十ページ前後を想定している。

「そんなもの、売れるんですか？」呆れたように志方が言った。

「売るための作戦は考えています。志方さんには、安心して作品を書いていただければ……」

「まあ、そんな先の話なら、いいですよ。準備の時間は取れそうだ」

「ありがたいです」あっさり話が通って、松川は思わず頭を下げた。「先生が、第一号ですよ」

「新雑誌の？」

「はい。絶対に原稿をもらう約束をしてこいと、社長から厳しく言われてきました。これで面目がたちました」

「社長――藤見さんか。どんな人なんですか？　いろいろ噂は聞きますけど」

「大物ですね」

それから二人はしばらく、文壇の噂話を続けた。他愛もない話なのだが、話しているうちに、松川は志方が東京を恋しがっていることに気づいた。大阪生まれ大阪育ちの志方だが、やはり作家としての第一歩を歩き始めた東京に対する思いが強いのだろう。

「そうか、東京では出版の世界も元通りになりつつあるんだね」

「はい。ゆっくりですが、いずれ元のように賑やかになるかと」

「うーん」志方が煙草を灰皿に押しつけた。昨夜から掃除していないようで、灰皿は吸殻の山になっている。「そろそろ東京に帰る潮時かな」

「奥様と、そういう話はされているんですか？」

「まあね。でも、女房は最近、話す時に大阪弁が混じるようになってきた。それに店の方でも、女房をすっかり頼りにしている」

「ああ、あの……志方さんだけでも東京へ戻ってきませんか？　お願いした原稿は、かなり難しいものになると思います。綿密に相談したいんですが、東京と大阪に離れていては……」

「あなたが大阪に来るわけにはいかないでしょうね」

「ほとんどの作家が東京住まいなので。それに、原稿をいただくだけでなく、自分でも対談記事などを書くことになると思います。ですから、東京を離れるのは難しいですね。その代わりにとは言えませんが、引っ越し費用のために、原稿料を前渡ししてもいいと、社長は申しています」

「そんなことを？」志方が目を見開く。

「作家の皆さんにはできるだけ便宜を図る——だから原稿料は高いです。ただし、こちらの要求水準も高いですけど」

「それは怖いな」おどけたように言って、志方が新しい煙草に火を点けた。「私には何を要求するんですか」

　ここから先が肝心だ、と松川は気を引き締めた。原稿を引き受けてもらうのが第一関門。しかし難しい注文を了解してもらう第二関門の方がよほど大変だ。

「新しい雑誌は、子どもから大人までが対象です。その中で、今までになかった作品も掲載したいと思います。中学生と大学生が同時に満足できる話——志方さんにお願いしたいのは、そういう小説です」

「いや、それは——」志方が黙りこんだ。やがてのろのろと顔を上げ、ほとんど吸っていない煙草を灰皿に押しつける。「少年小説ではない？　『少年の時代』に載っているような？」

「違います」

「では、生意気な大学生が読む、『市民公論』に載っているような小説でもない？」

「その中間です」

「それは難しい――中学生が背伸びして読めて、なおかつ大学生の鑑賞にも耐えられる、そういうことですよね？」

「まさにその通りです」志方の理解の早さがありがたい。やはりこの男は一種の天才だ。

「それは……本当に難しいと思うな」志方が正直に言った。「中学生と大学生では、知識にかなりの差がある。両方を満足させられる作品なんて……いや、待てよ。野球はどうですか」

「野球ですか？」

「野球は、どんな世代の人も好きじゃないですか。東京では大学野球が人気でしょう？」

「ええ。私も時々観に行きますよ」

「こっちでは、中学野球の全国大会も始まっている。東京では分からないかもしれないけど、去年の夏も大変な騒ぎだったんですよ。私はたまたま帰省していて、球場へ行ったんだ。それで今年は、春にも大会をやるらしい」

「そうなんですか？」

「中学野球、あるいは大学野球はどうだろう。人気のスポーツを題材にすれば、幅広く読んでもらえるんじゃないか」

「確かにそうですね」スポーツを題材にした小説など読んだことはないが、確かに志方の言う通り、面白そうだ。「取材もしましょう。一緒に野球を観に行きましょうよ」

「もちろん。実は、私も中学では野球をやっていたんですよ。小説か、野球か、なんて真剣に悩んでいた。でも、野球で飯は食えませんからね……小説でも食べていくのは大変だけど」言って、志方が豪快に笑う。

それから二人は、しばらく野球の話を続けた。大学野球の選手たちの品定め……文壇の噂話もいいが、これも面白い。それより何より、これで創刊号に全く新しい小説を書いてもらえると思うとほっとした。

「しかし……松川さんはすごいですね」

「何がですか？」

「この前会った時は『文學四季』にいた。それが今は、創建社でしょう。展開が早過ぎてついていけない。でも、ありがたいですよ」

「ありがたい？」

「『文學四季』を辞めたのは、私のせいみたいなものじゃないですか。私を菊谷さんに売りこんでくれた……それが原因でしょう？」

「ええ」

「でも、私を見捨てないでいてくれた。こうやって原稿を頼んでくれる」

「どうしても志方さんと一緒に仕事がしたかったんですよ。いい作品、お願いします」

「そういう風に言われるうちが花でしょう」志方が皮肉っぽく言った。「でもまあ、期待に添えるように頑張りますよ」

「それと本当に、東京へ戻ることも考えてもらえますか？　野球の話——本筋はいいと思います。でも打ち合わせも必要ですし、試合も観に行かないと」

「そうねえ」志方が顎を撫でる。「考えますよ。いずれにせよ、これで面白くなってきたんじゃないですか？」

第七章　原稿は一括で

神山一朗《かみやまいちろう》は頭を短く刈り上げた青年――松川《まつかわ》より少し年下で、何だか顔色が悪かった。

「改めまして――創建社《そうけんしゃ》の松川と申します。今年創刊される新雑誌で、主に小説を担当させていただきます」松川は頭を下げた。神山は、「少年の時代」にも書いている。今日はその打ち合わせで社に来たついでにと、「エース」編集部にも誘ったのだった。

「えらく立派な編集部ですね。何人いるんですか？」神山が部屋の中を見回した。

「今、十五人です。まだ増えるかもしれません」

「そんなに？『少年の時代』なんて、五人ぐらいで作っているでしょう」

「新しい雑誌は、ずっとページ数が多くなる予定なんです。そうするとどうしても、編集者も増えます」

「そうですか……」

「来ていただいたついでにこんなお話をするのも何ですが、仕事のお願いをしていいでしょうか」

「ええ」神山がわずかに身を乗り出した。「新しい雑誌に、ですか」

「そうです」話が早いな、と松川は訝《いぶか》った。ただし、神山は基本的に仕事を断らない人だと聞いている。噂では、かなり生活が苦しいらしい。創建社とのつき合いは五年ほどになるのだが、常に金に困っているという話を松川も聞いていた。そこにつけこむわけではないが、神山の興味を惹けそうな話はできる。「神山さん、今まで創建社ではたくさんの原稿を書いていただきました。ただ、お支払いしてきた原稿料は、大したことはなかったですね」

「いきなり金の話ですか」神山が苦笑する。「編集者の人は、まず小説の内容から話し始めるものでしょう。最初に金の話をされたのは初めてだな」

「『エース』では、いろいろとざっくばらんにいこうと決めているんです。お金の話は後でもう少し詳しくしますけど、神山さん、『エース』でも連載をお願いできませんか？　今までにないものを……これまで子ども向けから大人が読む小説まで、幅広く書かれてきましたよね」

「ええ」神山が顔を擦《こす》った。「まあ、頼まれればね……」

「では私からもお願いです。剣豪小説を書いていただけませんか」

「そういうのは、いろいろな人が書いている。私も書いたことがありますよ。改まって言われても」

「私は、神山さんが書かれた小説を全て読みました。雑誌に掲載されただけで、今は手に入らないようなものは無理でしたけど……神山さんの書かれた様々な作品の中で、私が一番感動したのは『関ヶ原炎上』です。あの本多《ほんだ》忠勝《ただかつ》は素晴らしかった」

「本多忠勝は、厳密には剣豪とは言えないですね。槍の使い手だから」

「ええ。しかし、強い男の話はいつの時代でも、どんな世代にも人気があります。だから神山さんには、本格的な剣豪小説に挑戦していただきたいんです。先生の筆致は、斬り合いの場面で活き活きすると思います」

「チャンバラか……物騒な話ですねえ」神山が苦笑する。

「しかし、チャンバラは大人も子どもも大好きです。神山さんなら子どもを喜ばせて、かつ大人の鑑賞にも堪えられる作品が書けるはずです。挑戦していただけませんか？」

「まあねえ……」神山が腕組みをした。「確かに私も、剣豪小説は好きですよ。武士の生き方は、日本人の琴線に触れる。無名の剣豪——新しい英雄を創り上げてもいいと思っています。そればかり書くわけにもいかないでしょうが、そろそろ作家としての方向性を、しっかり定めていかなくてはいけないとは思っているんですよ」

「だったらぜひ、私にその手伝いをさせて下さい。私は『市民公論』と『文學四季』で小説の編集をしていました。人より多くの原稿を読んで、作家の先生方とも知恵を出し合ってきました。私の力を使っていただけませんか？　何より私が、神山さんの剣豪小説を読みたいんです」

「少し時間をもらっていいですか？　剣豪なら何人か、書いてみたい人もいます。実は、読み切り連載で……と考えているんです。各話で、剣豪を一人、主人公と定めて短編小説を書く。それを何本かまとめて、『日本剣豪伝』のような本にできないかと思っているんです」

「短編もいいですね」松川はうなずいた。「ただ、私が——『エース』編集部が欲しいのは、創刊からの目玉になるような大きな作品です。長編をいただけませんか？　一年がかりで、長い作品に挑戦しませんか？」

「そうねえ……」神山が短い髪を掻く。「とにかく少し時間をもらえませんか？　長編に仕立て上げられるかどうか、考えてみますよ」

「もちろんです。今度、ご自宅にお伺いしてもよろしいでしょうか。じっくり相談できればと思います」

「もちろん、いいですよ」

「それで、原稿料なんですが……これまでの二倍、お支払いします。先生が『少年の時代』で書かれている原稿料の二倍です」

「そんなに？」神山が目を見開く。疑っているというより、明らかにこの話に惹かれていた。

松川は椅子に座り直した。少し身を乗り出し、神山との距離を詰める。

「『エース』は、最高の雑誌を目指します。当然、掲載される小説の内容も最高でなくてはいけないわけです。そのためには、金を惜しみません。高い原稿料を払えばいい原稿が集まるとは限りませんが、金だって、いい小説を書こうとする動機にはなるんじゃないですか」

「要するに、他の雑誌に書いている作家を、高い値段で引き抜こうということですか」

「否定できません。もちろん、他の雑誌にどんどん書いてもらっても問題はありませんけど」

「まあ……金のことは言いたくないけど、今の私には、気取っている余裕はないですねえ」神山が苦しそうに笑った。「構いませんよ。剣豪小説はいずれ本格的に書きたいと思っていたし、いい機会だ。新しい雑誌というのもいいですね。心機一転です」

「ただし、条件は厳しいです」松川は打ち明けた。これからが大変なのだ。「連載の場合、原稿は一括でいただきます。一年間なら十二回分」

「それは——厳しいな」神山の顔から血の気が引いた。雑誌連載をまとめて単行本にするのが普通のやり方だ。

「はい。しかし、確実に連載を掲載していくための方法です。我々も正直、今まで原稿をいただくのに苦労してきましたから」

「それはねえ」神山がまた苦笑する。「確かに我々も、迷惑をかけてきましたよ」

「全ては、雑誌作りを遅滞なく進めるためです。それと、いただいた原稿は編集部だけで処理するわけではありません。社内に委員会のようなものを作り、多くの人が読んで掲載を判断することになります。他の雑誌の編集長も入って、多様な視点で読む感じですね。一人でも反対したら掲載見送り、その場合は書き直していただくことになります」

「これは厳しい」

「そう言われることは承知の上での方針です。我々は、読者に最高のものを届けたい。そのためには、作家の先生方にも、今まで以上に汗を流していただきたいんです」

「分かりました」神山があっさり言った。「条件は理解しました。内容は相談ですが……やりましょう」

「いいんですか」あまりにもあっさり言われて、松川は逆に腰が引けてしまった。

「正直、金のこともあるしね。金は欲しいですよ。安定して仕事を続けるには、やっぱり金だ。まあ、小難しい、一部の人が読むような小説も、私の性《しょう》には合いませんしねえ。『エース』で子どもから大人まで読める作品を——という方が、私の好みに合っています」

「ありがとうございます」松川は頭を下げた。これでよし……「エース」創刊号では、神山の剣豪小説が目玉になるだろう。

これで藤見《ふじみ》に対しても面目が立つ。神山はこれまでも、創建社と関係が深かったのだが、藤見は「神山を、創建社を支えてくれるような作家に育て上げてくれ」と松川に指示していた。まず、「エース」創刊号からの連載。それで一気に神山を、それこそ創建社のエースに育てるのだ。神山に連載を引き受けてもらえれば、これからは自分の意見も通りやすくなるだろう。松川には他にも、やりたいことがたくさんある。

さて、今度は志方《しかた》だ。彼と東京で野球を観る手立てを考えないと。まず、大学野球の日程を調べて、それに合わせて彼が上京できるように手筈を整える。

志方とは定期的にやり取りしていて、野球を題材にした筋書きも何本か送ってくれていた。まだ松川が「これだ」と引っかかる材料はないものの、志方からはいくらでも物語が溢れ出てくるようだった。

「よ」谷岡幹郎《たにおかみきお》が声をかけて、隣の机につく。煙草に火を点けると、溜息をついて、湯呑みを取り上げた。いつのお茶だか分からないが中身は入っていたようで、一気に飲み干す。途端に渋い表情を浮かべた。

「何だよ、機嫌悪そうだな」松川は言った。

「どうも、俺の受け持ちの方が上手くいかないんだ」

「随筆か」

「ああ。どだい、こういうやり方は難しいんじゃないかな」

谷岡に課された使命は、毎月随筆を書いてくれる有名人を何人か確保することだった。随筆と言えば、身辺雑記や思うところを自由に書いてもらうのが普通だが、「エース」では毎月「お題」を決めて、その線に沿って書いてもらおうということになっていた。「エース」には「市民公論」のように明確な政治的主張はない。その代わりに季節を感じさせるもの、時事的な話題などは積極的に取り上げ、雑誌としての「色」をつけていこうということになったのだ——それを言い出したのは谷岡自身だったが。

松川と同い年の谷岡も、いくつもの雑誌の編集部を渡り歩いてきた。そして「エース」創刊にあたって、松川と同じように引き抜かれたのだ。それまでの経験から、谷岡は雑誌の巻頭を飾る随筆の重要性を常に強調していた。それには松川も全面的に賛成だった。「市民公論」でも、藤《ふじ》島《しま》の巻頭言が雑誌全体の雰囲気を引き締め、品格を醸《かも》し出していた。しかし「市民公論」よりも狙いが低い「エース」には、そういう硬い感じの随筆は似合わないだろう。

「あのさ、ちょいと手を貸してもらえないかな」谷岡が遠慮がちに言った。

「なんだよ、俺だって手一杯なんだぜ。今、神山さんに原稿を頼んだところなんだ」

「何だって？」

「引き受けてくれるってさ。連載の原稿を一括で渡すことも承知してくれた」

「やっぱりな」訳知り顔で谷岡がうなずく。

「何でそう思う？」

「神山さん、かなり金に困ってるっていう噂だからさ。これまでの原稿料の二倍出すって言えば、絶対に飛びつくさ」

「それもあるけど、剣豪小説を頼みたいって言ったら、すぐに食いついてきた」

「ああ、それはいいな」谷岡がうなずく。「俺も、神山さんには剣豪小説が合ってると思う。いいな……じゃあ、お前の仕事が上手くいったところで、俺の仕事も手伝ってくれよ」

「面倒臭い仕事だったら困るぞ。俺だって手一杯なんだ」

「お前、徳川夢《とくがわむ》声《せい》とはつながってないよな」

「弁士の？　活動で説明を聞いたことはあるけど……徳川夢声を、随筆陣に加えようとしているのか？　彼は弁士——活動写真の人じゃないか。随筆なんか書けるのか？」

「書けると思うよ。今までも、あちこちにいろいろな文章を書いている。俺は、いけると思うな。

洒落っ気があるんだよ。随筆陣は、硬軟合わせていろいろな人を揃えたいんだけど、徳川夢声は軟らかい方の代表でいけるんじゃないかな」

「どうだろう……」

「ちょっと読んでみろよ」谷岡が引き出しからノートを取り出し、松川に渡した。「徳川夢声が書いた原稿を集めておいた。ま、俺がいけるって言うんだから、それを信じてもらえばいいんだけどね」

「自信たっぷりだな」それは松川にも分かる……谷岡は経験豊富な編集者で、原稿を読みこむ力に長《た》けている。というより、最初の一行を読んだだけで、その原稿が使えるかどうか、分かるのだという。にわかには信じ難い話だが、業界では「原稿用紙の最初の一枚を読めば、その小説がいいものかどうか分かる」という「常識」もあるから、あながち「最初の一行」も大袈裟ではないかもしれない。

「読ませてもらうよ。それで？」

「徳川夢声に会って、原稿を頼んでくれないかな」

「俺が？」松川は自分の鼻を指差した。

「俺はもう、本当に手一杯なんだ。頼むよ」谷岡が両手を合わせた。「な？　松川大明神。ここは一つ、俺を助けると思ってさ」

「しょうがねえな」松川は頼まれると嫌と言えない。これでだいぶ、損をしている気もするのだが。「原稿の頼み方と原稿料は？」

連載小説は全体を一括で前渡ししてもらう。ただし随筆に関しては、毎月依頼内容が変わるはずで、そこまで余裕をもって作業はできまい。基本的には毎月お題を出して書いてもらい、担当者、それに編集長が目を通して掲載になるだろう。原稿料は相場の二倍――これは小説と変わらない。

「分かった。どこで会えるかな。今、どこに出てるんだろう」

「新宿の武蔵野館かな？　でも、他の仕事もあれこれ引き受けてるみたいで、なかなか摑まらないんだ」

「家は？」

「荻窪《おぎくぼ》」

「家を訪ねた方がいいだろうな。やってみるよ――ただし、この原稿を読んでからだ」松川は、谷岡のノートを振った。

「いやあ、助かる。とにかく忙しくてさ」

「忙しいのはお前だけじゃないよ」

苦笑しながらも、松川はこの仕事はいい気分転換になるのではと思った。自分が小説を頼んでいる相手との関係は、今のところ面倒なことにはなっていないが、いずれ原稿ができあがっているかどうかで、せめぎ合いが始まるだろう。そんな中、小説家とはまったく違う人とつき合いができれば、息抜きになるかもしれない。

息抜きなどと言っては失礼かもしれないが……そして松川は、徳川夢声との仕事が息抜きになどならないことを、早々に思い知った。

徳川夢声は、松川と同い年である。明治二十七年生まれというから、今年、数えで三十一歳。しかし髪にはちらほらと白いものが混じり、妙に老成した雰囲気もあった。目つき鋭く、頬はこけていて、何かあったらすぐに怒り出しそうな気配もある。武蔵野館で弁士を務めているところを見たことはあるのだが、生で会うとまったく印象が違った。

そして酔っていた。

金曜日、午後五時。金曜日は特に用事もなく、自宅にいるという情報を聞いて出かけてきたのだが……一升瓶を抱えているわけではないが、明らかに酔っている。あぐらをかいていても体はふらつき、目が泳いでいる。

「お忙しいところ申し訳ありません」松川は一応、丁寧な挨拶から始めた。「創建社の松川です」

「創建社さんの雑誌は、面白いね。うちも、『少年の時代』は毎月買ってるよ」

「徳川さんのところは、娘さんじゃなかったですか」

「女の子向けのいい雑誌ってのがなくてねえ。まあ、まだ雑誌を読むような年齢でもないんだけど、とにかく字に親しませようとしてね。創建社で、そういう計画はないんですか？」

これはいい機会だ、と松川は身を乗り出した。

「女の子向けの雑誌ではないんですが、今度新しい雑誌を作ります。一家に一冊置いてもらうのを理想にして、子どもから大人まで読める内容にする予定なんです」

「一冊の雑誌で、そんなことができるものかねえ」徳川が首を捻る。

「ですから、分厚くなります。たぶん、全体では三百五十ページから四百ページぐらいでしょうか」最近は、「エース」の「規模」を外部に説明することも解禁されていた。「その中に、ありとあらゆる記事や小説を入れて、まさに雑多な——雑誌になります」

「そいつはずいぶん豪胆な話ですな。大変そうだ」

「はい。それで、徳川さんにも助けていただきたいんです」ここからが本番だ、と松川は気を引き締めた。「実は、巻頭に随筆を載せようと思っています。書き手は十人に固定して毎月書いてもらうのですが、主題が毎号変わるんです。同じ人たちが各号違う話題で書き続けることで、雑誌に複雑な色合いが出ると思うんです」

「何でも載せる雑誌とはいっても、色合いは統一されていると思うけどね。『市民公論』だったら、何といっても普通選挙運動だ」

「はい。私は『市民公論』の編集部にもいました」

「へえ」徳川が目を見開いた。「創建社の方が給料もいいんですか」

ずいぶんずけずけと聞いてくるものだと松川は苦笑した。しかし不快な感じはしない。声のせいかもしれない。さすが弁士と言うべきか、徳川夢声の声は通りがよく、耳に心地よかった。

「いろいろありまして……編集主幹をぶん殴ってやめました」

「そんな武勇伝をお持ちとはね……原稿が遅れると、私を殴る？」上目遣いで徳川が訊ねる。

「まさか。人を殴ったことなんて、後にも先にもあの時だけです。それに、原稿をいただく大事な人を殴るなんて、あり得ませんよ」

「そう……しかし、どんな話題が飛んでくるかは分からないんだね」

「ええ。時事問題や季節の話題――そういうのを編集部で相談してお題を決めることになると思います」

「なかなか難しそうだなあ」徳川が顎を撫でる。

「弁士の仕事をやりながらでは大変なのは分かっています。重々承知の上でお願いしていて……徳川さんが書かれたものも読みました。滲み出てくる――何と言うんですか、ユーモアのセンスがぜひ欲しいんです。硬い執筆者が多くなりそうなので、徳川さんの随筆で上手く按配したいんです。そもそも『エース』はそんなに硬い雑誌ではないですから」

「難しいというのは、お題の話ですけどね。選挙のことで何か書けと言われても困るしねえ」第十五回の総選挙が行われたばかりだった。

「苦手なことでも、書かれたら意外に面白いものになると思いますよ。今までも私は、そういう原稿を何本も読んできました。それに、選挙の話であっても、分析して欲しいという感じではないですから。選挙に絡めて何を思うか、何を考えたか——そういうものでいいんです。もちろん選挙の分析原稿も必要だと思いますが、それは詳しい人にお願いします。徳川さんには徳川さんの、ユーモアあふれる文章で……活動写真に絡めて書いてもらってもいいんです」

「なるほど。そういうことなら……ただし、できるだけ軟らかいお題をいただきたいですねえ。難しい話にオチをつけるような書き方をしたら、怒る人もいるでしょう」

「その辺はおいおい相談していければと思います——お引き受けいただけますか？」

「弁士の仕事の合間になりますけどね。それでもよければ、やらせてもらいますよ。書くことは嫌いではないので」

「よかったです」松川はほっとして体を揺らした。「楽しみにしています」

「ま、一仕事決まったら、一杯やらざるを得ないですなあ」徳川が背中に手を回し、ウイスキーのボトルを取り出した。小さなグラスになみなみと注ぐと、松川に手渡す。

「徳川さん、これは……」

「ぐっとやって下さい。ウイスキーは、ちびちび呑むものじゃない」そう言いながら、もう一つのグラスもウイスキーで満たした。目の高さに掲げて乾杯の仕草をすると、一気に空けてしまう。体がゆらりと揺れ、ふう、と息を吐いた。その息はおそらく、燃えるように熱いだろう。

こうなったら仕方がない。冷静さは編集者の大事な資質だが、作家につき合って酒を呑むのも仕事だ。外国製のいいウイスキーのようだし、たまには一気に呑んでみるか。喉の奥に放りこむようにして、ウイスキーを流しこむ。

「おお、いい呑みっぷりですな」徳川が嬉しそうに言った。

「味なんか分かりませんけど、こういう呑み方が正しいんですか」早くも目が回ってきたようだ。

「西部劇の酒場では、皆こういう風に呑むでしょう。さっと呑んで金を払ってさっと出ていく――ああいうのには憧れますな」

「では――」さっと呑んで、というところを捉えて、松川はグラスを徳川に返した。ところが徳川は、またグラスにウイスキーを満たして渡す。こんな呑み方をしていたら……とつい渋い表情になってしまったが、「ささ、ぐっと一息で」と言われると断れない。確実に酔いは回ってきているようで、アルコールの刺激は一杯目よりも小さかった。めまいがする……そんなに酒が弱い方ではないのだが、こんな風にウイスキーを一気に二杯、というのは初めてだった。

この人の酒は危ない――まともに仕事をするなら、酒を遠ざけておかなくてはならない、と松川は決心した。


意識が戻ってくる――吐き気と一緒に。恐る恐る目を開けると、畳の模様が目に入った。横向きで寝ているようだが、ここはどこだ……慌てて体を起こそうとすると、さらなる吐き気が襲う。冗談じゃない、酒を呑んで吐くなんて、何年ぶりだろう。

「大丈夫ですか」

妻の治子《はるこ》の声。ということは、家に帰って来たのか。しかしどうやって帰ったのか、まったく記憶がない。

「水を……」

「はいはい」

ほどなく治子が、コップの水を持ってきた。畳に肘をついて何とか体を起こし、水を一気に飲む。生温い水だったが、それでも気分はすっきりした。

「今、何時だ」

「八時ですよ」

「夜の？」

「そうですよ。何言ってるんですか」治子が笑った。

徳川の家を訪れたのは、午後五時頃。話が早くまとまって酒になり……しかし家を訪ねてから三時間しか経っていない。あっという間に酔いが回ったのだろうが、その後の記憶がないのが気になった。徳川の住む荻窪から松川の家までは、省電や市電を乗り継いで一時間はかかるはずだが。

「俺、何時ぐらいに帰って来た？」恐る恐る治子に訊ねる。

「一時間ぐらい前かしら。よくぞご無事で……ね」治子が皮肉っぽく言った。「怪我してますよ」

「本当に？」まだアルコールが体全体を駆け回っている感じで、感覚が薄い。「どこだ？」

「肘。シャツも破けてます」

見ると確かに、シャツの右肘が破れて、血で染まっている。どこでひっかけたのだろう。上着は――いや、今日は暑かったので、シャツ一枚で出かけたのだった。

「消毒しておきます？」

「まず風呂に入るよ。消毒は洗ってからにしよう」

「そんなに酔っ払ってお風呂に入ったら、頭の血管が切れますよ……どうしたんですか、こんなに酔っ払うなんて、珍しい」

「つき合いで呑まされた。仕事を引き受けてくれたから、呑まないと申し訳ない感じになってしまって」

「お相手は？」

「徳川夢声」

「弁士の？」治子が目を見開く。

「ああ」

「徳川さんと仕事をするの？」

「そういうことになった。面白い人なんだけど、酒の問題がありそうだな」

「あなたがつき合う作家って、お酒を呑み過ぎの方が多いわね。つき合ってると、体を壊しますよ」

「まったくだ……気をつけるよ」今はそうとしか言いようがない。もっと酒が強ければとも思ったが、徳川のあの調子につき合っていたら、どんなに強い人でも潰されるだろう。しかし徳川は……体はずっと揺れていたが、一貫して言葉はしっかりしていたと思う。いくら酔っても喋る方は大丈夫――というのは、弁士ならではということだろうか。それなら大したものだと思うが、やはり自分はつき合い方を考えないと。

「お手紙、来てましたよ」

治子が封書を持って来てくれた。定期便――志方からの手紙だ。志方はいつも松川の自宅へ手紙を送ってくるのだが、これは松川が最初に、自宅の住所を書いて手紙を送ってしまったからだろう。

いつもより封筒が薄いのが気になった。志方は野球を題材にした小説の筋書きをよく送ってくれるのだが、時に便箋で十枚ぐらいにもなる。かなり分厚く、読み応えのある内容だ。しかし今日は薄い……中は便箋一枚か二枚だろうか。

震える手で乱暴に封筒を開け、便箋を引っ張り出す。二枚——一枚は白紙だった。目を通した途端に、松川はひっくり返りそうになった。

松川晴喜《はるよし》様

志方です。手紙でこのやうなことを書くのをお許しいたゞきたい。「エース」にお誘ひいたゞいた件ですが、今回は書けません。手間を取らせて申し訳ありませんでした。

長くなりますのでここでは書けませんが、とにかく今回はご容赦下さい。

誠に申し訳ございません。

「嘘だろう……」松川は思わずつぶやいた。もう一度読み返す……酔眼《すいがん》でも読み間違えることはない。

志方が仕事を断ってきた。あんなに乗り気だったのに……何とか階段を上がって自分の部屋へ行き、手紙を確認する。この前、志方から手紙が来たのは二週間前。便箋で十枚を超える長さの粗筋《あらすじ》が書いてあって、冗談めかして「そろそろ飽きました。これで決めて、一緒に試合を観に行きませう」と最後に記されていた。この時点ではやる気満々で、東京へ出てくるのも間違いない感じだった。

わずか二週間の間に、何があったのだろう。もしかしたら急病か？　いや、それだったら病名は書かずとも「病気で」ぐらいの説明はあるのではないだろうか。

どうやら大阪へ行かねばならないようだ。まだ一本も原稿が集まっていないのに、ばたついている。こんなことで、本当に「エース」は無事に創刊できるのだろうか。


翌日は土曜日。松川は「エース」編集長を兼ねる副社長の清水《しみず》に、大阪出張の許可を得た。

「手紙では、理由は何も書いていない？」清水が確認する。

「ええ。まったく思い当たる節がないんです。何か緊急事態かもしれません」

「電話……ではなく行った方がいいな。もしも本当に大きな問題がないんだったら、話をまとめてしまった方がいい。きちんと約束すれば、志方さんも準備を進めてくれるだろう。もう時間もないしな」

「ええ」今は六月。連載の場合、十一月までには原稿を一括してもらう約束を、作家たちに取りつけている。志方とは、最初は短編を書いてもらって、その評判次第で短編の続編か、あるいは長編の連載へ持っていくことで話はついているのだが……いずれにせよ、そろそろ本格的に取りかからないと間に合わない。野球小説を書くのなら、実際に試合を観て、場合によっては大学の野球部に取材するなどの準備が必要になる。この時期に「やめた」と言われたら、致命的だ。すぐに大阪へ行って説得しないと。

「分かった」清水がうなずいた。「時間はあるか？　色々詰まってきて忙しいだろう」

「……何とか」

「火曜日に編集会議がある。それまでに戻ってこられるかい？」

「向こうの返事次第ですが、なにぶん様子が分からないもので。電報を打とうかと思いましたが、事前通告なしで行った方が効果的かと思いまして」

「ああ、夜襲だな」

「朝駆けです。明日の朝になると思います」

「分かった。どんな感じか、向こうから私宛に電報を打ってくれないか？　志方さんの作品は、創刊号にどうしても欲しい。駄目なら駄目で、別の手を考えないと……ぎりぎりだから、早く結果を知りたいんだ」

「分かりました。明日、接触できると思いますから、ご自宅宛に電報を打ちます」

「頼む。この件、藤見社長には言わないでおく。社長も志方さんには入れこんでいるから、あまり心配させたくないんだ。上手くいっていないと分かったら、自分で大阪まで行くと言い出しかねない」

「……そうですね」松川は苦笑してしまった。藤見は精力溢れる人である。「市民公論」の緑岡《みどりおか》や、「文學四季」の菊谷《きくたに》にも似た特性——出版に関わる人間、しかも人を束ねる立場にある人間には、こういう精力的な面がないとやっていけないのだろう。自分は……とふと思ってしまう。自分は、彼らのように精力的には動けていない。ただ松川は部下を持つ立場ではなく、そこが彼らとの大きな違いなのだが。

しかし……今回の大阪行きは面倒なことになりそうだ。志方とは直接会って仕事を依頼し、その後もずっと手紙のやり取りを続けて、常識的な——普通に話ができる人間だという感触を得ていた。二人の間の話題が小説という特殊なものであるだけで、普通の勤め人同士が商談をしている感じがしないでもない。そんな常識人の志方が、急にこれまでの話し合いを覆し、仕事を放り出そうとしている。

最初から書けない、筆が遅いと分かっている作家の相手なら慣れている。横について、静かに、しかし粘り強く話をしていけば、一日一枚でも二枚でも書いてもらうことができる。それで最終的にはその月の原稿をきちんと揃えることができた——そんなことが何十回あっただろう。

しかし、急に約束を反故《ほご》にした作家の相手をしたことはない。

この件がどういう方向に転がっていくか、まったく予想がつかないのだった。


日曜日の朝、松川は大阪に着いた。毎度のことだが、夜行列車は疲れる。寝台では寝られたためしがない——今回も同じだった。特に暑くなってくる季節なので、横になっているだけで汗をかき、鬱陶しくて仕方がなかった。

せめてしっかり朝飯を食べていこうと、大阪駅前の食堂に入る。しかし席に座った途端、暑さにうんざりして飯粒を食べる気がなくなり、代わりにきつねうどんにした。大阪なら、うどんを食べておけば間違いない。透き通るように薄い汁は胃に優しく、体が弱っている時、二日酔いの時には最高だ。東京のドス黒いうどんの汁は、胃に厳し過ぎる時がある。

出汁の香りが強い汁を飲み、甘く煮上げた揚げを食べていると、急に元気になってくる。柔らかめのうどんも胃に優しい。何だか病人になってしまったような気分だったが、あながち間違いでもないだろう。気を病んでいるという意味では、今の自分はまさに病人だ。

さて——熱い茶をぐっと飲み干し、立ち上がる。これからが勝負だ。

道修町《どしょうまち》に来ると、急に不安になった。今日は日曜なので、この辺の問屋も休みではないだろうか。元々家の仕事を手伝っているわけではない志方だが、妻は違う。今や実家の商売にとって、貴重な戦力になっている妻を、休みの日に慰労で連れ出しているかもしれない……それだと完全に無駄足になってしまう。やはり電報を打って来阪を予告しておくべきだったかもしれない。それならそれで、彼はどこかへ逃げてしまったかもしれないが。

日曜の道修町は静かだった。前回ここへ来た時には、問屋街特有の活気ある空気に感心したものだが、今は行き交う人の姿もなく、街全体がまだ眠っているようだった。志方の実家もきっちり閉まっていて、人の気配がない。表——店の方は雨戸が閉じて、人を寄せつけない空気を出している。裏から回った方がよさそうだ。

裏に回り、勝手口の引き戸を叩く。薄いかと思ったら、意外に重くしっかりした戸で、拳が痛くなった。重く締まった音が響き、その後は……反応がない。

もう一度ノックしようかと思って、思い直して引き戸に手をかける。意外なことに、鍵はかかっていなかった。中は薄らと暗い……そこに首を突っこんで「ごめん下さい」と声をかけた。いや……大阪の挨拶は「ごめん下さい」ではないのかもしれない。しかしどう言っていいか分からず、しかも反応はなかった。仕方なく、松川はもう一度「ごめん下さい」と声をかけた。

奥の方から「はーい」と間延びした声が聞こえてきて、足音がそれに続く。まだ十三歳か十四歳ぐらいの少年が、すぐに顔を出した。この家の子だろうか？　松川は一応、「おはようございます」と丁寧に言って頭を下げた。

「創建社の松川です。志方さんにお取り次ぎいただけませんか」

「ああ……はい」少年が微妙な表情を見せる。「若旦那でっか？　ええと……」

「いらっしゃらない？」若旦那という言い方で、少年がこの家の使用人だと分かる。「約束はしてないんだが、日曜の朝のこの時間なら、いらっしゃるだろうと思ってね」

「はあ……ええと、少しお待ちいただけますか」

柔らかい関西弁の余韻を残し、少年店員は店の奥に消えていった。残された松川は、前回訪れた時よりもはっきりと、複雑な薬品の臭いを嗅いでいた。裏口の方がにおいが強いのは、近くに倉庫があるからかもしれない。苦手なにおいだ……それを誤魔化すために煙草が吸いたくなったが、こんな場所では吸えないし、外へ出たら帰ってしまったと思われるかもしれない。我慢、我慢。


しばらくして、先ほどの少年店員が戻って来た。その後ろから、大柄な女性がゆっくりと歩いて来る。自分と同年輩だろうか……険しい表情が気になった。

女性は少年店員に目配せすると、膝をついて一礼した。

「志方の妻でございます」

「ああ……君代《きみよ》さんですね。志方さんからお話は聞いています。挨拶が遅れまして、申し訳ありませんでした」何故か志方は、松川が家を訪ねても妻に会わせようとはしなかった。

「いえ」君代は妙に素っ気なかった。

「ご主人——志方さんはいらっしゃいますか？　お話があって、東京から参りました」

「少し、私がお話しさせていただいてよろしいですか」

「ええ」戸惑いながらも、松川はこの申し出を受けざるを得なかった。君代からは不思議な雰囲気……決然とした気配も感じられる。まるで松川を志方に会わせない——そのための防波堤になるとでもいうような感じだった。

「外でよろしいでしょうか。今日は雨も降っていませんし」

「大阪は……昨日は雨だったんですか」

「梅雨ですから」

「私は外で構いません」

「それでは」

君代が草履をつっかけ、外へ出た。松川は先に出て引き戸を押さえていたが、脇を行き過ぎる君代の身長が、自分とあまり変わらないことに気づいた。小柄な志方は、普段から妻に圧倒されているのではないかと想像してしまう。

静かな町。君代は歩き出そうとせず、勝手口の前で立ったまま話し始めた。

「志方は今、こちらにおりません」

「どちらに？」

「東京です」

「ええ？」入れ違いになったのだろうか。それなら完全に無駄足だ。「そうですか……どちらに？」

「それは……」君代が躊躇《ためら》う。「申し訳ありませんが、松川さんには言わないようにときつく言われています」

「秘密ということですか」

「秘密――そうです」

「何か、私が知るとまずいことでもあるのでしょうか」

「さあ……私はそう言われただけですので」

「手紙をいただいたんです」松川はその内容を打ち明けた。君代は黙って聞いていたが、最後は首を横に振った。

「主人は、仕事のことは私には言わないんです。ですから、どういうつもりでそういう手紙を書いたのかも分かりません」

「体調を崩されているのではないですか？」志方は、酒や睡眠薬の問題を抱えているわけではないが、人間、いつ病気になるか分からない。深刻な症状で、東京のかかりつけの医者に診察してもらいにいったのかもしれない。

「それはないです」

「では、どうして……こちらの家の事情ですか？　今、奥様が仕事を手伝っていると聞きました」

「それは……」君代が苦笑した。「仕方がないんです。主人は、そういう能力が決定的に欠けているので」

「商売、ということですか」

「こういうお店に生まれたのに、薬のこともまったく分かりませんし、お金の計算もできません。愛想もないですから、お客様とのおつき合いも……大阪では、ぼんぼんと言います」

「おぼっちゃま？」

「そうですね」君代がうなずいた。

「家を継ぐ話はないんですか」

「それは、ご兄弟が……ご両親も、諦めていますよ。東京へ出した時点で、もう商売の戦力としては期待できないと思ったんでしょう」

「そして今は、奥様を頼りにされている」

「私も、ほんの手伝いのつもりだったんですけど……仕事というのも、やってみると面白いですね」君代の表情が少しだけ柔らかくなった。

「私の職場にも、女性はたくさんいますよ。皆頑張っています。同年配の男どもより、よほど仕事ができる」

「そうですか」君代がかすかに微笑んだ。

「立ち入った話で申し訳ないんですが、ずっと大阪におられるんですか？　今回仕事の話をして分かったんですが、志方さんは東京へ戻りたがっているような感じがしました」

「ええ。あの人は、東京が性に合っているんだと思います。でも、大震災で家が焼けて、今は戻るところもないですから」君代が溜息をついた。

「家なら、創建社の方でお世話できるかもしれません」勢いで言ってから、しまったと思った。金離れのいい創建社だが、さすがに家を都合することはできまい。まあ……今のは軽い話題だ、と自分に言い聞かせる。さすがにこんな話は本気にしないだろう。君代はここでの生活を気に入っているようだし。

「そういうことは、私には何とも言えません」

「今回は——東京で何かあったんですか？」

「勝手に話すと怒られますので」

「東京のどこへ行けば会えますか？　どうしても会って話がしたいんです」

「こちらへ戻ります」

「いつですか？」

「今日——今頃はもう、東京を出ているかもしれません」

「だったら夜には戻られますね」

「はい。何時かは分かりませんが」

駅で聞けばすぐに分かるだろう。確か、午前八時台に東京駅を出る神戸行きが二本あったはずだ。それだと、大阪着は午後八時ぐらいになるのではないだろうか。

「何があったか、教えていただくわけにはいかないんですか」

「言わないように止められています」

「つまり、私が来ることは分かっていたんですね」

君代が黙りこむ。極めて不自然……松川に隠し事をするような事情でもあるのだろうか。君代が何か聞かされているのは間違いないだろうが、ここで厳しく追及するわけにはいかない。松川は咳払いをして、この場を納めにかかった。

「夜、もう一度出直します。もしも志方さんが先に帰られたら、松川が来ると伝えておいていただけませんか」

「お会いするかどうかは……」

「会っていただけるまで待ちますよ。それでは」松川は頭を下げた。

踵《きびす》を返し、志方商店から離れる。君代がどんな顔をしているか見てみたかったが、敢えて我慢する。あまりにも未練がましくしているように見られたら、弱みを握られてしまう感じがしていた。

松川はまず、近くの省線の駅へ行って、東海道線の時刻表を確認した。東京駅発午前八時十五分、それに四十五分の神戸行きの特急がある。志方はこれに乗ってくるだろう。大阪までは十一時間五十分。道修町の志方商店に辿り着くのは、午後九時前後になるはずだ。

それを確認して宿を探す。寝台車でほとんど寝ていないのでフラフラだった。東京と連絡を取らねばならないし、腰を落ち着けて一休みする必要もあった。

商人宿が見つかったので、まず電話を借りて清水の自宅へ電報を送る。

コンヤ　シカタトアフ

今のところは、これしか伝えることがない。困ったものだが、仕方がない。

これでまだ十一時。一眠りするには中途半端な時間なので、早い昼飯を済ませることにする。宿では準備ができないというので、近くの店を教えてもらった。

古いしもたや風の店は、風が吹いたら倒れてしまいそうだが、中は昼前だというのに既にほぼ満員だった。「魚が美味いよ」と宿の人に教えてもらったので、目鯛の粕漬け、粕汁にかやくごはんを取る。出てきた粕汁とかやくごはんを見て、その量に驚く。しかし味つけは関西らしい薄味で、上手く食べ進めることができた。目鯛の粕漬けの味も上等。これはいい店を教えてもらった。今夜は大阪に泊まることになるので、夕飯もこの店で済ませてもいい。今度は別の焼き魚を肴に……それで呑む酒は美味いだろう。

志方との話が上手くいけば、だが。

昼に食べ過ぎた——さっぱり味の関西風だったが、なにぶんにも量が多過ぎ、松川は夜になっても膨満感を抱えたままだった。仕方なく、夕飯は後回しにして志方商店に向かう。

夜も人通りはなく、町は静まり返っている。志方の在宅を確認するためにまた勝手口の戸をノックしようかと思ったが、何となく気が引けた。午後八時――一家揃って寝ているような時間ではないだろうが、日曜ということを考えると、普通に声はかけにくい。

待つことにした。ゆっくり煙草を吸いながら……そのうち、唐突に空腹を覚えた。先ほどまで、胃が一杯な感覚に苦しんでいたのに、どういうことだろう。とはいえ、ここを離れるわけにはいかない。道修町のこの辺には飲食店がないから、結構歩かねばならないのだ。監視を止めている間に志方が帰ってきたら、と考えると動けない。

煙草を三本灰にした。懐中時計を取り出しては眺める。普段よりずっと、時間の流れが遅いような気がした。九時……九時十分……九時十五分。時計を確認する間隔が段々短くなってくる。頻繁に見ていたら、志方が帰って来るわけでもないのに。

不意に人の気配に気づいて周囲を見回す。咄嗟に、板塀の陰に身を隠してしまった。志方――間違いない。何となく足取りがおぼつかないのは、酒が入っているからかもしれない。列車の中で呑み続けていたのか、大阪に着いてからどこかで呑んできたのか。しかし千鳥足ではないと確認して、松川は声をかけた。

「志方さん」

志方がびくりと身を震わせて立ち止まる。目を瞬《またた》かせて松川の顔を見た。

「創建社の松川です」

「松川さん……」惚《ほう》けたような顔つきになってつぶやく。「どうしてここへ」

「あんな手紙を読んだら、来ざるを得ないでしょう。約束もしないで申し訳ないですが」不思議と怒りは感じなかった。志方に対しては、今でも期待と好意しかない。しかも今夜の彼は萎《しお》れているようだし。「約束を違えるとはどういうつもりだ」と怒鳴り上げたら、気を失ってしまうかもしれない。

「いえ……」志方が目を逸らす。

「遅い時間ですけど、ちょっと話ができませんか？　原稿のことについて、確認したいんです」

「家は……」志方が勝手口に視線を向けた。

「場所を変えてもいいですよ。もっとも日曜の夜だから、腰を落ち着けて話せる場所もないでしょうが」以前一緒に入ったカフェーが、今日は定休日であることは確認していた。

「ちょっと歩きましょうか。散歩がてらに」

「話してくれますか」

「それは、まあ……」志方は依然として曖昧な態度だった。「とにかく歩きましょう」

いざ二人で連れ立って歩き始めてみると、志方の足取りはしっかりしていた。酒に酔っていたわけではなく——酒臭くもなかった——足を痛めていたわけでもないようだ。

「この辺は、日曜日は静かですね」松川はさりげない話題を心がけた。

「問屋街ですからね。平日と日曜では別の町だ。子どもの頃は、日曜日が嫌いでね」

「静か過ぎて？」

「そう」志方がうなずく。「何だか怖いんですよ。平日は、夜になって布団に入っても、まだ外は賑やかだった。呑んで騒いでいる人が多かっただけですけどね。でも、それが普通だと思っていた。その賑やかさが消える日曜日は、墓場にいるような感じになるんですよ」

「繊細な子どもだったんですね」

「神経質というべきか」

二人の足は、自然に土佐堀川《とさぼりがわ》の方へ向かっていた。淀屋橋の中ほどまでいくと、志方が足を止める。湿ったにおいが土佐堀川から這い上がってきた。少し臭い。東京の川もそうだが、大阪の街中の川はかなり汚れているのだろう。ただし松川は落ち着く。松川自身も町っ子——都心部で生まれ育った人間なので、こういうにおいは子どもの頃から馴染みなのだ。志方も同じようである。

「何があったんですか」雑談抜きで、松川は本題を切り出した。「いきなりあんな手紙が来て、驚きましたよ。二週間前までは、普通に小説の話題でやり取りしていたじゃないですか……そうそう、野球の取材ができるように、大学野球の試合日程も調べてきました。そろそろ、志方さんと一緒に試合を観に行こうと思っていたんです」

一気に喋って返事を待つ。志方は煙草に火を点け、マッチをそのまま土佐堀川に弾き飛ばした。小さな炎が、暗闇の中に消えていく。

「女房とは話をしましたか？」

「話したけど、何も教えてくれませんでした」

「言ってない——何も知らないんですけどね」

「隠し事ですか？　それだったら……」

「女がね」志方が唐突に切り出した。「女が死んだんですよ」

「どの女性ですか？」話しながら、松川は混乱が大きくなるのを感じていた。「東京に住んでいる女性ということですか？」

志方が無言でうなずき、忙《せわ》しなく煙草を吸った。ゆっくりと首を横に振り、まだ長い煙草を口から引き抜いて見つめると、足元に落とす。憎しみをこめるように、思い切り踏み潰して火を消した。

「松川さん、『穏便な日々』は読んでいただいたんですよね」

「ええ」志方の文壇デビュー作。あれを読んで、松川は志方と仕事をしてみたいと思ったのだ。

「どう思いました」

「いい作品ですよ。生々しい情交を描いているのに下品にならない。書いているのはどんな人だろうと不思議に思っていました」

「こんな人間です」志方が自分の顎を指差した。「こんな、どうしようもない人間です」

「どうしようもないというのは……」

「あれは、実話ですよ。実話というか、実際の話を元にした小説というべきかな」

「つまり、志方さんが――」

志方が思い切り溜息をついた。まるで魂が抜けてしまったように体が萎《しぼ》む。また煙草をくわえたが、今度は火を点けず、唇の端で揺らしていた。

「学生時代――東京へ出て、最初の結婚をする前に出会った女がいたんですよ。人妻でした。大学の近くに住んでいた人で、辛い目に遭っていた。ご主人は私が通っていた大学の教授だったんですが、とにかく家に帰らない人だった。別に悪さしていたわけではなく、単に仕事の出張が多かったんですけどね。私はそれにつけこんだ――いや、つけこんだという下衆《げす》な言葉は使いたくないですけどね」

「恋愛関係になった――道ならぬ恋ですね」

「一時のことなら、忘れてもいい話かもしれません。ただし私は、その人とずっと切れなかった。私は二度結婚していますが、その間もずっと、関東大震災が起きるまでは……私がこちらに来てからは会っていませんでしたが、手紙のやり取りはしていました」

「奥さんに見られたら、ばれませんか？」

「友人の家に送ってもらうようにしていました。そいつは子どもの頃からの悪友で、全て事情を呑みこんで引き受けてくれたんですよ」

「そうだったんですか……」

「その女性が亡くなりました」言って、志方が溜息をつく。「関東大震災で怪我をして、ずっと療養生活を送っていたんです。でも怪我から回復しなくて……知り合いから、亡くなったという連絡が入ったのは十日前でした。それからずっと考えて……書けない。今の私には書けない」吐き出すように志方が言った。

「志方さん……」

「だらしないと思われるかもしれない。でも今の私には、呑気に野球をやる青年たちの話は書けないんです。私はクズみたいな男なんだ。教師になってからも結婚してからも、その女性との関係をずるずると続けて、二人の女房を裏切り続けていたんです」

「……それで、今回は？」

「せめて墓参りを、と思ったんです。女房には、向こうで友人が亡くなったと、また嘘をついて」志方が唇を嚙んだ。「墓参りして、彼女とお別れして、帰ってきました」

「それでもう、ケジメはついたんじゃないんですか？　その女性は亡くなったんだから、関係も終わりでしょう」残酷かもしれないと思いながら松川は言った。

「そんなに簡単に割り切れるわけ、ないじゃないですか！」志方が低い声で唸るように言った。

「しかし、どうしようもないことですよ」志方が怒りと悲しみを募らせるのに反比例するように、松川は冷静になってきた。「亡くなった方を蘇らせることは誰にもできない。悲しいのは分かります。でも志方さんには家庭も仕事もあるんですよ」

「仕事なんか――小説なんか書けるわけがない！」

「だったら、今回の約束はなしということですか」松川は一歩志方に迫った。「約束ですよ？創建社が社運をかけた新雑誌で、志方さんにどうしても新作をとお願いしているんです。こんなことは言いたくありませんが、創建社を潰すんですか？」

「約束とは分かっています」志方が首を横に振った。「やれるか、と何度も自問自答しましたよ。答えはいつも同じでした。今の私には無理です。どうしてもできない。書けない！」

「分かりました、とは言えません」松川は深呼吸して、何とか気持ちを落ち着けようとした。「失礼なことを言ったら申し訳ありません。亡くなった女性についても、お悔やみ申し上げます」

「いえ……松川さん、このことは女房には黙っていた方がいいんだろうか」

嘘を吐き通すかどうか。嘘はよくない。しかし志方は、おそらく十年以上も問題の女性との関係を表に漏らさずにいたのだ。今さら打ち明けてどうする、という感覚が松川にはあった。しかし……女性の勘を馬鹿にするわけにはいかない。松川も、黙っていたことを治子に言い当てられ、驚いたことが何度もあった。まずいことは何もなかったのだが。

「これは私の勘ですが、奥さんはその女性の存在を知っていたと思います。どこの誰かは分からなくても、そういう女性がいたことは勘づいていたのではないでしょうか」

志方の顔から血の気が引いた。握り締めた拳が細かく震え始める。

「そんな……」

「あなたは結婚してからも、その女性と会い続けた。女性は、小さな変化からでも、異変を感じ取るようになるものですよ。ただしもっと大きな変化――関東大震災があって、私たちは生きることで精一杯になりました。志方さんも大阪に戻って生活を立て直すので手一杯だったから、奥さんは何も言わなかっただけだと思います。今回の東京行きも、何かあったと疑っている可能性が強いですね」

「まさか……」志方が驚いたように口をぽかんと開けた。「私は……十分気をつけて……」

「男のやることなんか、女性はお見通しですよ。でもわざわざ、自分から打ち明けることはないでしょう。奥さんは、ここでの生活に馴染んでいるんじゃないですか？ ご実家にも頼りにされて、生き生きしている」

「ええ」

「そういう生活をわざわざ壊すことはないでしょう。だからいずれ、落ち着きます。忘れることはなくても、余計なことを言って、この生活を壊すようなことは、奥さんもしないでしょう」

「そうですかねえ」志方は自信なげだった。

「そう信じて、普通に生活していけばいいじゃないですか。いずれ自然に薄れていきます。志方さんの思いだって……どんな人間関係だって、いずれは消えてなくなるんです。それに、辛いことがあった時は、一番好きなことをすればいいんじゃないですか？」

「好きなこと？」

「小説です」松川は腹に力をこめて言った。「志方さんが一番好きなのは、小説を書くことじゃないんですか？ いい小説を書いている時、それが上手く行っている時は、嫌なことなど忘れるでしょう」

「無理だ。今回は無理だ」志方の言葉に力はない。「どうしても書けません。申し訳ありません」

志方が、膝に頭がつきそうなほど深く一礼した。

無駄足だったか……松川は溜息をつきそうになって、慌ててこらえた。がっかりしていると相手に知られたくない。こちらまで落ちこんでいたら、志方が立ち直る機会がなくなってしまうではないか。

「志方さん」

呼びかけると、志方がのろのろと顔を上げる。目は潤み、今にも涙が溢れそうだった。

「今は悲しんで下さい。十分悲しむのが、悲しみから抜け出す一番早い方法だと思います。でもその後は……私は諦めていません。志方さんには小説を書いて欲しい。一緒に『エース』の誌面を飾りましょう」

志方の目は暗い穴のようだった。

第八章　立ち上げの日

「えらく不機嫌ですな」

言われてはっと顔を上げると、目の前にいる徳川夢声《とくがわむせい》が、怪訝《けげん》そうな表情を浮かべていた。

ざわざわしている……武蔵野館の弁士控室。「今度は家ではなく仕事場へ遊びに来てくれ」と誘われ、松川《まつかわ》は生まれて初めて武蔵野館の「裏」に顔を出したのだった。

控室には常に人が出入りしているし、部屋にいる弁士たちは馬鹿話をしたり、飯を食ったりで落ち着かない雰囲気だ。芝居の楽屋も同じようなものでは、と松川は想像した。

今日の出番を終えた徳川は、もう酒を呑んでいた。この前と同じ、ブラック&ホワイト。この高級な洋酒が大のお気に入りらしい。しかしその高級な酒を、まるで水のように呑む――もったいないし、あれでは味も分からないだろう。それに絶対悪酔いするはずだ。松川は何度か徳川の家を訪ね、彼の妻とも話すようになっていたが、酒癖の悪さをこぼされたことは一度や二度ではない。何しろ睡眠薬を肴代わりに、酒を呑むことも珍しくないというのだ。そうすると、二日ばかり目を覚まさない。最初は、死んでしまったのではないかと大慌てしたが、目を覚ますとケロリとしている。今は、睡眠薬とウイスキーの組み合わせで長い時間寝ることがあっても、慌てなくなったという。

　それでも妻としては心配なようで、「何とかして下さいよ」と何度も懇願されたが、どうしようもないことは経験で分かっている。佐山《さやま》も睡眠薬を手放せない状態が続いているし、睡眠薬には、人を引きずりこむ不思議な力があるようだ。こっちにできるのは、せいぜい忠告するぐらい……本当にやめさせようとしたら、入院させて無理やり薬から引き離すしかないだろう。

　しかし今日の徳川は、睡眠薬なし、酒だけのようだ。機嫌良く、ボトルの中身を減らしているだけだろう。

「徳川さん、酒はどれぐらい呑むんですか？」思わず聞いてしまった。

「どれぐらい、とは？」

「一回あたり」

「いやあ、どうかな」徳川が頭を掻いた。「どれぐらい呑めるか、若い時には試してみたこともあるけど、だいたいどこかで意識がなくなって、分からなくなる。だから自分の酒量というのは、結局は分からないままですなあ」

「ウイスキーは、日本人には合わないんじゃないですか？　やはり日本酒の方が……」

「いやいや、私にはこれが一番。それにウイスキーは瓶が小さいから持ち運びしやすい。そしてウイスキーのアルコール量は、同じ量の日本酒に比べれば二倍以上です。だから日本酒一升分が、この小さな瓶に入ってしまう計算だ」徳川がウイスキーの瓶を掲げて見せた。

　そういう理屈もあるのか……と松川は感心した。いや、感心している場合ではないが。

「しかし、本当にいらんのですか？」徳川が疑わしげに言った。

「申し訳ありません。おつき合いしたいのは山々ですが、徳川さんと同じ調子で呑んでいたら、私は死んでしまいます。今日はこれからも仕事がありますし、まだ午後三時ですよ」

「こう考えたらどうでしょうなあ」夢声はにこにこしていた。「地球には時差というものがある。例えば今、東京では午後三時でも、南洋の島では午後五時だ。午後五時といえば、もう仕事を終わって一杯やってもいい時間ですよ。世界中どこかでは、必ず午後五時なんだから、そこにいる気分になって呑めばいい」

「はあ」呆れてしまったが、次の瞬間にはつい笑ってしまう。徳川夢声は、独特のひねくれたユーモアの持ち主だ。話を聞いてすぐに大笑いできるわけではないが、少し経つとじわじわと面白くなってくる。こういう味わいを随筆でも出してくれるといいのだが。

「しかしあなたも、締め切りはまだ先だというのに、よく顔を出すね。お題もいただいていないんだから、書けませんよ」

「忘れられないために、たまに顔を出しているんです。それに、今は編集部にいてもあまり仕事がないんですよ」

「雑誌の編集部は、忙しそうな感じがしますがね」

「それは実際に雑誌作りが始まって、原稿が入り始めたら、です。そうなるともう、毎日が競争のようで大変ですけど、今はまだ静かです。会議ばかりやっているので馬鹿らしくなって、今日は出てきました。原稿をお願いする方とお話ししている方が、よほど参考になります」

「会議より私ということですか」

「ええ」

「私は天下の創建社《そうけんしゃ》に勝った、ということになりますな」

「そう考えていただいて結構です」

徳川がにこりと笑ったが、次の瞬間には急に心配そうな表情になる。

「それよりあなた、何か困っておられる？」

「分かりますか？」

「顔色を見れば分かります。私は易者のようなものでね。黙って座ればぴたりと当たる——というか、相手が困っているかどうかぐらいは見えますよ」

「そうなんですよ」松川はつい溜息をついてしまった。「ある作家から原稿をもらう約束をしていたんですけど、急に書けないと言われたんです。遠方に住んでおられる方なので、手紙を何度も送っているのですが、音沙汰がありません」

「作家っていうのは、だいたいそんな感じじゃないんですか？　急に気分が変わって約束を反故《ほご》にしたりする——という印象がありますけどねえ」

「その方の場合は、書けなくなるのも分からないではないんですが……特別な関係にある方が亡くなったんです」

「恋人ですか？」

「表に出せない相手です」

「ははあ」徳川がうなずく。「男女の関係では……まあ、そういうことはあるよね。珍しくもないですよ。でも、原稿を書けなくなるほどというのは、よほど大切な人だったんでしょうな」

「大切というか特殊というか、とにかく本人は衝撃が大きくて、落ちこんでいるんです」

「それでは、無理はさせられないのでは？　小説は、首根っこを摑んで書かせるようなものじゃないでしょう。ここから」徳川が胸を叩いた。「自然に出てくるものじゃないですか」

「そうなんですけど、たまには我々が尻を蹴飛ばして、頑張っていただくこともありますよ。どうしても締め切りぎりぎりにならないと、書いていただけない先生もいますし」

「その感覚は分かるなあ」徳川が真顔でうなずく。「私は書く方は本業ではないけど、舞台に立つ直前の感覚は、締め切りが迫っている作家の先生方に似ているかもしれないね。やらなければならないけど、もしかしたら逃げられるかもしれない、変な話だけど地震でも起きてくれればと思ってしまう。結局気持ちが固まるのは、開演の一分前ですよ」

「そんなに大変ですか？」

「皆の前で話す――これはなかなか大変なことなんです。やってみれば分かる、なんて言いたくないけど、あの経験はなかなか強烈ですよ。作家も同じようなものではないかな。人前に出るわけではないけど、締め切りがくれば焦るでしょう。書けないかもしれない、間に合わなかったらどうしよう、書けてもつまらないものだったら失敗だ――いろいろ考えて、筆が止まってしまうのは分かりますよ」

「私が書いてもらいたい人は、まだそこまでも行っていないんですけどね。筆を取る気にさえならないんです」

「大事な人が亡くなったら、ねえ。それどころじゃないと思うのは普通の感覚でしょう。自分が悲しいのに、楽しい話なんか書けないんじゃないかな」

そうだ、自分たちはまさにそういうことをしようとしていたわけだ。これまでの打ち合わせでは、志方《しかた》が書く野球小説は、大学野球で活躍する選手が恋に悩んで打てなくなり、そこからどう立ち直るかという内容になりそうだった。苦しむ姿をずっと描くわけだが、最後は絶対に明るく終わる。はっきりと希望を感じさせて欲しい、と松川も注文を出していた。

「そう、かもしれませんね」徳川の言葉には同意せざるを得ない。徳川の言動には妙に老成した感じがあり、話しているうちに納得させられてしまうことも多いのだ。

「これは私の勝手な考えですがね」徳川がまたウイスキーをグラスに注ぎ、一気に喉に流しこんだ。「大事な人を失って苦しんでいたら、そこから抜け出すために書いてみるのも手ではないですかね。自分の心情を素直に書く——そうすることで、気持ちの整理ができるんじゃないかな」

「……確かに」

「ただし、そんな小説は苦しくて誰にも読まれないかもしれない。『エース』は家族全員が読むような雑誌でしょう？　子どもが読んでも理解できないだろうし、親は読ませたくないんじゃないかな」

「いえ、そんなことはありません。良質な小説なら、子どもにも勧められますよ」

「しかし、十歳の子どもに恋愛の機微をどうこう言っても……まあ、そういうこともあるかもしれないが」

徳川の提案を、頭の中で嚙み砕く。これは志方にとって「治療」になるのではないか。気持ちを整理する。悲しみと向き合う。それで何とか立ち直ってくれれば、今後の作品にも経験として生きてくるかもしれない。

「徳川さん、ありがとうございました」松川は一礼して立ち上がった。

「うん？」

「今のお言葉、助けになります。何とか頑張ってみます」

「まあ、私も人の役に立てれば嬉しい限りですよ。また来て下さい。今度は酒につき合ってもらいますよ」

「美味い酒を持ってきます。潰れるのを覚悟でおつき合いしますから」

すぐにでも大阪へ行きたかったが、ちゃんと考えをまとめてからにすることにした。具体的に、「こんな小説を書いてもらいたい」と注文を整理してからの方がいい。抽象的なことを言って二人で話し合っても、話は前へ進まないだろう。

それに、原稿を揃える以外にも、やることがいくらでもある。

まず、全国の書店に配る幟《のぼり》が出来上がってきた。実際に店頭に飾ってもらうのは今年の年末、あるいは年明けになるのだが、その前に丁寧な手紙をつけて全書店に送り、大きな書店には直接配って挨拶することになった。何しろ数が多いので、早めに始めないと終わらない。営業部員が中心になって動くのだが、とても人手が足りず、編集部も手伝うことになった。

幟を両手で持って高々と掲げ、藤見《ふじみ》が怪気炎を上げる。

「これは大変よろしい。目立つのが何よりの宣伝だ」

幟は幅二尺、長さ六尺ほど。これを竹竿につけて店頭に飾ってもらうのだが、黄色地に赤文字で、でかでかと「エース　発売」と書かれてあるので、目立つこと間違いない。

「では編集部の諸君にも、これを全国の書店に配る手伝いをしてもらう。普段は書店と直接仕事をする機会はないが、書店は読者と本が触れ合う最前線だ。創建社の人間が顔を売っておいて、悪いことはない。とにかく仕事の合間を縫って、十二月の頭までには配り終えて欲しい。大変だと思うが、地方に行ったら美味いものを食って英気を養ってくれ」

「社長、経費で落として大丈夫ですか」谷岡《たにおか》が手を挙げて質問すると、編集部に笑い声が広がった。

「もちろんだ」藤見が笑いながら答える。「ただし経費の最終決裁をするのは私だからな。怪しいものは通さない。そういうのは自腹になるから、調子に乗るなよ」

笑い声が弾けて、そこからは担当地域が言い渡された。分担は松川が決め、自分は大阪・京都・兵庫と関西を回ることにしていた。もちろん、志方と話をするためでもある。少年社員たちも全国を回ることが決まり、藤見は口立てで、彼らに書店への挨拶を教えた。終わると、実際に口上を実演させ、手取り足取りさらに教えていく。

一連の打ち合わせが終わると、藤見がすっと近づいて来た。

「志方君の原稿、苦労しているようだな」

「ええ。志方さんは精神的にひどい状態です。今はまったく書く気になっていただけないようで」

「何か手はあるのか？　創刊号の目玉として期待しているんだが」

「考えています。幟を持っていくついでに会ってみるつもりです」

「神山《かみやま》君の原稿は？」

「順調です」その話をすると気が楽になる。「神山さんは、もともと剣豪小説を書きたかったんです。いい機会だとばかりに張り切っていますよ」

「原稿は読んだかね？」

「まだです。書き上がるまでは見せられないと——神山さんは完璧主義者のようですね」

「こちらも完璧な体制で原稿を待とう。志方君のことは頼むぞ」

「もちろん、書いてもらうつもりでいます。今度の関西行きで必ず説得します」

「楽しみにしている」藤見が松川の肩を叩いた。相変わらず精力的な人……しかし急に暗い表情になった。

「緑岡《みどりおか》さんのことは聞いたかね？」

「いえ――何かあったんですか」

「最近体調を崩して、今は『市民公論』の編集業務から身を引いているそうだ」

「そんなに悪いんですか？」にわかには想像できない。全てを自分で掌握し、あれだけの雑誌を作った人物なのに。

「詳しいことは分からんが、重い病気らしい。君は、緑岡さんとはまだ和解していないんだよな？」

「……ええ」辞めてからは一度会っただけだ。関東大震災直後、菊谷聡《きくたにさとし》の家に原稿を頼みに来た時。しかし彼は、挨拶もしてくれなかった。それも当然だと思う。自分を殴った若造に挨拶などできるはずもない。

「私がこんなことを言うのも何だが、一度会ってきた方がいいんじゃないか？　万が一のことがあった時、後悔するぞ。人間、いつ死ぬか分からないんだから。いや、緑岡さんが、というわけじゃない。君だって永遠に生きるわけはない」

死――その言葉が、急に重く、心と体にのしかかってきた。


大阪行きは九月の頭になった。大量の幟旗を運びこまねばならないので、創建社の少年社員二人が同行する。西村《にしむら》も、もう一人の少年も十五歳。二人とも、東京から出たことがないというので、興奮もし、恐れてもいた。この二人の面倒もみなければならないと思うとうんざりしたが、そもそも書店に幟を立てて――というのは松川が提案したことだ。ここは自分が先陣を切るつもりでやっていかないと。

しかし……松川は、緑岡の病気のことが気になっていた。編集業務を休まなければならないほどの病気とは、大事《おおごと》に違いない。「市民公論」に全てを捧げてきたような人が、そこに関われないとなると、人生を諦めてしまったような気分になっているのではないか。

だから何だ、と自分に言い聞かせようとした。緑岡とは喧嘩別れした。その後謝罪しようと思ったこともない。たった一度、偶然に会ったが、それとて自分の人生に大きな影響を与えた出来事ではない。

自分にとっては、既に過去の人だ。

だが、会っておかねばならないという気持ちが、日に日に膨れ上がってくる。

謝りたいのか？　そんなことはない。だったら、このまま緑岡が死んで、それを後で風の便りで知っても、別にどうということはあるまい……しかしどうしてもそうなるとは思えなかったのだ。

思い切って、松川はかつての同僚・杉田《すぎた》を訪ねることにした。会社を辞めた後も年賀状のやり取りは続けており、今でも当時と同じ家に住んでいることは分かっていた。いや、今年は年賀状がこなかった。関東大震災で家を焼かれ、引っ越してしまって年賀状どころではなかったのか、あるいは地震の犠牲になったのか——それはあるまい。出版業界は狭い世界である。誰が死んだ、病気になった、結婚した……そういう話はすぐに耳に入る。

杉田の家には一度だけ行ったことがあったか……そう、呑んでそのまま彼の家に行き、泊まってしまったのだ。彼はその頃、気楽な一人暮らし。だから何の遠慮もなしに泊まることができた。

震災のせいで、彼が住む駒込《こまごめ》の町もすっかり様子が変わっていた。記憶をひっくり返しても、なかなか道順を思い出せない。仕方なく、人に聞きながら何とか辿り着く——表札には「杉田」

の名前があった。引っ越していなかったかとほっとして、引き戸を開ける。

「ごめんください——杉田、いるか？」

「はいよ」中から杉田の呑気な声が聞こえてきた。日曜日の午後。今は「市民公論」の最新号も校了して、暇なはずだ。

出てきた杉田は、しばらく見ぬ間に貫禄がついていた。震災の後は誰もが食べるものがなくて困っていたはずなのに、そんなことは関係ないという感じで太っている。

「松川……」杉田が驚いたように口をぽかんと開ける。「どうした」

「久々に会おうと思っただけだよ。酒、持ってきた」ずっとぶら下げてきた一升瓶を掲げて見せる。

「おう」杉田の顔が綻《ほころ》ぶ。

「ここは無事だったんだな」

「何とかな」

「お前、結婚したんだよな？」

「ああ。田舎のお袋がうるさくて、地元の子と見合いした」

「じゃあ、奥さんに挨拶しないと」

「いや、今いないんだ」杉田が首を横に振った。「出産でな。田舎に帰ってる」

「わざわざ田舎で出産？　かえって大変じゃないか」

「いや、体の調子がよくないんだよ」杉田が頭を掻いた。「最初の子どもだし、お袋さんが近くにいた方がいいだろうってことになって。俺はここ二週間ほど、一人暮らしだよ」

「不便だろう」

「なに、慣れてるさ……どうする？　上がってもらって酒でもいいけど、俺は昼飯も食ってないんだ」

「近くに食堂があるだろう。そこで一杯やりながらでどうだ？」

「賛成だ」杉田がにやりと笑う。

下駄をつっかけて出てきた杉田と一緒に、駅からこの家に向かうまでに見つけておいた食堂に入る。既に昼飯時は過ぎていて、店内はいい具合に空いていた。二人は適当に料理を頼み、日本酒を冷で頼んで乾杯した。

「いやいや、ご活躍で」杉田が調子良く言った。「創建社は給料もいいんだろう？」

「だけどその分、働かされる」

「新雑誌、どうなんだよ。『エース』だっけ？　どんな具合になるんだ？」

「俺もまだ、全体像が摑めていない」それは事実だ。一家に一冊——誰でも読める雑誌という考え方は分かるが、今までそういう雑誌はなかったのだから、まだ想像の産物でしかないのだ。

「編集者がそんなことで、大丈夫なのか？」

「誰も見たことがない雑誌だから、俺たちにだって分からないよ」

「そうか……いやあ、久しぶりに人と飯を食うな」嬉しそうに言って、杉田が刺身に箸をつけた。

「何だよ、一人暮らしが長かったんだから、一人で飯を食うのには慣れてるだろう」

「いや、結婚してからは女房の飯だけさ。若いのに料理が上手いんだ」

「若いって、何歳だよ」

「二十一」

「一回りも年下か。それでよく上手くやってるな」

「俺は会話の達人だからな」杉田がニヤリと笑う。

「だけど、奥さんが飯を作ってくれなくても、相変わらず緑岡さんと食べ回ってるんじゃないか」

「うむ……」渋い口調で言って、杉田が箸を置く。

「何だよ、違うのか」我ながら回りくどい聞き方をしていると思う。しかし「緑岡さんは病気なのか」と直截《ちょくせつ》には聞きにくい。

「まあ、緑岡さんも、今までの暴飲暴食がね」

「何だよ、分かりにくい男だな。何が言いたいんだ？」

「緑岡さん、今は休んでるんだ」

「休んでる？」松川は身を乗り出した。「どうかしたのか？」

「詳しいことは教えてもらえないんだけど、仕事ができる状態じゃないらしい。今年に入ってから、急に体調が悪くなったみたいなんだ。会社には出たり出なかったり……ここ一ヶ月ほどは、全く顔を出していない」

「編集部、大丈夫なのかよ」

「まあ、肝心なところは緑岡さんの家まで行って相談してるから、多少時間がかかるけど何とかなってる。ただし、これからはどうするかな……緑岡さん、すっかり弱気になっててさ。この辺で引いて、療養に専念しようかって言い出してる」

「そんなにひどいのか」松川は思わず目を細めた。

「地震が起きてから、東京は何かと騒然としてるじゃないか。不便にもなったしな。緑岡さんが贔屓《ひいき》にしていた店も、だいぶ閉店してしまった。そういうのも、大きな打撃だったんじゃないかな」

「食ったり呑んだりは、緑岡さんにとっては精神的な栄養源でもあるからな」

「気候のいい大磯《おおいそ》あたりに行って、のんびりするか、とか言ってるよ。昔の緑岡さんだったら、そんなこと絶対に言わなかっただろう？」

「東京で、毎日仕事に追われて。仕事を追って……そういう毎日しか考えられない人のはずなのに」

「そうなんだよ」杉田が真剣な表情でうなずく。「俺も家まで行って会ったけど、痩せててびっくりした。だけど、何の病気かとは聞きにくいしな」

「そうか……」松川は思わずうつむいてしまった。長年一緒に仕事をしてきた部下にも打ち明けられないとなると、相当重い病気——命に関わる病気かもしれない。

「お前、会っておけよ」

「俺が？」松川は顔を上げた。

「喧嘩別れして、そのままでいいとは思えないんだよな。緑岡さんも、お前のことは気にしてるぞ。せっかく入った『文學四季』も辞めちまったし。菊谷さんと一緒に、お前のことを話してた。しかしお前も大したもんだと思うよ。あの菊谷さんとやり合うなんて、俺には想像もできない」

「作家と編集者としてなら、俺だって何も言えない。俺は編集者同士として意見をぶつけ合っただけだ。だから、別に……」言い訳してみたものの、話しながら冷や汗が流れるような気分だった。

「聞いてるよ。菊谷さんも呆れてたけど、一方で笑ってもいた。自分に歯向かう奴がいるなんて——って考えて面白がってるのかもしれない」

菊谷との喧嘩も、今になっては自分の完敗だと言える。志方の扱いを巡っての言い合い……自分は志方を推して、菊谷が拒否した。結果的に菊谷の見方が正しかったことになる。志方の原稿は間に合わないかもしれないのだから。

「緑岡さんも、お前と喧嘩したことなんか、とっくに忘れてるよ。逆にお前に会えば、元気になるんじゃないか」

「どうかな。怒って病状が悪化するかもしれない」

「俺が間に入ってやるよ。それなら緑岡さんも怒らないだろう」

「まあ……考えておくよ」

病気なら、見舞いに行かねばならないと思っていた。しかし実際に杉田と話をすると、気が引けてしまう。会って、病床の緑岡が激怒したらどうするか……そこでまた喧嘩したら、どうなるだろう。今度は和解できぬまま、緑岡とは永遠の別れになるかもしれない。その危険を冒すぐらいだったら、会わずにいた方がましではないだろうか。

「どうする？」こちらの気持ちを知ってか知らずか、杉田が迫ってきた。

「ちょっと予定を調整させてくれ」松川は逃げた。「今、新しい雑誌の創刊でバタバタしてるんだ。近々大阪に行かなくてはいけないし、行ったらしばらくは戻ってこられない」

「大阪？　大変だな」

「地震の後、作家が結構、関西に居を移したじゃないか。まだ戻ってこない先生も多いし、会いに行かないと原稿がもらえない」

「そうか……しかし、東京って街も、そこに住む人も強いよな。まだ地震から一年も経ってないのに、もうしっかり復興が始まってる」

「まだ瓦礫《がれき》だらけだけどな。不便なことも多いよ」

「でも、何とかなるんじゃないかな。東京は――東京の人間は強いよ。踏まれても蹴られても、すぐに復活する。なあ、地震のすぐ後に、活動写真館が開いたの、覚えてるか」

「芝居小屋もそうだった」松川はうなずいた。「潰れたところも多かったけど、無事だったところは普通に営業を再開した。そしてそこに、人が押しかけてた」

その件は、菊谷聡が「市民公論」に書いていた。呆れながらも感動したという内容で、実にいい文章だった……どうせなら「文學四季」に書くべきだったと菊谷に文句を言って、小さな衝突が起きたこともある。菊谷の言い分は「それは君らが発注しないからだ」だったが。そもそも「文學四季」は地震から二ヶ月、刊行を休んでいたから、原稿を書いてもらうこともできなかった。

「まあ、時間作れよ」杉田がしつこく迫ってくる。「緑岡さん、あまり人と会わないんだけど、お前なら会うと思うから」

「まあ……ちょっと調整してみる」今はこう言って逃げておくしかない。この業界では、「調整する」というのは実際には「無理だ」という意味だから、杉田もこちらの迷える心情を分かってくれるだろう。

俺は何がやりたいんだ？　松川は杉田と会う前より、気持ちが混乱しているのを意識していた。

大阪を拠点に、松川は一週間関西に滞在することになった。幟旗は大量なので別便にして送り、毎日書店に出かけて配って歩く。最初は少年社員二人と一緒に回り、慣れれば松川は一人で、少年社員は二人で組んで回らせるつもりだ。本当は、松川がすべての書店に顔を出すべきなのだが、大阪・京都・兵庫で挨拶すべき書店は百軒もある。三人で回っていたら、とても一週間では終わらない。

初日、まず大阪市内の書店を回る。創建社の雑誌はどれも良く売れているから歓迎してもらえたが、「エース」の創刊はまだあまり知られていない。内容を一々説明し、発売日には幟旗を店先にきちんと立ててもらうこと――念押しして頼むと、かなり時間がかかる。それに書店に行けば、創建社の本の売れ行きも確認しないといけないので、それでまた時間を食うのだった。

初日は十軒しか回れなかった。大した距離を歩いたわけではないのにへとへと……明日までは自分が一緒について二人に慣れさせ、明後日からは別々に回るようにしよう。しかし、京都駅や神戸駅から遠い書店に関しては、行き方もきちんと説明しておかねばならない。説明するよりも、書き記した方が間違いはないだろう。それは今夜やるとして、まずは二人に夕飯を食べさせないと。

大阪時代に何度か通った洋食屋に二人を連れて行く。ここの名物はカレー。まずは食べてみろと言って、二人に何も質問させずに注文する。

出てきたカレーを見て、二人は目を見開いた。自分も最初に見た時は驚いたな、と懐かしく思い出す。ここのカレーは、最初からカレールーとご飯を混ぜ合わせていて、その上に生卵が一つ、載っている。生卵を混ぜこんで、さらにソースをかけて食べるのがこの店のやり方だ。

二人は最初、ソース抜きで食べ始めた。二人が同時に「甘い」と声を上げる。そう、東京で食べるピリリと辛いカレーとは、まったく味わいが違う。いや、大阪でも他の店では辛いカレーを出すから、この店だけが特別なのだろう。

「そうだろう？　ここのカレーは、ソースと合わせて初めて、味がぴしりと締まるんだ」

二人はカレーにたっぷりソースをかけ、あらためてスプーンを入れて食べ始めた。今度はすぐに「美味い」の声が出る。しかし西村はしきりに首を捻っていた。

「何だ、どうかしたか？」

「いえ、これなら最初からお店の方でソースを入れてくれればいいんじゃないでしょうか」

「カツレツを食べる時だって、自分でソースをかけるだろう？　最後の味の塩梅《あんばい》は、客の方でやってくれってことだよ」

「なるほど……でも、美味いですね」

結局少年社員二人は、お代わりした。かなり量が多いのだが、十代の食欲には果てがない。松川は当然、一皿で十分だった。カレーで膨れた腹をさすりながら店を出る。三人が泊まる宿は、この店のすぐ近く。賑やかな難波《なんば》の街中を通っていかねばならないが、元気のいい若者二人だから大丈夫だろう。逆に、変な人間に引っかかって、酒でも呑まされないといいが。松川は二人に釘を刺した。

「俺はこれから、志方先生に会いに行く。君らは真っ直ぐ宿に戻れよ。変なところで遊んでるんじゃないぞ」

二人の肩を叩いて別れ、松川は人力車を摑まえた。ここから志方商店までは、御堂筋《みどうすじ》を真っ直ぐ北上していけばいいから迷いようがないのだが、歩くと三十分以上かかる。既に午後八時、人を訪ねるには遅い時間になっているから、急がないと。

大阪の人力車は、東京よりも速い。足が速い車夫を揃えているのだろう。速過ぎて怖いが、急いでいる時はありがたい。ふと、緑岡の専属車夫を務めていた伝《でん》さんはどうしているだろう、と思い出す。緑岡に散々振り回されて、毎日汗だくになっていたが、今は……緑岡は、以前のように人力車で市内を縦横に走り回っているわけではあるまいし、もう専属の契約は解除したのだろうか。震災後、ちゃんと商売になっているのだろうか。「市民公論」を辞めてから伝さんには会っていないが、妙に懐かしかった。緑岡に振り回された者同士、という感覚が共通しているのだろう。そういえば、一度だけ伝さんと飯を食ったが、あの時もカレーライスだった。何かとカレーに縁のある人生だな、と思う。

志方商店の前まで行くと、まだ店は開いていた。さすが大店《おおだな》、こんな時間まで仕事があるらしい。覗くと、意外なことに志方が帳場に座っていた。しかし借りてきた猫という感じで、心ここに在らず——あちこちに視線を巡らせ、さっさとここから去りたいと心から願っている様子だった。

あちこちを見ているので、やがて松川にも気づく。ハッと目を見開き、すぐに視線を逸らしてしまった。

松川は図々しく店の中に入りこみ、「志方さん」と声をかけた。中にいた店員が一斉に松川を見る。

「松川さん……」志方が元気のない声を出す。

「ちょっと話せませんか？」松川は意識して明るい声を出した。

「いや……」

志方を動かすのは大変そうだ。大変なのは予想できていたが、ここまで動かないとは思っていなかったので戸惑う。しかしそこへ、意外な援軍が現れた。志方の妻。

「松川さん……」

「ご無沙汰しております」松川は頭を下げた。「約束もなしで来てしまいました。ご無礼してすみません」

「いえいえ――あなた、お話しして」

「いや、私は……」

「ちゃんとお話しして。ここは私がやるから」

志方はまだぐずぐず言っていたが、結局妻にせき立てられて立ち上がった。

「外へ行きましょうか」

松川が誘うと、志方は草履を突っかけた。まだ嫌がっている様子で、ちゃんと話ができるかどうかは分からない。しかし松川は覚悟を決めた。

外へ出るとすぐに切り出す。

「奥さんには……」

「知られていない」志方が慌てて首を横に振って、周囲を見回す。妻に監視されていないかと恐れるようだった。「いや、話していません」

「そうですか」

「気づかれているかもしれないけど、わざわざ確認できないでしょう。怖くて、とてもそんなことは聞けない」

「聞かない方がいいでしょう。わざわざ波風立てる必要はないですよ」

「そうですか……」

「それで、どうですか？　まだ落ちこんでいるんですか」

「松川さんね、人間はそう簡単に立ち直れるものじゃないんですよ。苦悩を抱えているからこそ、文学が生まれるんだから」

「だったら志方さんも……」

「それとこれとは話が別ですよ。とにかく今の私には書けない」志方が力無く首を横に振った。

「まだ間に合います」

「書けない」志方は頑なだった。「無理です。私はそんなに強くない」

「私は、一週間ほど大阪にいる予定です。話しましょうよ。志方さんなら書ける。私はどうしてもあなたの小説を読みたいんです」

「それは松川さんの都合で……雑誌に小説が欲しいだけでしょう？　それは分かるけど、今は金のために書きたくない。そんなことをすれば、あの人が汚れてしまう」

「だったら、『穏便な日々』はどうなるんですか」

「それとこれとは話が別です」

取りつく島もない感じだった。思い人に対する彼の気持ちは、松川が想像していたよりもずっと強いのだろう。しかし、一生その想いに囚われて、前へ歩き出せなかったら、彼の作家人生はここで終わってしまう。

そんなことには耐えられない。志方には、優れた小説を書く権利も義務もあるのだ。

しかし今は、強いことも言えない。編集者には引き際も肝心なのだ。引いてもう一度攻める。

「今日はこれでお暇《いとま》します。また来ますよ」

「松川さん、無駄なことはしないで下さい。あなたは忙しい人だ」

「志方さんのために忙しくなるのは、私にとっては本望ですよ……では」

踵《きびす》を返し、早足で歩き始める。志方の視線はまったく感じなかった。しかし振り向いてはいけない。振り向いたら負け、という自分でもよく分からない感情が、松川を支配していた。

松川は大阪滞在中に三度、志方に会いに行った。しかし毎回まともな話にはならず、結局小説の件はまったく前進しなかった。

そして東京へ戻って編集部に顔を出して……意外な人物から電話がかかってきた。杉田。

「やあ。大阪から帰って来たんだろう？」

「何で知ってるんだ？」

「編集部に電話して聞いた。今日は空いてるか？」

「いや、まあ……出張帰りだから、後始末で色々忙しい」

「夜、ちょっと顔を貸せよ」

「——何だよ」物騒な言い方が気になる。

「緑岡さんに会え。俺もつき合う」

「いや、それは……」さすがに同意はできない。今は志方のことを考えるだけで精一杯だった。それに、書店への営業についても、報告をまとめなくてはならない。幟旗を配ってそれで終わりではないのだ。

「緑岡さん、このところ急に弱ってきたんだ。今のうちに会わないと……」

「脅すのか？」

「本当にまずいんだ。緑岡さん、これ以上迷惑をかけたくないから、会社を辞めるとまで言い出してる」

「辞める？　まさか」

緑岡は「市民公論」と一体の人間である。そこを辞めるということは、自分の人生を否定するも同然ではないか。

「弱気になってるんだ。こういうのは本人の意思次第だし、病気を治すのが優先だから、我々は何も言えない。でも、わざわざ会社を辞める必要はないだろう。籍を置いたままで治療して、何の問題がある？」

「とはいえ、緑岡さんに給料を払うだけでも大変じゃないか」

「そうだけど、治ったら会社へ戻ってもらわないと……何だかんだ言って『市民公論』は緑岡さんの雑誌なんだ。あんな弱気じゃ困る」

「俺に説得しろって言うのか？　もう別の会社の人間だぞ」

「だけど、縁があったわけだから。その縁は切れたわけじゃないぞ」

ぶん殴ってやめた人間に、そんなことを頼んでくるとは、杉田もよほど困っているようだ。ここは緑岡――というより杉田の顔を立てるために、緑岡と会ってみてもいい。

「――家に行く。緑岡さん、まだあの家にいるんだろう？」

「ああ。地震でも無事だった。夕方六時ぐらいに家の前で会わないか？」

「分かった」

電話を切って、つい溜息をついてしまう。これでよかったのだろうか。会ってまともに話ができるかどうか。

しかし今会わないと後悔する、という気持ちも確かにあるのだった。

松川は言葉を失った。

久しぶりに会う緑岡はすっかり痩せ、一気に年老いてしまったようだった。豊かだった髪はまばらになり、目は落ち窪んでいる。椅子にこそ座っているものの、布団で寝ている方がいい――まともに座るだけでも大変そうな感じに見える。

松川は、テーブルを挟んで彼の向かいの椅子を勧められた。黙って椅子を引き、一礼して腰かける――ここまで挨拶もしていない。

「『エース』はどうだ」緑岡が切り出した。

「準備中です」松川は、余計なことは言わないように、と自分で決めていた。雑誌の創刊について、その進捗状況は社外秘である。最大の秘密と言ってもいいだろう。

「菊谷さんには原稿を頼まないのか」

「菊谷さんの担当ではないので」思いもよらぬ質問に、松川は適当な答えで逃げた。

「菊谷さんに会っているか?」

「――いえ」

「会いなさい。謝れとは言わないが、普通に話をした方がいい。菊谷さんも寂しがっていると思うよ」

「そんなことはないと思いますが」

「いや」

短く否定した後、緑岡が咳きこんだ。松川の隣に座る杉田が慌てて立ち上がりかけたが、緑岡は震える右手を上げて、彼の動きを制する。ほどなく咳は消え、緑岡は二度、三度と咳払いをした。

「肺が悪いわけじゃない」緑岡が胸を叩いたが、その動きにはまったく力が感じられなかった。

「しかし、咳きこむと頭に響くな。体の中ががらんどうという感じだ」

「緑岡さん」

呼びかけると、緑岡がのろのろと顔を上げる。目には精気がなく、そこにいるのは明らかに、松川が知っている緑岡ではなかった。

「どこがお悪いんですか」

「松川」杉田が横から鋭く制止の声を飛ばす。

「いいんだ、杉田君。隠すことじゃない。だいたい、疑問に思ったらすぐに聞くのが編集者の仕事だと思うぞ。君たちは、変に気を遣い過ぎなんだ」

「――すみません」杉田が情けない口調で謝った。

「腎臓なんだが、医者も困ってる」緑岡が薄く笑った。「治療の方針が定まらなくてな。難しい病気のようだ。まあ、現代医学でもどうにもならないことはあるんだろう。人間の体というのは不思議なものだ。『市民公論』でも、もっと医療記事を掲載しておけばよかったよ。そちら方面に明るければ、誰か名医に頼ることもできたと思う」

「藤島《ふじしま》さんは……藤島さんなら、帝大の病院にも顔が利くんじゃないですか」

「とっくに頼んだよ。その帝大の先生が分からないというんだから、私の病気が治せる人はどこにもいないだろう。そういうわけで……まあ、話ができるうちに、君に会っておきたかった」

「私は――謝罪しにきたわけではありません」松川は敢えて突っ張った。「主幹を殴った罰として、私は会社を辞めました。それでこの話は終わりだと思います」

「あんな風に殴られたのは、子どもの時以来だよ。私は腕っぷしが弱くてねえ。喧嘩になると負けてばかりだった。それが嫌で、村の相撲で頑張ったんだが、やはり強くならなかったな。相撲も見物専門になった」

緑岡がこんな風に自分の過去を話すのは、松川の記憶にある限り初めてだった。弱気になっているのだろうか。

「また相撲見物に行きましょう。もちろん、主幹の奢りで」

「そろそろ、出歩くのもきつくなってきたんだ。今は会社へ行くだけでも覚悟が必要だ。とにかく私は一度身を引くことにした。病気が治れば復帰するし、治らなければ——杉田君、不満そうな顔をしているが、もう社長とは話している」

「主幹……」

「情けない顔をするな。後は君たちに任せる。君が編集主幹になって、『市民公論』を今まで通り——今まで以上にしっかりした雑誌にするんだ」

「それは、私には荷が重いです」

「君がまだ『市民公論』にいたら」緑岡は松川に話を振った。「どうだね？　次の編集主幹を任せたいと私が言ったら、どうした」

「受けます」松川は即座に返事した。「誰かが編集の責任を取らなくてはいけません。現場の仕事は好きですが、それ以外にも大事な仕事はあります」

「だったら戻ってこないか？　君がどうやって『市民公論』を編集していくかは想像できる。私が望んだものではないかもしれないが、しっかりやってくれるだろう。今からでも遅くない。創建社には私から話を通してもいいから、戻ってこないか」

一瞬迷ったのち、松川は「お断りします」とはっきり言い切った。緑岡が目を見開く。断られるとは想像もしていなかったのかもしれない。

「そういう弱気は、主幹らしくないです。どうせ主幹のことですから、一ヶ月か二ヶ月したら、伝さんの人力車で社に乗りつけてきて、あれこれ指示を飛ばすでしょう。佐山さんや菊谷さんと激しい議論を交わすでしょう。それで私を追い出すに決まっている。せっかく編集主幹になっても、すぐに追い出されたらたまりませんよ」

少し間を置いて、緑岡が低い声で笑った。真っ直ぐ松川の目を見て続ける。

「そう信じてもらえているのは、ありがたいことなんだろうな」

「天下の緑岡紫桜《しおう》が、そんなに簡単にくたばるわけがないじゃないですか。私は今、創建社の人間です。いわば緑岡さんは敵ですよ。敵にはいつも強くいてもらいたいんです。弱気になったら、ぶん殴りますよ」

緑岡が微笑んだ。この距離で正面に座っていないと気づかないほどかすかな笑みだった。組み合わせた両手はかすかに震えており、松川は着物の袖から覗く手首の細さに衝撃を受けた。まるで子どものように細い。しかしすっと目を逸らすと、何も気づかなかったかのように話し続ける。

「緑岡さん、私は一ヶ所に長くいられない人間なのかもしれません。『文學四季』もすぐにやめました」

「ただし、あの雑誌をゼロから軌道に乗せた。ちゃんと成果は挙げている」

「途中からです。あれはやはり、菊谷先生の雑誌です」

「『エース』は？」

「面白い企画を色々やらせていただいています。創建社は――藤見社長は傑物で、分かりやすい人です。取り敢えず、藤見社長の下にいれば……思う存分金は使えるし、腕も振るえる」

「金を使えるというのは、楽しい話だな」緑岡がうなずいた。「実に景気がいい」

「それも、『市民公論』とは桁違いの額の金です」

「その金で、作家を縛ろうとしているると聞いているぞ」

かっとして言い返したくなったが、黙りこむ。実は松川も最初は、「原稿料は相場の二倍」という部分には引っかかっていたのだ。緑岡の言う通りで、まさに「金で釣る」ような感じではないか、と。しかし実際に作家たちと話してみると「二倍でも割に合わない」と苦笑されてしまう。長い連載を一気に提供するなど、実際にはとんでもない作業なのだ。「連載の楽しみを奪う」とまで言い切った作家もいた。連載というのは、書いているうちに、あらかじめ決めていた粗筋からはみ出していくのが楽しい……どうやって方向性を変えていくかを考えることこそ連載の醍醐味だという作家は多い。とにかく、一気に全部書いてしまうのは連載とは言えない。それだったら、原稿料はこれまで通りでいいので、毎月載る分だけ書きたい——そう言って「エース」の申し出を断った作家もいた。

「まあ、創建社のやり方に、私が口を挟む権利はないがな。創刊はいつなんだ？」

「年末に創刊号を刊行予定です」

「年末か……」緑岡が溜息をつく。「ずいぶん先の話だ。私も、無事に創刊号を読めるといいんだが」

「読んでもらわないと困ります。どうせ文句もあるでしょう。私はそれを、一々論破しますから。私たちは新しい雑誌を作っているんです。主幹が読んだこともない雑誌ですよ。それをぜひ、読んでもらわないと。これからは『エース』の時代なんです。『市民公論』のように高尚な内容にはなりませんが、子どもからお年寄りまで誰もが読める——そして知識が広がる雑誌なんです。分かりやすくてためになる雑誌です」

「そうか……自信があるんだな」

「あります」

「君は、誰のためにその雑誌を作る？　読者か？」

「それは――」

不意の質問に、言葉に詰まってしまった。「市民公論」時代は、一部の高尚な読者、そして日本の言論界を牽引する藤島ら著者に活躍の場を与えているという意識があった。一方「文學四季」では、もっぱら著者に対して意識が向いていた。菊谷が同人と作った雑誌なわけで、参加する人間が楽しくやれたらいいではないか、という考えもあったのだ。しかし「エース」は……松川はしばしうつむいていたが、やがて顔を上げて言った。

「『エース』は、一家に一冊、を目標に作ります。子どもからお年寄りまで……それは申し上げましたね。でも、正直言って幅が広過ぎます。それこそ、小学生の子どもから、藤島先生のような日本の頭脳と言えるような人までを網羅する読者層――あまりにも範囲が広過ぎて、私にはよく分かりません」

「そうだろう」緑岡の顔にゆっくりと笑みが広がった。「私も昔は、同じように悩んだことがある。『市民公論』を引き受けて、どんな雑誌に育てていくかと迷っていた時だ。何しろ潰れるかもしれないという瀬戸際だったからな。部数を伸ばさないといけない、しかし興味本位の下衆《げす》な記事を載せるわけにもいかない。そんな時に、夏目先生と話をした」

「はい」松川は思わず背筋を伸ばした。夏目漱石は大正五年に亡くなっている。松川はまだ学生で、その頃既に、伝説の大作家であった。その伝説を補強したのが緑岡、そして門下生であった佐山たちである。

「夏目先生、行く末に悩んでいた私に何と言ったと思う？」

「さあ……」

「好きにやりたまえ、だ。雑誌なんて、作り方に決まった方法があるわけではない。自分が読みたい記事や小説を載せていけばいいではないか、という乱暴な言い方だったが、私はそれでピンときたよ。そうか、それこそが編集者の醍醐味なのだと。どの作家のどんな作品が雑誌に載るかは、自動的に決まるわけじゃない。編集者がきちんと方針を決めて依頼して、作家と一緒に原稿を仕上げる。裏返せば、どんな作家に依頼するか、どんな風に書いてもらうかを決める肝になるのが、編集者の好みだ。自分が読みたくないものを頼む気にはならないだろう？　編集者はわがままになれ、いや、編集者だけでなく出版に関わるものは全員わがままでいいというのが、夏目先生のお考えだった。わがまま同士がぶつかり合えば、喧嘩別れになることも多い。しかし上手く意見が合致した時だけ、素晴らしい作品が成立する――つまり、出版の世界は、無数の折り合いの上に成り立っているというわけだ。私も、それでいいと思っている。出版に関わる人間は、全員わがままでいい。君もそう考えればいい。自分のためにやるんだ、自分が好きな仕事だけやるんだ、と。そうしないと、いずれは行き詰まってしまうぞ」

「好きな仕事だけやる――それを言い始めたら、また会社を辞めることになるかもしれませんが」

「大丈夫だろう」緑岡が笑いながらうなずいた。「創建社は大きな会社だ。一人ぐらい好き勝手なことを言っていても、飼っておく余裕はあるだろう。君はいい会社に入ったよ。腕を振るえる余地のある会社だ。いよいよ、思う存分好きなようにやれるんじゃないか？」

帰りの道すがら、松川は杉田とほとんど口をきかなかった。杉田の方でも、松川の様子がおかしいことに気づいて声をかけようとしない。省線の駅まで来た時、松川はようやく口を開いた。

「このまま東京駅まで行く」

「これからか？」

「ああ。まだ関西方面へ行く急行があるはずだ」

「どこへ行くんだ？」

「それは言えない。仕事の話だ。でも……ありがとう」松川は杉田に向かって頭を下げた。「緑岡さんに会って、何とかやれる自信がついた」

「な？　お前と緑岡さんは、やっぱりいい組み合わせなんだよ。今日だって、頭を下げずに普通に話ができたじゃないか。これで和解ってことでいいんじゃないか」

「そんな面倒臭いこと、もう考えないでいいよ。とにかくお前には礼を言う。礼を言うついでに、お願いできないか？」

「ああ？」

「うちへ電報を打っておいてくれ。俺はこれから関西に行くけど、心配するな、と」

「だったら俺が、これから直接行って伝えてやるよ。博太郎《ひろたろう》にも久しぶりに会いたいし」

「親になることが決まったら、急に子どもに興味が湧いてきたか」

「まあな」杉田が鼻を擦った。「詳しいことは伝えなくていいか？　俺には話したくないだろうけど」

「ああ。申し訳ないが」

「じゃあ、伝令役を務めさせてもらう」敬礼する杉田の表情は、妙に明るかった。緑岡と自分の諍《いさか》いが、ずっと気になっていたのだろう。友人に気を遣わせてしまって申し訳なかった——杉田には、また何かでお礼をしよう。子どもの誕生祝いも兼ねて。

　久しぶりに前向きな気持ちになれた。

　緑岡のおかげで。


「自分のために？」志方が表情を歪めた。

「はい。志方さんは、そもそもどうして小説を書き始めたんですか？　誰かに読んでもらおうとして？」

「それもあるけど、まあ――自分で楽しみたいと思ったのは確かですね」

「最初は誰でもそうだと思います。書くのが楽しくて、一編の小説がまとまった時の快感は何物にも代え難い、そんなことを言う作家はたくさんいます。そして後に、読者の存在を意識するようになる。でも多くの作家は、あくまで自分のために書いています。志方さん、亡くなった女性のことを書いて下さい」

「いや、それは……」志方が立ち止まる。またも土佐堀川《とさぼりがわ》を見下ろす橋の上。昼間なので人通りは多いが、二人は透明な膜の中に入っているようで、通行人の会話などは一切耳に入ってこない。

「『穏便な日々』は、どうして書かれたんですか？　どうしてというか、どういうつもりで？」

「あれは……結婚することが決まったからですよ」

「今の奥様と」

「ええ。それでも、彼女を忘れることはできなかった。その後もずるずると関係を続けた……でも何らかの形でけじめをつけなくてはいけないとは思っていたんです。それで、小説の形で、自分の経験をまとめた。ただ、人に読まれることを考えて、舞台などの設定は変えましたけどね」

「それでもほぼ実話なんですね？　書き上げて、志方さんの気持ちは落ち着きましたか」

「全然」志方が力無く首を振った。「関係を客観的に書いたつもりだったのに、かえって気持ちが高揚してしまった。結果的にそれからも彼女と関係を続けたんですから、何の役にも立たなかった」

「でも、書き上げた直後はどうですか？　少しは気持ちの整理がついたのでは？」

「それはまあ……あの時は」

「だったらもう一回やりましょう。『穏便な日々』の続編です。愛する人を失った気持ちを率直に綴っていただけませんか？」

「そんな、自分勝手なことを……そもそも『エース』には野球の話を書くという約束だったじゃないですか」

「それはまた、別の機会にしましょう。いつか必ず書いてもらいます。でも今は、志方さんの気持ちをまとめて欲しいんです。愛する人を失った気持ち、どう乗りこえていくか悩む気持ち、その先に希望があるとしたら……本当の設定にする必要もないでしょう。主人公は独身のままでいい」

「そして愛する人を失った……主人公は作家になっているけど、衝撃で原稿が書けなくなってしまっている」

「そうそう、そうです」松川は思い切りうなずいた。「何だったら、強引な編集者に首根っこを摑まれて、机の前に連れてこられた、と書けばいい」

　志方がふっと笑い、欄干に両手を預け、そこに額を載せた。肩が細かく震え始める。やがて顔を上げると、目は真っ赤になっていた。着物の袖で涙を拭うと、志方は「強引な方だ」と笑いながら言った。

「しかし、そんなわがままな――自分のために書いた小説が、一般に通用すると思いますか？」

「『穏便な日々』だって、最初は自分のために書いたんでしょう？　でも世間には広く受け入れられた。だから今回も、自分のために書いて下さい。どうやって商品にするかは私が考えます。いや、一緒に考えましょう」

「ずいぶん大胆なことを言う人ですね」呆れたように志方が言った。

「私も師匠にあたる人に言われたんです。わがままでいい。自分の好みで仕事をしていい。作家と編集者、それにたぶん読者の好みが合致したところに、よく読まれる小説が生まれるんです」

「――それは菊谷さん？」探るように志方が言った。

「安心して下さい。菊谷さんではありません。別の方です」

「いや、まあ……菊谷さんは怖いからね」

「また会う機会を作りますよ。どんなにひどく喧嘩別れをしても、その後ずっとそのままというわけでもないでしょう」誰かが仲介してくれれば。自分にとっては杉田がそうだった。志方と菊谷の間を自分がつなごう。それが原因で菊谷と喧嘩別れしたのだが、そんな問題は歳月が解決してくれるはずだ。「とにかく、書いてみましょう。今回は読者のことは考えずに、自分の気持ちを素直に書いて下さい」

「嫁さんにバレないように……」

「そこは上手くやりましょう。主人公は独身、それと今度は舞台を大阪ではなく東京にしてもいい。震災後の東京を描いておくのも手です。嫌な記憶かもしれませんが」

「いや、記録することも小説の役目でしょう。読むのを嫌がる人もいるでしょうが、後々の記録にもなる」

「その意気です。では来月、まず原稿を読ませていただきます」

「来月？」途端に志方の顔から血の気が引いた。「それはまたずいぶん急な……」

「志方さんの予定は遅れているんです。引き受けていただけるとなったら、これからは厳しくいきますよ」

「まいったな……松川さんに乗せられると、ろくなことがない」

「いえいえ、本番はこれからですから。私は何度でも大阪に来ますよ」

第九章　創刊

「間に合わない？」藤見《ふじみ》が目を見開いた。

定例の編集会議。「エース」創刊号の刊行が間近に迫ってきて、このところ、原稿の進捗状況に関する確認が厳しくなってきた。

松川《まつかわ》は立ち上がって頭を下げた。

「申し訳ありません。志方《しかた》さんは、書き始めてはくれたんですが、厳しいです。書きにくい話を何とか小説にしようとしているので、苦労されています」

「あらすじは前に聞いたが……実話と考えていいのかね」藤見が確認した。

「それは――」松川はまた頭を下げた。先ほどよりも深く。「志方さんとの約束があるので、社長にも申し上げられません。私の胸の中だけに秘めておく、ということにしておきたいんです」

「そうか……それで、創刊までに何回分、揃いそうだ？」

「……三回です」さすがに声が小さくなってしまう。

「それは困る」藤見の顔がにわかに深刻になった。「連載は、全編揃ってから印刷に回すというのが『エース』の決まりだ。他の先生方にも同じようにお願いしている。残りの九回分を、今から創刊までに書き上げてもらうことは可能なのか？」

「無理です」

「松川君……」藤見が力なく首を横に振った。「君なら、志方君にきちんと書かせてくれると思っていたんだがね」

「申し訳ありません。もちろん、全編揃わないと読んでいただけないという決まりは分かっています」

実際、他の編集者は作家の家に日参して原稿を催促していた。それもかなり厳しく。創刊号から始まる小説の連載は四本あるが、そのうち二本は全編がすでに出来上がり、委員会の「審査」にも合格していた。もう一本も、間もなく書き上がる予定だといい、志方の原稿だけが遅れているのだった。作家というのは、金を積み上げただけではなかなか動かない。他の編集者が、どうやって作家を動かしているか分からなかったが、そのコツを聞くつもりはなかった。松川には松川の意地があるし、これまでも、原稿を取るのが難しい作家に、何とか小説を書いてもらった。

「お願いがあります」松川は立ったまま、藤見の顔を真っ直ぐ見た。

「言ってみたまえ」

「これまでにいただいている志方さんの連載を読んで下さい。異例だということは分かっていますが、三回目まででも素晴らしい出来です。魂の叫びが文章に表れています。それを読んでいただければ、これからも書き続けてもらう気になると思います」

「創刊号から例外は作りたくない」藤見が渋い表情を浮かべる。

「承知しています。でも、志方さんは例外にする価値がある作家です。この作品を発表することで、志方さんの魂を私たちが救うことができるんです」

「志方君、そんなに困っているのか？」

「悩んでおられます。作家が悩んでいたら助けるのが、編集者の仕事ではないでしょうか」

「志方君の才能は、私もよく分かっている」藤見がようやくうなずいた。「君がそこまで言うなら、取り敢えず出来上がっているところまで読ませてもらおう。その出来が悪ければ……連載自体、なかったことにする。あくまで決まりを守ってもらう前提での、例外だ」

「ありがとうございます」

「では、この会議が終わったら、私に原稿を読ませてくれ。はい、次！」


人の体は、常に同じやうに動く。それもほとんど無意識のうちに。立ち上がる、歩く、水を飲む。そんなことで一々考へ、悩む人間はゐまい。

しかし私は、自分で自分の体を自由に動かせなくなつてゐた。

その知らせを届けてくれたのは、長谷《はせ》だつた。学生時代の悪友である彼は、私の家の近くで、書店を営んでゐる。私は全ての本をそこで買ふ。頻繁に出入りしてゐるので、誰かに会つてゐても怪しまれることはない。そしてけふ、彼は私が注文してゐた本を自宅まで届けてくれた——本に一通の手紙を挟んで。

その手紙が、私の体の自由を奪つた。私は手紙を握りしめたまゝ、立てなくなつてしまつたのだ。

「君、これは素晴らしい」藤見が溜息をついた。目を閉じ、しばらく文章の余韻に浸っていたようだが、ほどなくかっと目を見開いて、松川を睨みつける。「これほどの喪失感は、なかなか表現できるものではない。これはご婦人方の涙を搾《しぼ》り取るよ。俗っぽさがありながら高尚でもある。素晴らしい作品になるぞ」

「私もそう思います」自信はあったが、藤見が認めてくれたのでほっとした。

藤見は多くの雑誌を世に送り出してきたが、単なる編集者というより、もっと大局的見地に立って企画を打ち出す名人、という感じがする。作品そのものに対する嗅覚は、緑岡《みどりおか》や菊谷《きくたに》の方がはるかに優れているだろう。藤見の小説の読み方は、一般の読者に近いと思う。そういう普通の感覚を持っているからこそ、彼が「面白い」と思うものは一般にも受け入れられる――松川は藤見をそういう風に評価していた。いわば羅針盤として当てになる存在、という感じなのだ。

「詳しいことは申し上げられませんが、志方さんにとっては、書くのが非常に辛い作品なんです。自分の中で消化しながら――いえ、書くことで消化していくんです。ですから時間はかかる。でも、出てくるのはこういう素晴らしい作品なんです」

「君、これは十二回、一年間、ちゃんと続けられるのか？」

「それは大丈夫です。原稿は遅れないように、私が尻を叩きます。できれば、三ヶ月だけではなく、もっとたくさんまとめてもらえるように……例外的になって申し訳ないですが、志方さんに関しては、今回だけはこういう形でやらせてもらえないでしょうか」

「分かった」藤見がうなずく。「最初から例外は作りたくなかったが、致し方ない。志方君の原稿は、例外を作ってでも載せたいものだ」

「ありがとうございます」立っていた松川は、膝にくっつきそうなほど深く頭を下げた。

「まったく、君の力技には感心するよ」藤見が苦笑しながら言った。

「私の力ではなく、志方さんの力です」

「それは否定できないな」

「他の原稿は順調ですよね」

「ああ」

創刊号は、渡辺霞亭《わたなべかてい》の小説や、松林伯知《しょうりんはくち》の講談などのほか、世界の面白い話題を集めた「世界異聞」、名士の子ども時代の思い出話、人物評伝など盛りだくさんの内容になっている。本誌だけでなく付録もついており、東京の名所回り双六《すごろく》などは、博太郎も喜びそうだ。

「しかし君は今回、いきなり例外を作った。これはある意味、我々が決めた規則を破ったことになるよな？」

「はあ」最終的に決定権を持つ藤見が「よし」としたのだから、これで問題なしではないか？

「規則を破れば罰がある。それは当然だと思わないか？」

「それはそうですが……」

「というわけで、君には罰がある」

「何ですか？」松川は身構えた。まさか、馘《くび》ではないだろうな？

「夏井龍生《なついりゅうせい》先生さんなんだけどね、原稿が来ない」

「夏井先生は、連載ではないですよね？」

「ああ。創刊号の巻頭に読み切りの短編小説をもらう。しっかり約束していた。読み切りでも、うちは締め切りが早い――全員で読むためだ」

「はい」

「しかし、原稿が来ないどころか、書いている気配もない。君、書かせてくれたまえ」

「私ですか？」松川は思わず自分の鼻を指差した。

「君ぐらい優秀な編集者を、最初からつけておくべきだった」

「夏井さんは……飛田《とびた》君が担当でしたよね」飛田は創建社《そうけんしゃ》一筋で働いている編集者だ。様々な雑誌の編集を経験し、「エース」創刊に向けて、満を持して編集部に合流していた。

「飛田君も優秀だが、人間には合う合わないがあるからな。君、取り敢えず今回、夏井さんから原稿を取ってきてくれないか？　そうすれば、志方君の件は一切不問とする」

「本当に志方さんの原稿のことは、規則違反だと思っているんですか？」

「そうだ」藤見がうなずいた。真顔――悪さをした生徒を叱る教師のような顔つきになっていた。

「早速かかってくれ。夏井さんのために空けているページが空白になったら、たまらん」


松川は早速、夏井の自宅を訪れた。菊谷聡《さとし》と肩を並べる流行作家の夏井は、本郷《ほんごう》に大きな家を構えていた。門構えは、まるで寺社のよう……あまり趣味はよくないな、と松川は苦笑しながら門をくぐった。

するとすぐに「エイ！」と気合いの入った声が聞こえてくる。しかも等間隔で。「エイ、エイ、エイ！」……何事かと思いながら庭を進むと、木刀で素振りをしている夏井に出会《でくわ》した。見間違えようのない禿頭――四十歳にしてすっかり髪がなくなってしまった、わけではなく、自分で剃ったのだと、雑誌の記事で読んだことがあった。要するに、髪が寂しくなってきたので、そこに執着するよりは自らお別れした、ということのようである。

陽差しを浴びて、汗で濡れた頭が輝く。上半身は裸で、びっしり汗をかいていた。今日は遅い秋の一日――かなり涼しいのにこれだけ汗をかいているのは、長時間素振りを続けているからだろう。

「三百！」

かたわらにひざまずいた十五歳ぐらいの少年が声を上げると、夏井はぴたりと素振りを止め、肩を上下させて深呼吸した。少年が差し出す手拭いを受け取り、頭から顔にかけて汗を一気に拭《ぬぐ》う。

「失礼します」直立不動の姿勢から一礼して、松川は声をかけた。「創建社の松川と申します」

「ああ――知ってる」

「前にお会いしましたか？」

「いや、君が来ることは知っていた、という意味だ。藤見さんから電報がきたよ」

「社長からですか？」

「変わった社長さんだ。天下の創建社の社長が自ら、作家に電報を打つとはね。いや、もちろん藤見さんが自分で電報を頼んだわけではないだろうが」

「どういう内容だったんですか？」

「松川を差し向ける、よろしく頼むと」夏井がニヤリと笑った。「差し向けるとはまた、何という言い方だ。刺客が来るのかと思ったよ」

「ある意味刺客かもしれません」松川は真顔でうなずいた。「原稿をいただきに来る刺客です」

夏井が、今度は声を上げて笑う。何だか気に食わない笑い方だった。まるでこちらを馬鹿にしたような……。

「まあ、どうぞ。今日は暑いから、このまま失礼するが」

夏井に誘われるまま、縁側に座る。すぐに、先ほどの少年がお茶を運んできた。夏井は礼も言わない。

「書生ですか？」松川は訊ねた。

「ああ、知り合いに頼まれてな。書生を置いておくなんぞ、私の趣味ではないんだが」

「お忙しいでしょうから、手伝いの人は必要ではないんですか」

「今までは忙しかった」夏井がお茶を啜《すす》った。「今は控えている」

「控えているというのは……」

「私は今年、四十になった」

「はい」基本情報は頭に入っている。東京出身の夏井は、早稲田大学を出て、一時教員をしていた。しかし小説への情熱を抑えることができず、新聞の懸賞小説で入選した作品が大きな反響を呼んだ後、教員を辞めて作家専従になった。明治維新を庶民の目で描いた「御一新」、鳥羽・伏見の戦いを旧幕府軍側の視点で描いた「京の異変」など、幕末から明治にかけての歴史を描いた作品が広く読まれ、当代随一の流行作家と呼ばれている。各雑誌に引っ張りだこで連載を持っており、一部では「夏井は数人の作家が共同で使っている筆名」という説すらあった。確かに、毎月八本の連載を抱えてやっていくのは、一人では無理ではないだろうか。

「先生、今、連載は八本あるかと思います」

「八本、そうだな」

「それを絞られるんですか？」

「ああ」

「四十歳になられたからですか？」

「そうだ」夏井が座ったまま、木刀をすっと構えた。ぴしりと動かず決まった構えを見ていると、真剣を持っているようにも思えてくる。「私は、人生を何段階かで考えている。二十代の前半までは学生、二十代半ばまでは青年たちに教える教師、そこから四十歳までは小説にひたすら取り組んできた」

「まさか、次の段階では小説をお辞めになる、などと仰らないですよね？」松川は慌てて訊ねた。突然引退宣言されたら、これからの「エース」の予定がおかしくなってしまう。

「エース」の創刊号で、巻頭の短編を頼んだのは、夏井を創建社に引きこむためなのだ。様々な出版社と仕事をしている夏井だが、何故か今まで創建社とはつき合いがなかった。新雑誌の「顔」を頼むことで持ち上げ、今後創建社でも多くの原稿を書いてもらう——というのが藤見の本当の狙いだ。

「引退はしない。しかし、小説に取り組む時間は減らしていく。次の段階では、再び教育に取り組むのだ」

「教職に戻られるおつもりですか？」小説の材料が出尽くしてしまい、もう書くことがなくなったとか？　いずれそういう壁にぶつかる作家もいるはずだ。頭を掻きむしり、酒や睡眠薬の力を借りて物語を捻出している作家の姿を、松川も散々見ている。あんなことが永遠に続くわけがない……「引退する」と宣言した作家にはまだ出会っていないが、徐々に仕事を断るようになり、世間が知らぬ間に小説を書かなくなってしまった作家は何人も知っている。久しぶりにそういう作家に会って原稿を依頼し、「今はちょっと」と言われるのはなかなかきついものがある。「今」がこの先永遠に、死ぬまで続くことは、作家も松川も分かっているのだ。ただし作家という人種は、「これでもう書かない」と宣言はしない。引退ではなく自然に姿を消すのを好む人が多いようだ。もちろん病気などで、自分の意思とは関係なく書けなくなってしまう人もいるのだが。

「いや、小説の世界を広げたい」

「それは、どういう……」松川は混乱してしまった。小説と教職、仕事としては全く違う。

「小説を書く人は、どうやって自分の作品を世に出すかな？」謎かけするように夏井が言った。

「それはいろいろだと思います。先生のように懸賞小説をきっかけにする人もいるでしょうし、編集部への持ちこみもあります。同人誌に書く人も少なくないですよね」

「そう」夏井がうなずく。「しかし問題は、誰も小説の書き方を教えてくれないことだ。私もそうだった。内外の多くの小説を読み、それを頭の中で咀嚼《そしゃく》して、自分なりの物語を作っていった。文章も、読むことで鍛えられたと思う。しかしこれは、はなはだ効率が悪いのではないかね」

「でも、多くの先生方は、そういう方法で自分の小説作法を身につけられていると思います」

「それを誰かが教えてくれたら？　どこから小説の材料を得るか、どうやって筋書きを組み立てていくか、登場人物を活き活きと動かすにはどうしたらいいか、個性的な文章はどうやって身につけるか。そういうことを筋立てて教えてもらったら、誰でも小説が書けるようになるだろう」

「ええ……」そんなものだろうか。教わったことを、そのまま自分の作品に活かせるような人は多くないような気がする。例えば松川は、これまで多くの小説に接してきた。しかも読者ではなく編集者として読んできたので、一般の読者より、ずっと詳細に分析してきたと思う。物語の構造、登場人物の心理や性格の変化、文章の癖。作者名を隠して小説を読まされても、誰が書いたか当てる自信はある。もっとも、「小説読みの専門家」と自負していても、自分で小説を書く気にはなれない。「市民公論」を辞めた時には原稿用紙を前に呻吟《しんぎん》して、結局自分は「書く」専門家にはなれないと悟っただけだった。

　自分でも苦しんだからこそ、小説は簡単には書けないと分かっている。夏井のような売れっ子に「コツ」を教えてもらっても、それだけで書けるものだろうか。

「ここに学校を作りたいんだ。学校といっても大袈裟なものではない。数人……四人か五人をみっちり教えたい。そして、若い作家を育てたいんだ。もちろん、高齢者でも素質がある人は大歓迎だが」

「それは、素晴らしい目標だと思います」松川は持ち上げた。「ある意味、好敵手を作るようなものですね」

「そうだな」夏井がニヤリと笑った。「ただ、作家は永遠に書けるものではない。私はこれから作品数を絞って……いずれは何も考えつかなくなって、小説を発表しなくなるだろう。しかし小説を読む読者は絶対にいなくならない。そして常に、新しいものを求める。だから、新しい作家がどんどん出てこないと駄目なんだ。しかも、前の世代の作家よりもいい小説を書かないと。小説の知識を継承してもらい、技術を与える——それが、今小説を書いている私たちに与えられた義務だと思う」

「大変立派なお考えです」しかし……松川は体を少し捻って、夏井と向き合った。「先生、小説の仕事を減らしていく、ということですね？　そして人に教える。それが四十歳からの新しい段階になるわけですね」

「ああ」

「では、これまで約束された作品はどうなりますか？　『エース』でも短編をお願いしてあります」

「分かってるよ、もちろん。引き受けた仕事はきちんとやる」

「では……飛田からお聞き及びかと思いますが、『エース』の締め切りはもう過ぎています」

「君たちが言う締め切りは、いい加減なものだろう」夏井が皮肉っぽく笑う。「本当の締め切りというのは、君たちが設定するよりもかなり余裕があるはずだ」

「『エース』の場合は、そんなに余裕はありません。社内の然るべき立場の人間が何人も読んで、掲載するかどうか決めます。基準に達しない場合は掲載見送り……ということもあり得ます」

「私の原稿が失格すると言うのかね」見る間に夏井の表情が強張る。

「その可能性はあります。『エース』では、できるだけ素晴らしい作品を、子どもからお年寄りまで楽しく読んでもらうために、厳しい基準を設けています。私たち編集者と編集長がいいと言えば問題なし、というわけではありません。社内の他の人にも読んで評価してもらう――そのために締め切りが早いんです。飛田の方から説明はありませんでしたか」

「いや」

まずいな……松川はさっと下を向き、表情の変化を気取られないように気をつけた。飛田の野郎、一番肝心なことを説明していない？「エース」は、他の雑誌とは進行や条件が違うことを、はっきり言っていなかったのだろう。どうする？ここで改めて説明して納得してもらうか？

それしかない。

松川は顔を上げ、夏井の顔を見た。強張ったまま……「そんな話は聞いていない」と今にも言い出しそうだった。夏井は注文を断らない、鷹揚《おうよう》な作家として知られているが、一方で気難しい一面もある。礼儀に厳しく、編集者の間違いや嘘については極めて厳しい。ゲラの直しが漏れてしまった編集者が、その間違い一度だけで出入り禁止になり、その後上司の謝罪が遅れたため、その雑誌の連載を打ち切ったという伝説がある。連載は、作家にとって毎月確実に金が入る「給料」のようなもので、貴重な収入源だ。それを自ら「やめる」と言い出すのは、夏井にそれだけ経済的な余裕がある証拠である。普通の作家だったら、少し嫌なことがあっても歯を食いしばって我慢し、連載を続けるものだ。

松川が「エース」の方針を説明する間にも、夏井の表情は変わらなかった。話し終えると「初耳だ」と一言。

「それについては申し訳ありません。編集者の伝え忘れです」

「それは、そちらの責任だ。締め切りが早い事情は分かった。ただね、私のようにこの世界で長くやっている人間は、本当の締め切りに合わせて書く。それで十分、仕事は間に合うんだ。それを今更……」夏井が舌打ちした。「最初にそういう事情があると言ってくれれば、こちらも考えた。そもそも仕事を受けないという方法もあったんだ。そうすれば、お互いに面倒な思いをせずに済んだ」

「それは承知しています。こちらの手抜かりで、何の言い訳もできません。申し訳ありません」

松川は頭を下げた。大抵の作家は、ここまでやると許してくれるのだが、夏井はどうだろう？

駄目だった。

「この話は無かったことにして下さい」夏井が冷たい口調で宣言する。

「先生……」

「締め切りまで一週間。事情が分かって引き受けていたら、きちんと原稿は仕上げた。しかし、『エース』に関しては、私が知らないことが多いようだな。これでは信頼関係は築けない。これは仕事なんだ。まず互いに信頼関係を築いて、それに基づいて進めていく――どんな仕事でも基本だろう」

「返す言葉もありません」夏井は激昂しているわけではないが、言葉の端々に怒りが滲み出ている。余計な言い訳をすると、その怒りが一気に噴出しそうだ。

「では、この話はなかったことにしてくれたまえ」

「今日は失礼します」松川は立ち上がって一礼した。

「今日は？」夏井が目を細めて松川を睨んだ。

「またお邪魔する、ということです」

「無駄なことはやめたまえ。創建社と信頼関係を築くことは難しい」

「お怒りに対しては、申し訳ないとしか言えません。でも私は諦めません」

「無駄足になるだけだ。来てもらっても、私が会うかどうかは分からない。君も忙しいだろう。こんなことで大事な時間を潰すのは馬鹿らしいと思わないか」

「『エース』の創刊号で、夏井先生は顔なんです。巻頭でいただく原稿が、『エース』の今後の命運を決めると言っていいと思います。もしも顔のない雑誌が世に出たら、どうなると思われますか？　そんな雑誌は誰も読みません。『エース』は、創建社が社運をかけた雑誌です。そこに先生の原稿をいただけなければ、『エース』は失敗です」

「それは私には関係ない」夏井は顔をしかめた。

「いいえ、またお邪魔します」

「もう一回言う。無駄なことはしない方がいい」

「編集者の仕事の五割は無駄かもしれません。しかし残り五割のために、頑張るんです。そこに金鉱が埋もれている可能性が高いですから」

松川は我慢できずに、飛田を問い詰めた。飛田は顔面蒼白になりながら、夏井に「エース」独自の進行や執筆条件についての説明が曖昧だったことを認めた。

「君ねえ……」松川は溜息をついて煙草に火を点けた。「新人じゃないんだから。仕事の条件をきちんと話すのは、基本中の基本だろう。後から言われたら、作家は不信感を抱くだけだよ」

「夏井先生は、頼みに行ったらすぐに引き受けて下さったんです。『創建社とは仕事をしたかった』と仰って、粗筋まで話して下さったんです」

「それはどういう内容だ？」

「白虎隊を舞台にした話で、一人の少年の物語です」

「架空の登場人物？」

「はい。心ならずも白虎隊に参加することになった少年が、飯盛山《いいもりやま》から逃げ出す話です」

「それは……勇ましくはないな。最後まで戦って――というのが、我々の知っている白虎隊だけど」

「ぎりぎりの場面において、自分だけが生きることを選択するのは卑怯かどうか……そういう重い主題を展開していきたいと仰っていました」

「今までの夏井先生の作風とは違う感じがするな」

「はい」飛田がうなずく。「これまでは、とにかく明るく楽しく、幕末や明治時代の英雄たちがいかに激動の時代を生き抜いたか、という真っ直ぐな作品が主流でした。でも夏井先生は、自分も変わろうとしていると……いつまでも同じことを続けていくわけにはいかないとおっしゃいました」

「そうか……」

非常に深い話になりそうだ。しかしそれが、「エース」創刊号の巻頭にふさわしい話かどうかというと……いや、この話はおそらく、子どもたちにも考えさせる内容になるだろう。夏井の文章は平易なことで知られ、「子ども向けと大人向けの中間」という評価さえされていた。ちょっとませた子どもなら、無理なく読むことができる――感受性の強い子どもたちが、武士の誇りと命を天秤にかけた少年兵の物語をどう読むかは興味深い。

こういう問題提起をしてくれる作品こそ、国民的雑誌を目指す「エース」にふさわしいのではないか。

「それで……夏井先生、書いてくれそうですか？」飛田が探りを入れるように言った。

「そんなに簡単にはいかないよ。というか、俺も追い出された」

「じゃあ……」飛田の顔がまた青褪《あおざ》める。

「いや、俺は諦めていない。何か手を考えるよ」

「いい考えがあるんですか」

「ない」松川は言い切った。実際、何の考えもない。とりつく島もないとは、まさに先ほどの夏井の態度だ。あれだけはっきり、断られた経験はない。どうやって盛り返すか、今はまったく分からない。

「すみません……原稿をもらえなかったら、俺は……」

「余計なことは考えるなよ。とにかく君も、どうやって原稿を書いてもらうかを考えてくれ。これは『エース』にとって最初の危機だ。だけど、こういう状況からどうやって脱出するかを考えるのも、編集者の醍醐味だから」

「はあ」

「諦めるなよ。俺が窓口をやるけど、本来の夏井先生の担当は君なんだから。この原稿が無事にもらえたら、君はちゃんと謝って、次の原稿をもらうんだ」

「次と言われましても……」

「連載だよ。今回の短編は、連載を書いてもらうための布石だろう。ここで一回ご一緒して、次からは連載だ」

「でも、夏井先生の信用を失いました」

「失った信用は、永遠に回復できないわけじゃない。時間はかかるかもしれないけど、誠意を尽くしていれば、いずれ夏井先生も受け入れてくれるんじゃない?」

「はあ」

飛田は自信なげだった。言った松川も、まったく自信がなかった。


夏井問題が最重要課題になった。しかしまだ、他の仕事も終わったわけではない。松川はまず、大阪にいる志方に電報を打った。万事問題なし、このまま進めて欲しい。

志方も心配していたのだ。連載開始前から原稿を全部揃える——その条件は分かって引き受けたのだが、結果的にとても間に合わなかった。志方も書き出してしまえば筆が遅いわけではないものの、やはり時間がなかったのだ。他の作家も、よくこの条件で受けたものだと思う。原稿料が通常の二倍というのは、確かに大きな魅力かもしれないが、それに釣られて魂をすり減らすような創作活動が辛いことは、容易に想像できるはずだ。

夕方、今度は徳川夢声《とくがわむせい》に会いに出かける。創刊号の巻頭随筆のお題が決まったので、それを告げて内容を相談しなければならない。慣れれば、電報などでその月のお題を知らせるだけで済むだろうが、今はまだ、二人で知恵を絞る必要がある。

夢声とは自宅で会う約束をしていた。出向くと既に酒が入っている……いつものことだが、やや心配だ。夢声は、話している間も際限なく酒を呑み続ける。これで本当に、話した内容を覚えているかどうか、心配になった。

そこで松川は考えた。あぐらをかいて夢声と向き合い、ノートを広げる。

「どうかしましたか？」ノートを見て、夢声が怪訝《けげん》そうな表情を浮かべる。

「書記でもやってみようと思いまして。最近、ついつい忘れがちになるんです」

「あなたの歳で？　それはまずいなあ」

「忙し過ぎるんですよ。やることが多くて、大事なことまで忘れてしまう……それで、今日の一番大事な話です。巻頭随筆、一回目は『私の初めて』でお願いします」

「それはまた、ずいぶん柔らかいお題ですな。えらい先生方は、そんな内容で書けるものですか？」

「敢えて挑戦していただきます。今後は、日本の命運を左右するような内容に取り組んでいただくこともあると思いますが、第一回ですから。幕開けに相応《ふさわ》しく、明るい話を書いていただきたいんです」

「なるほどね」夢声が小さなグラスを取り上げ、中に入ったウイスキーを一気に呑み干す。空になったグラスにウイスキーを満たすと、満足そうに見詰めながら、両手で包みこんだ。

「徳川さんの初めてというと、やはり弁士として……どうして弁士になられたのか、最初の頃にどんなことがあったか、そういう話を読者は読みたがると思います」

「それがねえ、弁士になるきっかけは、そんなに面白いことではないんですよ」夢声が珍しく顔をしかめた。

「そうなんですか？」

「実は、父の勧めでね」

「お父上が？」これは意外だ。今でこそ、弁士は人気商売だが、夢声が始めた頃はどうだったのだろう。海のものとも山のものともつかない、危うい商売だったのではないだろうか。親が、息子に勧める仕事とも思えない。「ずいぶん大胆な話のように聞こえますが……」

「変わった父親でねえ」夢声が苦笑する。「その辺の話を書いていくと、父親の話になっちまうんですよ。まあ、私も最初は落語家を目指していたんですけどね。そこから弁士に目標が変わったということです」

「喋るという意味では、同じ商売ですよね」

「子どもの頃から、落語家の真似は得意でしてね。三遊亭圓歌《さんゆうていえんか》に弟子入りしようとしたんですが、父が反対しましてね。それで、弁士ならいいと……基準がよく分かりませんな」

「でも、面白そうな話です。もしかしたら徳川さんを、映画館ではなく高座で見ていたかもしれないんですね」

「ねえ、人生はなかなか思うようにいきませんな」

「その辺の事情は短めにして、初めて弁士を務めた時の話を中心に書いていただけませんか？それなら『私の初めて』というお題に合うと思います」

喋りながら、松川は必死にノートを取った。その間に、夢声はウイスキーを一杯、二杯……だんだん体がぐらついてきた。危ない兆候である。こうなるとほどなく、夢声はぱたりと倒れて寝てしまう。一度寝ると、蹴飛ばしても起きないぐらいだ——と妻が言っていた。

「では、締め切りは来週の月曜日ということで、よろしいですか？　月曜だと、こちらではなく小屋へお伺いした方がよろしいでしょうか」

「そうですね。準備しておきますよ」

「ありがとうございました」松川は「来週月曜、小屋にて原稿」とノートに書きつけ、赤鉛筆で囲んだ。

「松川さん、そんなに心配しなくても、私は締め切りぐらいはちゃんと覚えていますよ」

「いえ、これは自分のためで――」

「私が忘れないように、残していくつもりだったんでしょう？　ありがたいとは思いますけど、話した内容を忘れるほど酔ってはいませんよ」

「――失礼しました」確かに無礼だったかもしれない。念の為と思ってのことだが、忘れてしまうことを前提にしている、と相手には思われてしまうだろう。

「あなたも心配性ですなあ」夢声が苦笑する。

「仰る通りです」松川は同意した。「今は、創刊号向けの原稿を集めている最中で、心配なことだらけです」

「だったら私は、あなたが心配しないようにちゃんと原稿を用意しますよ。安心して下さい」

「ありがとうございます」ありがたい話……いや、夢声に関しては、あまり心配していなかった。酒の問題があるものの、それさえなければ――酒が入っていなければ、夢声の原稿が遅れることはないと、他の編集者から聞いていた。

「では、一杯いきますか」夢声が綺麗なグラスを松川の前に置いた。

「いえ……今日はまだ仕事があります。お気持ちだけいただきます」

「こんな時間からまだ仕事？」夢声が眉を上げた。

「それこそ、締め切りの関係で追われていまして……こちらの説明が足りなかったのですが、約束していた原稿を書いてもらえないかもしれないんです」

「あらら、それは大変だ。穴が空いたら困る作家さん？」

「はい。創建社としておつき合いしていきたい方なんです」

「じゃあ、心配ですねえ」

「どういう話かは決まっているんですが、へそを曲げてしまって」

「松川さんでもそんなことがあるんですか」

「ええ、まあ」後輩のせいだとは言えない。結局、説得できなかったのは自分の責任なのだから。

「まだ、可能性はないでもないんです。締め切りまで、少し余裕がありますから」

「そういう時は、その仕事とは関係ないことで便宜を図ってあげるといいんですよ」

「便宜？」

「酒呑みなら、いい酒を持っていくとか、食いしん坊なら美味いものを食べさせるとか、作家なら貴重な古本を探して贈呈するとか。仕事と直接関係ないことで便宜を図ってもらうと、恩を感じるものですよ」

「恩、ですか」欲しいものをあげる。欠落を埋める――そこで松川は、はたと思いついた。急いで立ち上がり、一礼する。

「ありがとうございます」

「何が？」夢声がきょとんとした表情で松川を見た。

「徳川さんに、いただきました――いい知恵を」

「そう？」

「何かをもらうのは、本当に嬉しいものですね」

ただし、現段階ではちょっとした思いつきに過ぎない。これを実現できるかどうか、まだまったく分からなかった。

松川は創建社に戻ると、会社のすぐ裏にある藤見邸を訪ねた。ここへ来たことは一度もないが、藤見が自宅へ戻っていることが分かったので、話をしておく必要があったのだ。

初めて家に入るので緊張したが、藤見は気にする様子もなく、出迎えてくれた。応接間の椅子に腰かけて対峙し、すっと背筋を伸ばす。

「夏井さんのことか？」

「はい」

「聞いたよ」藤見の表情は渋かったが、雷を落とす気配はない。創刊号の準備が大詰めに入ってきて、このところ藤見は、一日に何度も大声を張り上げているのだが。「君でも上手くいかなかったとなると、諦めた方がいいかもしれないな。今ならまだ、何かで代わりになる——創刊号は失敗になるだろうが」

「いえ、私はまだ諦めていません」松川は宣言した。

「何か手があるのか？」藤見は疑わし気だった。

「上手くいくかどうかは分かりませんし、金もかかります」

「金なら出すぞ」藤見があっさり言った。

「いえ、原稿料とか、そういうことではないんです」

「夏井さんが、原稿料の値上げを要求したかと思ったよ」藤見が皮肉っぽく笑った。

「夏井さんは、金では動きません。でも、金が必要な状況になってくると思います。そこに創建社が一枚噛むことで、夏井さんの心を動かすことができるかもしれません」

「おいおい、何を考えてるんだね」反対するように言いながら、藤見が乗ってくるのが分かった。藤見は雑誌作りに情熱を燃やす一流の経営者なのだが、どこか子どもっぽいところがある。面白そうな話には、無条件で乗ってくるのだ。そういう好奇心こそが、次々に雑誌を生み出す原動力かもしれない。

「夏井先生が構想しているのは、一種の事業です。でも、藤見社長が一番得意なこと――学校でもあるんです」藤見は、創建社を立ち上げる前は教員をしていた。だからこそ、少年社員を引き受けているのだし。

「学校？」藤見が身を乗り出す。

「はい。普通の学校ではありませんが、学校であることに変わりはありません。まだ具体的にはなっていないんですが、お話を聞いていただいてよろしいでしょうか」

「もちろん」藤見がうなずく。「そういうことなら、いつでも聞くよ。しかしそれが、夏井さんとどう結びつくんだ？」

「これからお話しします」自分の中でもまだ考えがまとまっていないのだが。話しながらまとめよう――それで藤見を納得させられるだろうか。


翌日、松川は朝から本郷の夏井邸を訪れた。今日は、夏井は木刀の素振りはしていない……縁側に腰かけ、しきりに煙草をふかしながらノートに何か書きつけていた。松川を見ると、怪訝そうに目を細める。

「また君か……原稿は断ったはずだ」

「その件は、ひとまず置いておいて下さい。私の提案を聞いていただけますか？」

「提案？」

「先生は昨日、小説の学校のことを話されました。そのために、自分の小説の発表を少し控えると……考えたんですが、後進を指導していくのは素晴らしい志だと思います。実は私たちも、作家をどう発掘するかではいつも悩んでいるんですよ。それが、昨日の先生の話でぱっと光明が見えたんです。学校です。学校で作家を育てて、そこから作家を生み出してもらう。畑のようなものです」

「私たちは野菜かね」夏井が皮肉っぽく言った。

「どちらかというと農家……生み出された作品が野菜という感じでしょうか。ただ、先生お一人でこういう学校をやっていくのは大変かと思います。いえ、無理です」

「私にはできないというのかね」夏井がむっとした口調になる。

「無理です」松川は言い切った。「教えることなら、先生が最適任かと思います。しかし学校では、他にも様々な雑務があるでしょう。それこそ月謝の管理から生徒の出欠確認から——まさか、無償でやられるつもりではないでしょうね」

「そのつもりだが」当たり前だろうという調子で夏井が言った。「こんなことで金を取るのはおかしい。志がある人たちに、私がこれまで得た知識や経験を伝えるだけなんだから」

「では、学校で使う費用は全て持ち出しになりますよ。しかも先生は、小説を書く時間が少なくなって……端的に言えば、収入が減ります。そうすると、学校を維持していくのは難しいのではないですか」

「君は……はっきり言うな」夏井が渋い口調で応じる。その言葉を聞いている限りでは、将来的な金の問題まで考えていたかどうか、分からない。だいたい作家というのは、金の計算が苦手なものだが。

「先生が、心配なく学校に、そして教育に取り組めるように、創建社で資金援助をさせていただけないでしょうか」

「それは、私を買収するということか？　金を出す代わりに原稿を書けと？」

「ご存じかもしれませんが、弊社社長の藤見は、もともと教職にありました。今も、青少年教育に大きな関心を寄せています。だからこそ、少年社員を雇って、仕事をさせながら学問も教えています。人を教える、育てるということに、多大な関心を寄せているんですよ。ですから私がこの話をした時も、すぐに食いつきました——一万円」

「一万円出すと？」

「はい」松川はうなずいた。「『エース』の創刊準備で弊社も金銭的には苦しいところですが、藤見は自分の懐からでも金を出すと言っております。お考えいただけませんでしょうか。別に、学校出身の作家を、創建社で囲いこむようなことはしません。文壇全体の財産であると考えます」

「創建社は、そんなに無私の考えでいるのか？」

「無私ではありません」松川は即座に否定した。「先生には原稿をいただきたいと思います。予定通りに」

「結局そこかね」夏井が苦笑する。

「創建社は営利企業です。できるだけたくさんの本や雑誌を売りたいのが本音です。ただし藤見という人間は、本を作ることと同じぐらい、教育にも熱心です。それは単に学校教育というだけではなく、社会に出た人が、改めて様々なことを学ぶという意味でもあるんです。教育は生涯続く、というのが藤見の座右の銘です」

本当は、藤見の口からそんな台詞を聞いたことはない。教育熱心なのは間違いないのだが。一応、藤見と夏井が会うことも予想して、後で口裏合わせをしておこう。

「そうか。よし――参った」夏井が平手で膝を叩いた。「そこまで言うなら、喜んで援助を受けよう。原稿も書く。なに、もう内容は決まっているから、書けばあっという間だよ」

「白虎隊の話ですね？」松川は念押しした。

「ああ。締め切りは来週の月曜日でいいかね？　本当の締め切りはもっと後だろうが」

「創建社においては、締め切りに仮も本当もありません。私たちが言っているのは、全て本当です」

「分かった」夏井がうなずく。「月曜日の……そうだな、午後五時に、ここへきてくれ」

「ありがとうございます」松川は頭を下げた。「その時に、創建社が小説家の学校の資金援助をする――それを明記した契約書の素案を作ってきます。長く続く計画になりそうですから、しっかりしたものを作ります」

「それは任せる。では、月曜に」

「お待ちしています」

終わった――これで、創刊号の材料は全て揃うはずだ。あとは原稿をしっかり読みこみ、印刷に回す。かなりのページ数なので、ゲラが出た後の作業は大変だろうが、編集部員も多いので何とかなるだろう。最終的な取りまとめの作業は混乱しそうだが、そういうのは何回も続けていくうちに慣れてくるはずだ。

あとは、言ってみれば事務作業なのだから、言うことを聞かない作家の尻を叩き、あるいは懇願して原稿を書いてもらう方向へ持っていくのに比べれば、何ということはない。

簡単には済まなかった。

翌週月曜日の午後五時、松川が夏井の家に顔を出すと、夏井が申し訳なさそうな表情を浮かべて、「まだ終わっていない」と打ち明けた。

松川は一瞬頭に血が昇ったが、すぐに冷静さを取り戻した。印刷所への入稿は明日の午後の予定だ。それまでに、藤見たち委員会のメンバーに原稿を読んでもらう必要がある——明日の朝が最終締め切りと決めた。明日の朝一番で編集部に原稿を持ちこめば、何とか間に合うだろう。

一瞬の間に計算を終え、松川は「何枚まで進んでいるんですか？」と訊ねた。

「十枚だ」

十枚？　思わず声を荒らげて聞きそうになった。依頼していた原稿は五十枚。明日の朝までに、残り四十枚を仕上げることができるのか。また怒りがこみ上げてきたが、怒っても仕方がない。

「先生にしては、だいぶ苦労されておられるようですね」

「会津《あいづ》は初めてだからね。同じ幕末、同じ事件を扱っていても、主人公が違えば全く別の視点が必要になる。それに、恐怖で逃げ出す少年を主人公として描くのは、なかなか厳しい。誰でも英雄を読みたいし、書きたいのだから」

「ええ」

「そこで敢えて、歴史に残らない人間の弱い部分を書こうとしてるわけだから。これで、読者は喜んでくれるかね」

「私は読みたいです」松川は宣言した。「——分かりました。先生は今でも、『エース』には本当の締め切りがあるとお考えですか？」

「ああ。締め切りなんぞ、ゴム紐みたいなものだろう。いくらでも伸ばせる」

「『エース』に関しては、そんなことはないんです。ギリギリ、明日の朝までに原稿をいただかないと、本当に原稿が落ちてしまいます。先生の作品が載るはずだったところを白紙で出すことになりますよ」

「だから嫌だったんだ」夏井が愚痴をこぼす。「君の甘い誘いに乗って、引き受けてしまって……この話は上手くいかない予感がしていた」

「何をおっしゃいますか。まだまだです。私、これからつき合います。原稿ができるまで、側にいますから」

「おいおい」夏井が眉をひそめる。

「こういうことは何回もやっています。慣れている……というわけではありませんが、誰かが近くにいれば、必死になって書けるようですよ」

「要するに圧力か」

「はい」松川はうなずいてあっさり認めた。「でも、私もそれだけ必死だということです。隣で清書させていただきますから、先生、よろしくお願いします」

「うーむ……」夏井が腕組みをして唸った。「まあ……君のような編集者に摑まってしまったのが、私の不運ということだろうな」

とんでもない。夏井のような作家を押しつけられた自分が不運なのだ。

翌日朝七時、夏井邸を出た松川は思い切り伸びをした。つい先ほど、夏井は原稿を書き上げ、松川は清書を終えたばかりである。原稿が終わると急に上機嫌になった夏井は、一本つけるから朝飯を食っていけ、と松川を誘ったのだが、断った。本当に時間がない、すぐにでも原稿を持ち帰らねばならないと、夏井に思い知ってもらわねば。

徹夜で疲れた目を何度も瞬《しばた》かせながら、松川は駅へ向かって歩き始めた。抱えた鞄には、今できあがったばかりの原稿。清書しながら、松川は興奮が高まってくるのを意識していた。主人公の白虎隊士の心の動きを中心にした描写は、とかく派手で「チャンバラ小説」と揶揄《やゆ》されることもある夏井の作風とは大きく変わっていた。

松川は、作家が変身する瞬間に立ち会っていたのだ。

そしてこの原稿をもって、「エース」創刊号の作業は佳境に入る。

徹夜は何回目だろう。

しばらく前にも同じことを考えたなと思いながら、松川は眠い目をこすりつつ、創建社を出た。徹夜といっても、昨夜は単に呑んでいただけである。

創刊号完成。そして問題の部数は五十万部。当初の目標にしていた百万部にはずいぶん開きがあるが、なに、これは始まりに過ぎない。百万部を目指すという目標が、単なる夢でないことを証明するための刷り部数が五十万部だ——そう言って、藤見は昨夜、創刊号完成の打ち上げを行った。店を何軒もはしごし、最後は創建社に戻ってきて、「エース」の編集部で机に突っ伏して短い睡眠を貪《むさぼ》った。

実際には、数日前に雑誌は校了していて、既に印刷に回っていた。松川も見本を手にして、その分厚さに、作った本人ながら驚いたものである。三百五十ページで、定価五十銭。内容は豊富。

条件は揃っている。売れないわけがない。

執筆者には既に、見本を送っていた。今日あたり、手元に届くだろう。同時に、東京市内では今日から書店の店頭に並ぶ。それを見るのが楽しみだった。

しかし、今はまだ朝八時。忙《せわ》しなく人が行き来しているが、書店が開くのはもう少ししてからだ。気になって創建社の一番近くにある書店「往来堂《おうらいどう》」の前に来ると、店主の橋上《はしがみ》が、ねじり鉢巻姿で店開きの準備をしているのだった。

「橋上さん」思わず声をかけてしまう。

「おう、松川さん」橋上が手を振って見せる。「何だい、今日はずいぶん早いね」

「徹夜だったんです――呑んでいて」

「何だ、二日酔いかい」

「まあ、そんな感じです」

「だったら、お茶でも飲んでいきな」

橋上は愛想がいい。誰に対してもこんな感じなのだが、松川が上客だからということもある。松川は、他社から出ている雑誌は全てここで買っていたし、他の書籍も……もっとも、その金は経費でもらうのだから、往来堂にとっては松川が、というより創建社が上客ということになる。

取り敢えず、お茶の誘いはありがたかった。さほど呑んだつもりはなく、皆につきあって騒いでいただけなのだが、体からすっかり水分が抜けている感じがした。

熱いお茶は体に染みこみ、細胞が一つずつ生き返る感じだった。溜息をついてから、橋上に訊ねる。

「ご主人、今日はずいぶん早くに店を開けるんですね。十時からでしょう」

「いやあ、あんたらのせいだよ」橋上が苦笑する。

「私の？」

「昨日、新聞にでかでかと広告が出ていただろう。あれで結構、問い合わせがあってね。今日は忙しくなると思って、早く店を開けることにしたのさ」

「それはすみません」

「なに、景気のいい話でありがたい限りだよ」

「手伝いますよ」

「じゃあ、『エース』を店先にどんどん並べていこうか。それと幟旗もな。あれ、目立っていいな」

それはそうだろう……黄色地に赤で「エース　発売」。書店の店頭で長さ六尺の幟旗がひらめいていれば、目立つことこの上ない。自分の発案ながら素晴らしい、と松川は自画自賛した。そして先週、東京市内の書店には急遽もう一種類の幟旗が搬入された。「エース　発売」の文字は同じだが、今度は赤地に黄色の文字である。二つが並んでいたら、ますます目立つのは間違いない。

お茶を飲み干した松川は、「エース」を平台に並べ、さらに幟旗を立てた。往来堂は奥に深い造りなのだが、間口は三間《げん》と道路に面した部分はそれほど広くない。そこで左右に黄色と赤の幟旗がはためく――松川が想像していたよりも派手で、非常に目立つ。

「ください」

声をかけられ、松川は相手をまじまじと見た。自分の腰ぐらいまでしか背がない、五歳ぐらいの男の子である。握った手を松川に向かって差し出すと、ぱっと手を開いた。ぽっちゃりした手には、五十銭銀貨が一枚。

「何が欲しいのかな？」

「ええと……『エース』」

「ああ、はいはい」思わず笑みがこぼれてしまう。「エース」を手渡し、五十銭銀貨を受け取る。

「お使いかい？」と少年に訊ねた。

「父ちゃんが買ってこいって」

「父ちゃんだけじゃなくて、君も読めるぞ」

「ええ……」少年が困惑する。まだ字が読めないのかもしれない。

「そのうち読めるようになるよ。早く父ちゃんに渡してあげな。おまけの双六も面白いぞ」

がくんとうなずいた少年が、「エース」を抱えたまま走り出す。転ぶなよ、と松川ははらはらしながら見守った。せっかく俺たちが作り上げた新雑誌なのだ。綺麗なまま、家に持ち帰ってくれ。

「お客さん第一号が、おちびさんとはねえ」橋上が感心したように言った。

「近所の人ですか？」

「床屋だよ。親父が本好きで、うちでもよく買い物してくれる。そういえば、昨日、問い合わせにきたんだ」

「じゃあ、楽しみにしてくれてたんですね」

「嬉しい話だねえ」

「ご主人、もう読まれましたか」

「いや、まだなんだ。しかしこれ、読み応えがあるねえ」橋上が「エース」を一冊、摑み上げた。

「一ヶ月、ずっと楽しめるんじゃないかな」

「そうですね。そういう風に作っています」

「自信たっぷりじゃないか」

「自信、ありますよ」松川は宣言した。「今まで色々雑誌を作ってきたけど、今回が一番自信があるな。よくできました」

「それにしても」本を開いた橋上が、目次に目を通した。「こいつはまた、えらく、何というか……まとまりがない内容だね」

松川は苦笑してしまった。実際、まとまりがないと言えばまとまりはない。小説から論評、軽い読み物、豆知識まで、この雑誌は何だと言われたら「雑誌だ」としか答えようがない。

「雑誌ですから。雑です。何でもかんでも載せていいのが雑誌じゃないでしょうか。これこそ、本物の雑誌です」

「お勧めは？」

「全部――と言いたいところですけど、夏井先生と志方さんの小説、それに徳川夢声さんの随筆はぜひ読んで下さい。私が担当しました」

「じゃあ、真っ先に読ませてもらうよ――はい、いらっしゃい」

いつの間にか、店先に数人の客がきていた。いずれも近所の人のようだが、揃って「エース」を手に取っていく。橋上もホクホク顔だった。

「早く開けてよかったよ。今日は忙しくなりそうだ」

「お手伝いしたいところですけど……」

「何言ってるの。あんたは作る人。売るのは私らだから」

「そうですね。お茶をごちそうさまでした」松川は一礼した。お茶の力というより、店頭で次々に売れていく「エース」を見ているうちに、急に元気になってきた。

今日は一日休みになっているが、一眠りしたら近所の書店を回ってみよう。こうやって、店頭で売れ行きを自分の目で見るのも大事なことだ。

しかし――いい仕事をしたと思う。編集者になって初めて、満足のいく仕事だった。あとはこの雑誌をさらに大きくしていくという仕事が待っている。日本人なら誰でも読む雑誌に「エース」を育てる。

これほどやりがいのある仕事もないのではないか。

二日後、編集部に出勤すると、藤見が落ち着きなく歩き回っていた。

「おお、松川君」

「おはようございます。今日は……早いですね」藤見が一番力を入れているのは「エース」だが、他の雑誌の面倒も見なければならない。そのほかに当然、社長としての業務もあるし、名士としてのつき合いもある。藤見の仕事は夜にずれこみがちで、こんな早い時間に編集部に顔を出しているのは珍しい。

「増刷だ」

「もう決めたんですか」松川は目を見開いた。雑誌増刷はないわけではないが、珍しい。

「十万部だ」藤見がぱっと両手を広げた。

「十万……ですか」松川は声が上ずるのを感じた。最初の刷り部数五十万部に対して、増刷分が十万部。かなり――というか非常に強気な展開だ。「大丈夫なんですか?」

「注文が殺到している。嬉しい悲鳴だ」藤見の顔が歪んだ。自分でもどう考えていいか分からないのかもしれない。まさに嬉しい悲鳴だろう。

「我々は……」

「君たちは、第二号の準備だ。そうだ、君、一本原稿を書いてくれ。『エースができるまで』だ。我々の心意気と苦労を原稿にしてくれないか？」

「そういう原稿なら社長が……」

「どこの世界に、社長が自分で原稿を書く出版社がある」藤見が豪快に笑う。「頼むぞ。私は営業の方と、今後の展開を相談する。皆に、増刷の件は伝えておいてくれ」

「雑誌王」と呼ばれる男をこれほどまでに興奮させるのだから、「エース」というのは素晴らしい雑誌なのだろう。

そして「エース」創刊号の部数は、最終的に七十五万部まで伸びていくことになる。

第十章　明日へ

「エース」創刊二年目、大正十四年の秋――午後、編集部での打ち合わせを終え、ほっと一息ついているところへ、「市民公論」の杉田《すぎた》から電話がかかってきた。

緑岡《みどりおか》が死んだ。

「いつだ？」松川《まつかわ》は意識して声を低くして訊ねた。

「今朝だ。八時十五分」杉田が惚けたような声で答える。「ご家族や社長と相談して、今、連絡を回している。明日が通夜、明後日が葬式だ」

「そうか、分かった」松川はうなずいたが、自分が葬式に参列していいかどうか分からなかった。

「来いよ」杉田が松川の気持ちを読んだように誘う。「緑岡さん、お前のことをずっと気にしていたぞ。『エース』を読んで、よくやったと褒めていた」

「しかし……」

「お別れなんだぞ！」杉田が声を張り上げる。「緑岡さんはもういない。お前も、けじめをつけたらどうだ」

「――分かった」

勢いに押されて言ってしまった。そして電話を切った瞬間、殴られでもしたように、頭がぐらぐらする。緑岡が死んだ――あの緑岡が。病で弱っている姿を見てはいたのだが、その時も死ぬとは思えなかったのだ。緑岡には、生命力の強い野獣のような一面がある。だから病から立ち直って、また「市民公論」編集部で指揮を執るようになるのでは、と勝手に想像していた。

甘い考えだった。

「松川君、ちょっと」いつの間にか編集部に来ていた藤見《ふじみ》が声をかけた。何だ？　今は誰かと話したい気分ではない……。

「松川君？」

もう一度呼ばれ、慌てて立ち上がる。その顔を見て、藤見がぎょっとした表情を浮かべる。

「どうした……幽霊でも見たような顔だぞ」

「『市民公論』の緑岡さんが亡くなりました」

小声で言ったのだが、誰もに聞こえてしまったようで、編集部にどよめきが満ちる。藤見の顔からは血の気が引いた。

「いつだ？」

「今朝です。詳しいことはまだ分かりませんが、『市民公論』にいる友人が知らせてくれました。明日が通夜――」

「これから行くぞ」藤見が松川の言葉を遮った。

「社長、それではご家族に迷惑が……」

「君は、通夜で、故人ときちんとお別れできたことがあるか？　ないだろう。いつもばたばたと焼香して終わりだ。ちゃんとお別れしなさい。私も行く」

「しかし……」

「けじめだ！」藤見が大声を張り上げる。「人生にはけじめが必要だ。今がまさに、その時じゃないのか？」


さすがに、大勢で緑岡の家に押しかけるわけにはいかない。今回は松川と藤見、それに少年社員の西村《にしむら》の三人だけだった。藤見は西村に目をかけていて、最近はずっと自分の側におき、秘書のような仕事をさせている。いずれ大学にやって、創建社《そうけんしゃ》の正社員として迎え入れる腹づもりのようだ。

その西村は異常に緊張している。業界の著名人の自宅へ行くのは初めて——藤見は除いてだ——なのだろう。

緑岡の家は久しぶり——見舞いに行った時以来だった。「市民公論」時代には頻繁に来ていたものだが……会社ではなくこの家こそが編集部だった感じもある。

杉田が驚きの表情で出迎えてくれた。

「お前、通夜は明日——」

「忙しくならないうちに、お別れのご挨拶だけしておこうと思って……創建社の藤見社長だ。社長、『市民公論』編集部の杉田君です」

「この度はご愁傷様です」

藤見が深々と頭を下げる。おかしな話だが、人が亡くなった時に、これほど立派に悔やみの言葉を言える人は滅多にいないだろう、と松川は思った。

「お別れの挨拶だけさせてもらってよろしいかな。ご家族にご迷惑でなければいいのだが」

「大丈夫です。ご案内します」

通されたのは、まさに「編集部」に使われていた緑岡の部屋だった。いつの間にか、この部屋にあった大量の骨董はなくなっている。図書館を作れそうなほどの本も……死を予期して片づけてしまったのだろうか。

布団に寝かされた緑岡は、松川が知っている緑岡ではなかった。体が半分ほどに縮んでいる……すっかり痩せて、別人のようだった。髪もほとんど抜け落ちてしまい、まるで七十歳の老人だ。

藤見、松川、最後に西村が線香を上げ、改めて杉田に話を聞く。

「緑岡さん、会社は正式に辞めていたんだ」

「そうなのか……」

「会社に迷惑はかけられない、と。だから今、『市民公論』は俺たちで回している。でも月に一回は、緑岡さんに会って報告をしていた。先月号までは、指示もしてくれていたんだけど、そのあと、ほとんど寝たきりになって、話もできなくなった」杉田が、目の端を指で擦《こす》った。「あの緑岡さんが、こんな風に弱ってしまうなんて、想像もできなかったよ」

「ああ……」

「緑岡主幹は、偉大な出版人だ」藤見が重々しい口調で言った。「私も、見習うところは多かった。大事な人を失って、残念としか言いようがない」

「ありがたいお言葉です」杉田が頭を下げる。

「何か、うちでお手伝いできることはないかな？　葬儀の手伝いでも何でも、やらせてもらう」

「それは、緑岡家と市民公論社で何とか……お気持ちだけ、ありがたくいただきます。通夜や葬儀に来ていただけるだけで、ありがたいです」

「奥様にご挨拶させていただけるかな」

「はい……少しお待ちいただけますか」

杉田が部屋を出て行き、何故か松川は気まずい雰囲気を感じていた。その源泉が藤見の涙だとすぐに分かった。

「社長……」

「いや」藤見が鼻をすする。「緑岡主幹とは、色々な場所で一緒になった。雑誌作りに対する考え方は全然違っていたが、参考になる話も多かったよ。しかし、『市民公論』のような雑誌は私には作れない——君はよく頑張ったな」

「無礼をして出ていくことになりましたが」

「若い時にはよくあることだ」

ほんの数年前の出来事なのに、はるか昔のように感じられる。そう、さながら自分がすっかり老人になってしまい、学生時代の出来事を思い出すような……急に疲れを覚えた。

ふと空気が変わる。緑岡の妻が来たのかと思ったら、入ってきたのは菊谷聡《きくたにさとし》だった。

「菊谷さん」藤見が声をかける。

「社長、どうも……緑岡さんにご挨拶させていただいてよろしいですかな」

「どうぞ」

菊谷が、枕元に正座する。亡骸の顔に自分の顔を近づけ、凝視したまま胸のところで手を合わせた。さらに深く一礼すると、藤見に向き直る。

「残念なことでした」菊谷が切り出す。「闘病中で、ほとんど会えていなかった」

「最後にお会いになったのは？」

「もう一年前ですよ。その時には、主幹自ら原稿を頼まれた。その原稿を巡ってあれこれやり取りしたのが最後ですね……病気のことは聞いていたが、彼のことだから、元気になると思ってましたよ。また人力車に乗って原稿を取りに来る——若い作家を励まして、書かない奴の尻は蹴飛ばして」

「こんな編集者は、二度と出てこないでしょうね」藤見が応じる。

「一つの時代の終わりですよ。これから、日本の民主主義を守っていく役割は、誰が負うのか……『市民公論』も、今までと同じようにはいくまい。主幹の抜けた穴はあまりにも大きい」

「菊谷さんは、緑岡さんとは想い出が多いでしょうね」

「数え切れないぐらい……昔は、ずいぶん喧嘩しましたよ。ただ、今思うとどうでもいいことが原因だったね。若い、血気盛んな者同士が、意地になっていただけだ」

「緑岡さんも引かない人ですからね」

「その引かない様を間近で見て、私も影響を受けました。ある意味、喧嘩の仕方を教えてくれた人とも言えますな」

菊谷が来たせいで、場が急に賑やかになった。これが通夜なら、酒を呑みながら故人を偲ぶところだが、今日はそういうわけにはいかない。緑岡の妻と三人の娘に挨拶して、早々に引き上げることになった。

家を辞すると、それまで松川を無視していた菊谷が、急に声をかけてきた。

「『エース』は面白い雑誌になったな」

「ありがとうございます……でも、褒めるなら藤見さんを」

「社長を褒めてどうする」菊谷が声を上げて笑った。「作家は、編集者を褒めるもんだ。そうすると、必ず便宜を図ってもらえる」

「私はそんなことはしませんよ」

「だろうな。しかし君も、歳を取って少しは変わっただろう。普通は柔らかくなるんだろうが、どうかね」

「自分では分かりません」

「とにかく」菊谷が話を引き戻した。「『エース』は、これぞ雑誌という感じだな。小説から小話、論説に川柳。付録までついている。雑多な作品が載っているから雑誌――分かっていても、必ずしもそういう雑誌が作れるわけじゃない。しかし『エース』は、まさに私たちが想像する雑誌そのものじゃないか」

「……ありがとうございます」菊谷の真意が読めず、松川は礼を繰り返すしかなかった。

「志方《しかた》に書かせたのは君か」

「――はい」

「やっぱり志方はいいものを書くな。ま、私は一読者として楽しませてもらおう」菊谷が平然と言った。

「志方さんと話す気はないですか？」

「まさか」菊谷が声を上げて笑った。「志方は、まだまだ『文學四季』に書くまでの腕はない。これから修業を積んで、もっとよくなったら書いてもらうよ。それより君、どうして私に原稿を頼まない？」

「はい？」松川は耳を疑った。

「新雑誌の創刊は、祭りみたいなものだ。そこに私を参加させないとは、けしからんとしか言いようがないな」

「失礼しました」菊谷に原稿を依頼することも検討されてはいたのだ。ただし、「文學四季」を切り盛りしながら、他の雑誌にも原稿を書いている菊谷にさらに頼むのは無理、という結論になって、依頼はしなかったのだ。菊谷とはいえ、他の作家と違う特別扱いはできない。もちろん、創刊号に菊谷の連載第一回が載っていれば大きな売りになったのだが、連載全編を一気にもらうという条件を菊谷が呑むことはあるまい、という判断だった。かといって、短編というわけにもいかない。菊谷ほどの重鎮が「エース」に書くなら、やはり読み応えのある大型連載だろう。

「お願いしたら書いていただけますか？　連載で」

「それは構わんよ。藤見さんのためにも書かせてもらっていい」

「ただし、連載の場合、書き上げて全部を一気にいただくことにしています。原稿料は他誌の二倍払いますが」

「一気に全部？」菊谷が立ち止まる。

「はい」

「原稿料二倍？」

「そうです」

「これはまた……」菊谷が藤見に目を向けた。「創建社さんは、よほど金に余裕があるんですな」

「先行投資ですよ」にこやかな顔つきで答えてから、藤見が松川に視線を向けた。「せっかくだから、本当に菊谷さんに原稿をお願いしよう。新しい代表作になる、大長編がよろしいですな。二年ぐらい連載していただいてもいいですよ」

「それは……」菊谷が苦笑する。「二年間連載するとなると、その分の原稿を一気に渡す？」

「そうなりますなあ」

「ま、ご相談ですな」菊谷が逃げ腰になった。「そういう書き方は、やったことがない」

「菊谷さん、我々の仕事も日々変わっています」松川は静かな声で言った。「『エース』はそういう方針でやっている、それだけのことです。どうかお考え下さい。また……ご相談させていただきます」

「断る」菊谷があっさり言ったが、目は笑っていた。

菊谷との和解は、これで成ったのかどうか。

日々は流れていく。人も変わる。自分はまだ道の途中だ、と松川は実感していた。


「しかし、驚きましたよ」志方が目を見開いた。「百五十万部とはね……日本人のほとんどが『エース』を読んでいることになるんじゃないですか」

「そこまでではないですが、正直、こんなに部数が増えるとは思いませんでした」

松川は遠慮がちに言った。「エース」が創刊された大正十三年当時は、創刊号で五十万部刷ったことに驚き、十万部ずつ増刷がかかって目を見開き……当初の目標だった百万部は、昭和三年の新年号で、あっさり達成できた。そして一年も経たない昭和三年十一月増大号は、何と百五十万部。日本出版史上、類を見ない数字になった。

増大号には菊谷の連載も載っていて賑やかだった。菊谷は「俺の小説が載ればさらに売れる」と笑っていたが、百五十万部と聞いて絶句した。おそらく世界でも、百五十万部も出ている雑誌はないのではないだろうか。これを記念して、藤見から編集部員には一人百円の報奨金が出ていた。これも大盤振る舞い……妻と子に美味いものでも食べさせようと思っていたのだが、その前に志方にうなぎを奢ることにした。

「しかし、どうして百五十万部も売れるんですか？　他の雑誌とは一桁違うでしょう」

「お金をかけているからですよ」松川は正直に言った。「宣伝費も、他の雑誌の十倍にはなります」

「そんなに？」

これは大袈裟でも何でもない。新聞への広告はもちろんのこと、全国の書店に配った幟旗が大きかった。あれで、道ゆく人たちに「今日は発売日だ」と大々的に宣伝することができる。

「あとはもちろん、作家のみなさんにいい作品を書いていただいているのが一番ですよ。いい作品が載っていれば、誰でも読みたいと思います」

「私ね、実は『生活百科』を愛読しているんですよ」志方が恥ずかしそうに言った。

「そうなんですか？　意外です」

家事のちょっとしたコツを紹介する毎号恒例の企画で、大昔から行われてきた掃除のやり方を科学的に分析したり、最新の料理方法を絵つきで解説したりしている。主婦向けの企画と思っていたのだが、志方のような人間も読んでいるとは。

「いやいや、参考になります。その雑誌でしか読めない記事を、読者は毎月の楽しみにしているんです」

「読者を喜ばせるのが一番です。だから頻繁に懸賞もやるんですけど……それに惹かれて購読してくれる読者もいますよ」

「懸賞、すごいですよね。この前載っていた犯人当ての推理小説、賞金総額千円でしょう？」

「それも、作品自体が面白いからですよ。これから江戸《えど》川乱歩《がわらんぽ》さんや大下宇陀児《おおしたうだる》さんにも、懸賞小説をお願いしようと思っています」

「金がかかりそうだなあ」

「そういうことには費用を惜しまないのが、『エース』の方針ですから」

「まったく、景気のいい話ですねえ。原稿料も上げてもらって」志方はまだ信じられないといった様子だった。

「それは、志方さんの小説が売れて、我が社に利益をもたらしてくれたからです」

「いやいや……」

志方の身の回りにも大きな変化があった。「エース」創刊号から鳴り物入りで連載が始まった「嵐の日々」は、連載時から大きな話題を呼んだ。単行本になってからも続々と版を重ねている。藤見も大喜びで、「志方の原稿料を上げろ」と指示まで飛ばしたのだ。

しかし、原稿をもらわなければ、原稿料を渡すこともできない。「嵐の日々」の連載が終わって以降、志方は「エース」には短編を何本か書いているだけだった。その中の二本は大学野球を舞台にしていたが、最初の予定と違い、連載にはなっていない。「嵐の日々」で自分の内心と向き合った志方は、もはや呑気に野球の話を書く気にはならないようだ。

志方は一年前、ようやく東京へ戻って来た。実家の商売も安定しており、志方も小説でかなりの収入があったので、夫婦二人で東京で暮らしていくにも問題ない、と判断したのだろう。実家の薬種問屋では、せめて志方の妻だけでも残ってくれないかと本気で懇願したそうだ――それほど商売では戦力になっていた――が、志方が「夫婦二人で東京で頑張りたい」と言って戻って来たのだった。

ただし実際には、二人ではなかった。夫婦には、男の子が生まれていたのだ。東京へ戻ってきてから、松川との会話は、どうしても子どもが中心になってしまう。松川の長男・博太郎《ひろたろう》はもう小学生になっていたから、松川家では子育てをどうやってきたか、という話題が多い……松川は子育てを妻に任せっ放しだったので、言えることはほとんどなかったのだが。

「そろそろ、新しい連載をお願いしたいですね」松川は本題に入った。

「『エース』に書きたい人はたくさんいるでしょう。私が入る隙間があるかな」

「もちろんですよ。志方さんならいつでも歓迎です」

「じゃあ、そろそろまた……ところで、連載の場合は最初に一括で原稿を渡す、という決まりは変わっていない？」

「はい、『エース』の基本です。それで何とか、あれだけのページ数を維持しているんですよ」

「どうせなら、今まで書いたことのない話が書きたいですね」志方が杯を干した。徳利から熱燗を注ぎ足したものの、杯はそのままテーブルに置く。もうかなり酔いが回っていて、酒はたくさん、という様子だった。

「何かお考えはありますか？」

「女性の主人公」

「え？」おかしな声で相槌を打ってしまい、慌てて咳払いする。志方といえば「弱い男」の心理劇が十八番《おはこ》なのだが、女性となると……もちろん、男性作家が女性を主人公にして書くことだって少なくないのだが、志方の場合、果たしてどのような作品になるのだろう。

「強い女性を書いてみたいですね」志方は真顔だった。「まさにこれまでと逆になります。弱い男が強い女性に振り回される——それが今までの私の小説だった。でも、女性の側から見れば、女性が男性の弱さに振り回されていることになるんじゃないですかね。世の中、そういうことで困っている女性がいるでしょう」

「――奥さんとかですか」

「分かります？」志方が困ったような声を出した。

「奥さんだけ実家に残って、という話は、志方さんに影響を与えたんじゃないですか」

「正直ね、うちの妻は本当に優秀です。お金に強いし、愛想もいい。男だったら、大店を任せられるような人間ですよ。それが、私のように情けない人間に摑まってしまってねえ……」志方が溜息をついた。

「例の女性の件は……」

志方が周囲をキョロキョロと見回した。夕方、まだ混み合う前のうなぎ屋……こちらの話に注目している人もいない。

「それは、妻は知らないままですよ」

「小説を読まれても？」

「小説と実生活は別だと思ってるんですよ」

実際は、薄々感じとっているのでは、と松川は想像していた。妻という人種は、概して鋭い。毎日顔を合わせる夫の微妙な変化に簡単に気づくものだ。

「男女を逆転させて……という設定は分かりました。でも、どんな話にします？」

「野球」

「やっぱり野球が書きたいんですか？」

「女性はどうして野球をやらないんですかね」志方が逆に質問した。

「それはやっぱり……危ないからじゃないですか？　ボールは硬いし、あんなものが顔に当たったら大怪我する」

「でも、相撲じゃないんですから。体格がまったく違う相手と正面からぶつかるわけじゃない。野球が大好きで、自分でも野球をやりたいと思っている若い女性が、その夢を叶えるために悪戦苦闘する話。どうですか？　若い人たちに読んでもらいたいな。それで、夢見ることの大事さを知ってもらえれば」

「善導、ですね」

「そんなに偉そうなことじゃないですけどね。どうです？　考えてもらえませんか？」

「もちろんです。でも、どんな話になるか、想像もつかないな」

「いやあ、楽しみにしてもらっていいですよ」

志方はいつの間にか、自信を身につけたようだった。本が売れたことで、自分の才能が本物だと確信したのか、今考えている女子野球の話が本当に面白いと信じているのか。しかし、志方がこれだけ積極的になっているのだから、しっかり後押しして、作品に昇華させないと。

「それともう一つ……お願いがあるんですがね」志方が遠慮がちに切り出した。

「何ですか」

「菊谷さんに会わせてもらえませんか？」

「頭を下げる気になったんですか？」松川は目を見開いた。

「頭を下げるというか……まあ、お会いして話がしたい、それだけです。『文學四季』に書かせて欲しいとか、そういうことじゃないんですよ」

松川は数年前——緑岡が亡くなった時に菊谷と話したことを思い出した。志方に「これから修業を積んで、もっとよくなったら書いてもらう」と言っていた。志方を許したわけではないが、拒否もしていない、という感じだった。少なくともあの時は。

菊谷に会わせるなら、きちんと約束をしてからの方がいいか、それともいきなり会社を訪ねるのがいいか。

「少し考えさせて下さい。菊谷さんが機嫌よく会ってくれる方法を考えますから」

「お願いします」志方が頭を下げた。「正直、私もこの先この世界で生きていくためには、菊谷さんと拗《こじ》れているのはよくないと思うんですよ」

「ええ」菊谷が、現在の文壇最大の実力者なのは間違いない。「会ったら、やっぱり謝った方がいいと思いますよ。何年も前の酒の席での出来事とはいえ、菊谷さんは記憶力がいい。ただし、低姿勢でくる人に対しては鷹揚《おうよう》です」

「子分が欲しいだけ、という感じにも聞こえますよ」

「面倒見がいい、という意味です。では、この件はまた改めて連絡しますから、連載のこと、考えておいて下さいよ。いつでも相談に乗りますから」

うなぎが焼き上がって、雑談は中止になった。志方は本当にうなぎが好きで、いつも一気に平らげてしまう。まるで、喋りながら食べるのはうなぎに失礼だ、とでも信じているような感じだった。

また面倒な仕事を引き受けてしまったな、と思う一方、気持ちが盛り上がっているのも感じた。こういう厄介な仕事を一つ一つ解決していくことこそ、編集者の醍醐味ではないか。

佐山《さやま》が昭和二年に自死を選んでから、一年以上が経った。一周忌は、佐山が亡くなった七月に身内だけで行われたのだが、年末には、佐山とつき合いのあった編集者が集まって「偲ぶ会」が行われることになった。その幹事役をおおせつかった松川は、仕事に追われながら、店の手配などをこなした。

忙しいのは、昭和三年の秋から、「エース」の副編集長に任じられていたせいもある。これまで担当していた作家は徐々に若手に引き継ぎ、新規の担当を引き受けることはない。その代わりに、誌面全体を企画して、広告の案を考え、販売部とも売り方を相談するという、これまでにない仕事が中心になってきていた。それでも、志方の女子野球小説だけは自分で担当する予定だった。

佐山を偲ぶ「秋桜忌《しゅうおうき》」は、十二月十五日に無事に開催された。佐山が好きだったコスモスの花にちなんでこの名前になったのだが、さすがに十二月になると、もうコスモスは咲いていない。もう少し早く開催して、会場一杯にコスモスの花を飾りつける……という演出があればよかったと松川は後悔した。

秋桜忌では、佐山と最も親しい作家である菊谷が主催者になった。最初の挨拶に立ったのも菊谷だった。

このところ、菊谷は老けた感じがする。まだ三十九歳なのだが、既に老大家、という感じがしないでもない。最近はとみに趣味の麻雀に熱を上げていて、徹夜続きで疲れているという噂もあったが。

「皆さん、本日はお集まりいただき、ありがとうございます。佐山の友人代表として御礼申し上げます。早いもので、佐山が亡くなって、もう一年以上が経ちました。しかし私同様、皆さんも佐山が何故亡くなったのか、未だに釈然としていないと思います。とはいえ私は最近、これを佐山流の洒落ではないかと考えるようになってきました。と申しますのも、意外に思われるかもしれませんが、佐山は亡くなる数年前から、外国の探偵小説を愛読していました」

そこで「おお」という驚きの声が上がる。佐山と言えば短編の名手、切れ味鋭い文章で、短い作品の中に人生の機微や真実を埋めこむ——本人も、自分の作品は後世に残る芸術のようなものだと思っていたはずだ。それが、暇潰しで読まれるような探偵小説を愛読していた？　これは松川も初耳だった。

「ほら、驚くでしょう？」菊谷が悪戯《いたずら》っぽい声で言った。「私も驚きましたよ。初めてあいつの家でシャーロック・ホームズを見つけた時には、何だこれは、と思いました。誰か知り合いが忘れていったのではないかと……でも佐山は、突然シャーロック・ホームズについて熱っぽく語り始めましてね。こういう種類の探偵小説は、読者にとっては頭の体操というだけではない。人間の欲や闇を描くための道具が探偵小説なのだ。そして、十九世紀から二十世紀にかけてのイギリスの社会・風俗を知るために、シャーロック・ホームズ以上の教科書はない、と。どうも、知り合いに勧められて仕方なく読んでいるうちに、引きこまれてしまったようですね。亡くなる前は、会う度に探偵小説の話をされて、辟易《へきえき》していましたよ。そんなに面白いなら自分でも書けばいいじゃないかと言ったら、あいつ、何と言ったと思いますか？　俺の頭では思いつかない、です。佐山の小説と探偵小説では、発想方法が全然違うから、佐山が書けなくて当たり前だと思うけど、結構真剣に悩んでいる感じでした。だから私は、シャーロック・ホームズのせいであいつが死んだと思ってるんだけどね……あるいはあいつの死そのものが、あいつがしかけた謎かもしれない。小説ではなく、実際の生活の中の謎ということです。まあ、本当のことは誰にも分からない。一つだけはっきりしているのは、ここに集まった人間は誰もが、佐山と佐山の小説を愛しているということです。今日は語らいつつ、佐山への想いを確かめましょう。では、献杯！」

日本酒をすっと呑み、松川は自然に拍手した。菊谷は、こういう時の喋りが本当に上手い。今のシャーロック・ホームズの話が本当かどうかは分からないが……菊谷なりのサービスかもしれない。

松川は隣に座る杉田に、その話を確認してみた。

「いや、本当だと思うよ」杉田が真顔で返す。

「そうなのか？」

「俺も佐山さんの家で、シャーロック・ホームズを見たことがある。俺は何も聞かなかったけど、菊谷さんはさすがだな。小さな疑問を見つけて、気になったらすかさず聞いてみる——そんな風に小回りが利くから、いい小説を書けるんだろう」

「そうか……ところで、そっちは大丈夫なのか？」

「いや、あまりよくはないな」杉田の表情が渋くなる。

「社長と上手くいってないのか」

「まあな」

緑岡の死後、「市民公論」の部数はじわじわと減っていった。緑岡時代と同じように、普選を旗頭に誌面を作っていたのだが、松川から見て、かつてのような勢いは感じられなかった。赤字が続き、前社長の芦田《あしだ》はとうとう、会社を手放してしまった。その跡を継いで社長になったのが、「市民公論」の編集長になっていた三浦《みうら》である。三浦は、松川が「市民公論」を辞めた後で入ってきた人間なのだが、かなりやり手なのは間違いない。以前から社にいる杉田たちを追い越すような形で、編集長、そして社長の座についたのだから……しかしその三浦にして、赤字経営からの脱却はなかなか難しいらしい。

「俺は、年明けから編集長なんだ」

「三浦さんは？」

「社長業に専念するらしい。兼任でやれるほど『市民公論』の編集長職は簡単じゃないよ」

「そりゃそうだ」

「『エース』はいいな。百五十万部なんて、想像もつかない数字だ。給料もだいぶいいんじゃないか？」

「驚くほどじゃないよ」実際には、「市民公論」時代の五割増し、という感じだ。しかも経費の制限はないに等しい。そういう意味では、間違いなく恵まれている……金の心配をせずに好きな仕事ができるのだから、こんなにいいことはない。編集者にとって天国のような環境だと言っていい。そういう評判が広まっているせいか、最近は「エース」の編集部に移籍したいという相談をよく受ける。ただし藤見は「来る者拒まず」という姿勢ではない。藤見は、ゼロから人を育てる方に興味があるのだ。だから今、「エース」編集部に入ってくるのは、学校を出て創建社に就職した若い人間だけである。他の出版社からの移籍組は、創刊時の部員を除けば一人もいなかった。

「しかし、佐山さんの件はまだ衝撃だよ。未だに信じられない」杉田が零《こぼ》す。

「ああ……でも、危うい感じはあったよ」松川は低い声で言った。「あれだけ睡眠薬を常用していたら、体調も精神状態もおかしくなるだろう」

日本を代表する作家と言っていい佐山の自死は、世間にも大きな衝撃を与えた。薬を服《の》んでの自死なのだが、公開された遺書の一部がまた、世間の不安を掻き立てたのだ。

「世間に漂ふ曖昧な不安に耐へきれない」

その一文は、普通の人が抱く不安感を見事に表現した、と言われたものだ。景気は悪くない、新しい元号で新しい時代が来たと世間が沸き立つ中での、佐山の自死。松川も、彼の感覚の鋭さに驚いたものだった。そう、今は誰もが薄い不安を感じている。日本はこの先、どうなっていくのか、明確な指針がないまま、ただ生きていく——佐山は、自身の作品の行方なども含めての不安を表明したのだろうが、それが世の中の人が抱く感覚と一致したわけだ。

佐山は、浮世離れして、小説の中にだけ住んでいた作家ではない。世の中の出来事や空気を受け入れ、自分なりに咀嚼《そしゃく》して——いや、咀嚼はできなかったのだろう。悩み、不安に陥り、そして自ら死を選んだ。

そう考えていると、どうしても気分が暗くなる。隣にいるのが杉田というのもよくないのかもしれない。編集長になるのは、雑誌の編集者としてはこの上もない栄誉だろう。「雑誌は編集長のもの」と言われる通り、編集長の思想や好みで雑誌の内容を決めていいのだ。多くの——何十万人もの人が読む雑誌に、自分の思想を反映させるのは、編集者冥利に尽きるだろう。

しかしその雑誌が赤字続きとなったら、話は別だ。何とか黒字にするために、読者に迎合するような内容にしなければならないかもしれない。それが悔しいことは、松川にも簡単に想像できる。今、「エース」では自分たちが作りたい雑誌と読者の好みが合致している。いや、ありとあらゆる記事や小説を揃えているからこそ、子どもからお年寄りまで、家族全員で読めるような雑誌になっているのだが。

「ご無沙汰してます」

声をかけられて顔を上げると、玉田《たまだ》と塔子《とうこ》が笑みを浮かべている。懐かしい顔……「文學四季」を辞めてからは、数えるほどしか会っていない。風の便りで、二人とも元気でやっていると は聞いていたが。

「やあ」二人の顔を見ると、つい表情が崩れてしまう。「久しぶりだね。元気でやってるか?」

「ええ。子どもが二人産まれて大変ですよ」玉田がうなずく。

「そうか、結婚したんだったな……菊谷さんは、給料を上げてくれたか?」

「多少」苦笑しながら、玉田は親指と人差し指を少しだけ開いて見せた。「ま、何とかなってます」

「三原《みはら》さんは? 編集に戻ったと聞いたけど」塔子に質問を向ける。

「私は相変わらず独り身です。仕事ばかりで、結婚する機会なんかなかったですよ」

「何だったら紹介するよ。うちの若い編集者とか、どうだ?」

「同業者は遠慮させて下さい」塔子も苦笑する。「お互いの仕事が分かっているから、何となくやりにくいと思います。今は、仕事だけでいいですよ」

「三原君がいないと、『文學四季』は回りませんよ」玉田が打ち明けた。「今や会社の大黒柱だ。女性作家は、三原君に任せきりですからね」

「最近『文學四季』に女性作家の作品が多いのは、三原君の手柄か」

「女性のことは女性の方が分かりますから」塔子が笑う。「でも、女性作家の方と仕事をしている方が気が楽ですね。変に酒を勧められたり、お尻を触られることもありませんから」

「そんなことが?」松川は目を見開いた。「そんな失礼なことがあったら、相談してくれればよかったのに」

「どこでも当たり前だと思ってました」

「まあ、そういうことはあるけど……申し訳ないな。相談に乗れなくて」

「今は全然平気ですよ」塔子が爽やかな笑みを浮かべた。「そのうち、男性作家なんて、全員追い出しちゃいますよ。これからは女性の時代です」

「威勢がいいねえ」

「威勢がいいのは、松川さんの方でしょう。『エース』、百五十万部なんて、本当に驚きました。でも私、最初は馬鹿にしてたんですよ」

「そうなのか？」

「何というか、まとまりのない雑誌だなと思って。これが『エース』だって言えるものが何なのか、分からないでしょう。漫画まで載ってるし」

「これは手厳しい」松川は苦笑してしまった。仕事に自信を持ったせいか、塔子は昔よりもずっとはっきり物を言うようになっている。菊谷も苦労しているのではないかと想像すると、何だか愉快な気分になってきた。しかし敢えて笑顔を押し潰し、真顔で続ける。「そう、何でもあるのが『エース』だ。敢えて言えば、それこそが『エース』の特徴なんだ」

「分かったような、分からないような、ですけど」

「でも、家族全員、必ず何か読むものがある」

「確かに……」

「そういう雑誌を作りたかったんだ。そういう意味では成功していると思うよ。僕も、これまで会う機会がなかったような人に会えて楽しい」

例えば徳川《とくがわ》夢《む》声《せい》だ。彼は今でも巻頭随筆を書き続けており、その軽妙な文章で人気を博している。「読む漫談」と呼ぶ人もいる。好評なので、今度、随筆を集めて本にすることも決まっていた。そして松川には新たな狙いがあった。夢声に小説を書いてもらうのだ。あの語り口で小説が書けたら、これまでにない作品になるだろう。徳川の話術を味わうには、映画館で彼の説明を聞くしかないが、本になればより多くの人に彼の「語り口」が届くはずだ。彼の場合、話の内容そのものよりも「語り」に面白みがある。まったく新しい作家の誕生に立ち会えるかもしれない、と松川は楽しみにしていた。

「最近、景気はどうなんだ？」松川は一歩踏みこんで玉田に聞いてみた。

「いやあ、相変わらず菊谷先生は面倒見がよくて」玉田が苦笑する。

「若い作家の面倒を見てるのか」

「雑誌で儲けた金が、そっちに流れてしまいますよ。でも、若い作家を育てるのも仕事だと思います」

「そうだよな……」

後進の教育として、夏井《なつい》が立ち上げ、創建社が金を出した「本郷文学塾」も形になってきた。既に開設から四年、今でも本郷の夏井邸で開催されているが、そこの塾生から二人、作家が生まれている。塾に入った時にはまだ女学生だった安井《やすい》操子《みさこ》は、東京の若い女性の浮世離れした生活ぶりを奔放に描いた「大正の乙女たち」を「市民公論」に発表している。また、横浜正金銀行で働く中年男性の君津真《きみつまこと》は、自身のロンドン赴任時代の出来事を小説にまとめ、「文學四季」に掲載されていた。

しかし、めでたい話に藤見は怒りを顕わにした……藤見は最初「金は出すが口は出さない」と言っていたのだが、自分が金を出して運営されている学校から巣立った二人が、創建社に書いていないことで、頭に血が上ったようだ。「三人目は絶対にうちに書かせろ」が、最近の口癖である。

「本郷文学塾」は、働きながら小説を学ぶ人にも開放されているので、週末の夕方から夜にかけて開催されている。そこに手間を取られている分、夏井の執筆量は減っているのだが、決してこれで引退という感じではない。若い作家志望者と触れ合うことで、彼自身、いい刺激を受けているようだ。ただし、ここに通っていた人妻と一時いい関係になってしまったのは計算外……夏井は、そちら方面にはあまり熱がないと思っていたので意外だった。松川は必死に火消しに走って、何とかことなきを得たのだった。

その話を聞いた藤見は、無言で首を横に振るだけだった。そういう厄介ごとは、文壇では日常茶飯事で、一々驚いても悩んでもいられないとでも言うように。

秋桜忌は二時間ほどでお開きになった。賑やかな会合で、とても故人を「偲ぶ」感じではなかったのだが、これはこれでいいのだろう。湿っぽくなるだけが、こういう会合ではない。あの世にいる佐山は、人前に出たり、賑やかな場が苦手だったから、どう思っているかは分からないが。

さて……今日の本当の仕事はこれからだ。

会場になっていた料理屋を出ると、松川は周囲を見回した。電信柱の陰に、志方が身を潜めている。あれで見えないと思っているのだとしたら、馬鹿げている。志方の体は、ほとんどが電信柱からはみ出してしまっているのだ。近づき、声をかける。

「志方さん」

「菊谷さん、どうでした？」志方が声をひそめて訊ねる。

「いつもと同じですよ」

「酒を呑んで機嫌が良いということは……菊谷さんは、酒は呑まないか」

「だからいつも通りです。特にしんみりした様子ではなく、佐山さんの想い出を明るく語っていましたよ。準備、いいですね？」

「ああ」志方が肩を二度、三度と回した。

「そんなに気負わないで……普通にいきましょう。今夜は挨拶だけで、面倒な話は抜きですよ。少し物足りないなと思うぐらいが、後々上手くいきます」

「松川さん、こういうのに慣れてるんですか？」

「人と人の仲介をすることは多いですから……来たな」

途端に志方が緊張するのが分かった。菊谷は大勢の編集者を引き連れて出てくる。酒は呑まないが上機嫌——自分を慕ってくれている人たちに囲まれていれば、素面《しらふ》でも幸せな酩酊感を得られるのだろう。

「行きますよ」

「ちょっと待って」

振り返ると、志方が両手で胸を押さえて深呼吸していた。大袈裟な……松川は笑いながらまた声をかけた。

「そんなに身構えることはないですよ。挨拶だけです、挨拶だけ」

「はあ、まあ……」

松川は志方の手を摑んで、菊谷の方へ引っ張っていった。

「菊谷先生」

声を張り上げて呼びかけると、菊谷が立ち止まる。松川はさらに力をこめて志方を引っ張った。

「先生、志方さんです。ご挨拶したいというので、お連れしました」

「君は、麻雀はやるか？」

「は？　ええ、はい」突然問われて、答える志方の声がひっくり返る。

「よし、今日は佐山の追悼麻雀だ」

佐山は麻雀に縁がなかったのだが……結局菊谷は自分の好きな麻雀で、賑やかに佐山を弔いたいのだろう。

「松川君は……麻雀はやらないな」

「私は、ああいう勝負事には興味がありません」

「相変わらずつまらん男だな」菊谷が豪快に笑い飛ばした。

松川と志方は、菊谷たちの一団について歩き始めた。菊谷は大声で、今日はどこでやるかを話している。この中の大部分の人間が、菊谷の趣味につき合うのだろう。

「松川さん、私、麻雀はルールが分かるぐらいですよ。素人も同然だ」志方が心配そうに言った。

「菊谷さんの麻雀は千点十円です。そんなに高くないレートだから、身ぐるみ剝がされるようなことはありませんよ」

「千点十円……困ったな。今日はそんなに持ち合わせがないんだ。松川さん、ついてきてくれませんか？」

「私は麻雀はやらないんですよ。ああいう場も嫌いでしてね。でも、心配しないで下さい。菊谷さん、好きだけどそんなに強いわけじゃないから。それに負けたら、お金は借りにしておけばいいんです。そうしたら、また次に会う理由ができるじゃないですか」

「松川さん、よくも次から次へと考えが浮かびますね」

「考えることが商売なので。じゃあ、頑張って下さい。わざと負けて、接待麻雀をしようとしても無理ですよ。菊谷さん、強くないのに、そういうのは敏感に見抜くから」

「はあ……」

「また連絡します。連載の件もお願いしますよ。できたら、来年半ばぐらいには始めたいですね」

「そんなに早く？」

「半年あります。半年あれば、たいていのことはできますよ。じゃあ、頑張って下さい。もしも菊谷さんに勝ったら、今度は奢って下さいね」

「松川さん……」

「はいはい、頑張って」松川は志方の背中を軽く叩いた。志方がよろめき、何とか姿勢を立て直して、菊谷たちの集団に合流する。すぐに他の編集者が志方に気づき、話しかけ始めた。それで志方も、少しは緊張が解けた様子である。

志方については「自分が育てた」という意識も強い。関東大震災で東京を逃れ、愛する人を失ってやる気をなくしていたのを支えて、何とか次の一本を書かせることに成功したのだから。間隔は空いたものの、二冊続けての成功で、志方が文壇で一目置かれる存在になったのは間違いない。他社の編集者からも、「一度は使ってみたい作家」として注目されている。

自分の大事な作家を他の編集者に紹介するようなことになってしまったが……これでいい。文壇というのは、こういう不思議な世界なのだ。「作家」という「商品」は、特定の出版社の専属ではなく、文壇全体の宝、という感じになる。

小さくなっていく志方の背中に、松川は一礼した。

心に引っかかっていたことが、少しずつ解決されていく。後は――後はよりよい雑誌を作り続けるだけだ。そして雑誌作りに終着点はない。永遠に続く旅だ。

藤島《ふじしま》と会うのは数年ぶりだった。「市民公論」を辞めた時にもきちんと挨拶もできず、「無礼をした」という意識から会えずにいたのだが、杉田が「藤島さんが会いたがっている」と橋渡ししてくれた。

昭和四年暮れ、松川は相変わらず多忙を極めていた。「エース」副編集長の業務をこなしながら、作家たちとのつきあいも続いている。志方に依頼した新しい連載——本当に女性と野球の話になった——も始まっていたし、目をつけている新人作家に、何とか「エース」に書いてもらおうと、部下の編集者をけしかけていた。その「新人」はまさに新人、まだ二十一歳の早稲田の学生である。右も左も分からない状況で、自分の小説が活字になったことにむしろ怯《おび》えている様子……自信をつけさせ、しっかりした作品を書いてもらうことで、「エース」の執筆陣に加わってもらいたかった。

藤島はその後、何度か引っ越していた。今は、新設された女学院の教授と理事を兼任しており、大学のある中野に居を構えていた。

久しぶりに会った第一印象は「老けた」だった。もともと老成した雰囲気があったのだが、今は好々爺《こうこうや》と呼んでも差し支えない感じになっている。まだ五十八歳なのだが、もしかしたら病を患っているのかもしれないと松川は心配になった。子どもの頃から体が弱かったと聞いていたし。

しかし話しぶりは昔と同じ、非常に冷静で理知的だった。亡くなった緑岡の話で始まって湿っぽくなるかと思ったのだが、話題は昨今の政治情勢、さらに世界情勢の分析に進んでいく。

「私は今、世界には経済危機が来るのではないかと心配しているのですよ」

そのニュースは松川も聞いていた。今年の十月、アメリカは未曾有の金融恐慌に襲われ、失業者が一気に増加するなど広範に影響が出ているという。そして不況の波は、世界を洗いつつある。

「今や日本も、世界の一等国に肩を並べるようになった。ということは、各国の出来事に影響を受けやすいんです。極東の島国であっても、世界の動きに無関係とは言えない。世界大戦後の矛盾が、この恐慌で一気に噴き出したんですよ。この騒ぎは、これから本格的になる。アメリカに住んでいる知人から便りが届いたんですが、向こうは世情も相当不安定になっているらしい。急に治安が悪くなったそうです」

「日本にも飛び火すると考えておいた方がいいんでしょうね」

「日本は、世界各国と貿易している。相手国が大不況に陥れば、その影響は当然、日本にも及びますよ。一年後、あるいは二年後には、日本の不況も今より深刻になるかもしれない。あなたのところの『エース』も、今は調子がいいそうだが、永遠に続くとは限りませんよ」

「仰る通りです」松川はうなずいた。去年の今頃は、百五十万部という驚異的な部数を達成して舞い上がっていたが、編集部はすぐに冷静になった。あれは「増大号」ということでページ数を増やし、いつもより豪華な執筆陣を揃えていたからこそ達成できた数字だ。翌月も百万部を売り上げているが、何となく「横ばい」になった感じがある。特に危機感のようなものは感じていなかったが、今の藤島の話を聞いて、妙に心配になってきた。

「雑誌——特に月刊誌は、今が全盛期かもしれませんね。今後、これだけ多くの雑誌が部数を競う時代は来ないかもしれない」

「これからも日本の人口は増えますすよ。雑誌を読む人が増える限り、私たちはやっていけると思います」

「それはどうかな……と思いますね」藤島は否定的だった。「あなたはラジオをどう思いますか」

「まあ……便利なものだとは思います。何かあったらすぐにニュースを聞けますし。編集部にも受信機を置いていますし」ただし、松川の自宅にはない。ラジオ受信機は高価なもので、特に性能の良い真空管式のものは、一台百二十円もする。「エース」の定価が五十銭ということを考えれば、おいそれと手が出る値段ではない。

「いずれ雑誌や新聞は、ラジオに駆逐されるかもしれません」

「まさか……そもそも、契約者数はまだそれほど多くないでしょう。東京で十万人ぐらいではないですか」

「十三万人だったかな。こういうのは、何かのきっかけがあれば、あっという間に増えますよ。スポーツ放送も始まっているし、これからは真面目なニュースだけではなく、娯楽の放送も多くなるでしょう。そうなったら、人々の興味はラジオに向きます」

「そうでしょうか」

「人は、楽な方を好むものでしてね。雑誌や新聞を読むには、それなりの力が必要だ。でもラジオは聴いているだけでいい。字が読めない子どもや、目が悪くなったお年寄りでも簡単に楽しめる。ラジオは、雑誌にとって大変な競争相手になりますよ」

「はあ……そうかもしれません」松川はあまりピンとこなかった。

「松川さん、あなたは私と仕事をしていた時よりもずっと成長したと思いますよ。編集者として……雑誌を作る人としては、今や日本で最高の環境で仕事ができている」

「それは否定できません。創建社は、雑誌作りに精力を傾注しています」

「栄華の絶頂でしょう。そのために費やした労力を考えれば、あなたには――あなたたちにはそれを享受する権利がある。ただし、永遠に続くものは何もありませんよ」

忠告？　皮肉？　判断しかねて黙っていると、重苦しい沈黙が部屋に満ちる。やがて藤島が、静かに口を開いた。

「大正時代には、『市民公論』は永遠に続くかと思っていました。続くというのは、あの勢い、言論界に対する影響力を持ったまま、毎月きちんと出版される、という意味ですよ。ああいう雑誌は、ただ書店の店頭に並んでいればいいというわけではない。内容が問題です。日本の言論界にさまざまな問題提起をしなければならない。しかし緑岡主幹が亡くなり、社長も代わって、今の『市民公論』は昔の姿ではなくなった。部数も減っているし、何より編集方針がはっきりしない」

「先生、最近、『市民公論』にはお書きになっていませんよね？」

「正直申し上げて、杉田君が編集長になってから、『市民公論』は迷走していますね。どういう路線で雑誌を作っていきたいのか、よく分からない。大正時代――緑岡主幹の時代には、執筆陣にははっきりした傾向があったでしょう」

「その筆頭が藤島先生でした」

「大正デモクラシーの先頭に立っていた人たちが集まって――緑岡主幹が集めて、統一性のある主張でページを埋めていた。しかし今は、そういう方向性がない。国粋主義者のような人まで登場しているのだから、何をか言わんや、だ。それで今年、久しぶりに原稿の依頼が来たんですが、断りました」

「……そうだったんですね」杉田と藤島も、関係がなかったわけではあるまい。松川が退社した後は、藤島と何度もやり取りをしてきたはずだ。

「彼も大変だとは思う。あれだけの名編集者の跡を引き継いでやっていくのは、並大抵の努力ではできない。しかし私は、彼が苦労していて大変そうだからという理由で、原稿を引き受けるわけにはいかないんですよ」

「ええ」

「時代は変わる。雑誌も変わる。それが良い方にか、悪い方にかは分からない。ただし今後、大正時代の『市民公論』のように、活気のある言論を展開する雑誌は出てこないかもしれない。緑岡主幹は、毀誉褒貶《きよほうへん》のある人でしたが、今の人たちにはない情熱が、間違いなくあったんですよ」

「情熱……」

「普通選挙はどうあるべきか、緑岡主幹は常に考えていましたよ。もちろん、彼一人で結論が出せる問題ではない。だから私たちに、意見を発表する場として『市民公論』を提供してくれたんだと思います。彼のさらにすごいところは、小説をたくさん掲載して、『市民公論』を一般の人も読める雑誌にしたことです。硬軟両方、ということでしょうか。ああいう考えと、それを実現できる馬力を持った編集者は、なかなか出てくるものではない」

「私は……まだまだです」

「あなたは別の種類の編集者になるのではないだろうか。緑岡主幹のように、全てを自分で掌握して、いわばワンマンで雑誌を切り盛りするような編集者は、これからの時代には流行《はや》らない気がしますね。あなたは右も左も、上も下も見える編集者になるんじゃないですか」

「私がそうなったら、『エース』にも書いていただけますか。それこそ『エース』は硬軟様々な原稿を揃えています」

「私も読んでますよ」藤島は穏やかな笑みを浮かべた。「徳川夢声さんの随筆が特に好きですね。あの人のユーモアのセンスは何とも言えない。読んでいて、いつも笑ってしまいますよ」

真顔の藤島を見て、松川は辛うじてうなずいた。いつも真面目な藤島が、夢声の随筆を読んで笑うことなどあるのだろうか。この件を夢声に話したら、どんな反応を示すだろう。

しかし松川は、「エース」の影響力の大きさを改めて思い知っていた。藤島のような言論界の頂点にいる人でさえ読む雑誌。これは誇って良いのではないだろうか。


藤島と面会してから、松川は微妙な不安を抱えるようになった。新聞では毎日のように、アメリカの経済危機のニュースが伝えられている。日本でも「昭和恐慌」と言われて、政府は対策に追われていた。しかしそれとは直接関係なく、「エース」の編集は進む。

年末、新年号が校了した二日後に、松川たちは編集部に集まった。ここ数年、年末に藤見が編集部で訓示を与えるのが恒例になっている。新年ではなく年末に、という理由がよく分からないのだが、藤見にとっては一年を「締める」ことが大事なのかもしれない。

「一年間、お疲れ様でした」ますます精力的になっている藤見は、年々声も大きくなっている。「去年、我々は百五十万部という驚異的な部数を達成した。今年は、この部数を超えることはできなかったものの、安定して百万部を送り出し、日本で一番の雑誌という地位は揺るがないものになってきた。今や創建社の屋台骨を支えているのが『エース』なのは間違いない。編集者諸君は、今までに増して誇りを持って仕事に取り組んでもらいたい。そこで来年の目標だが、より低年齢層に向けた記事を増やしていきたい。最近の評判を聞くと、大人には好評だが、子どもが読むページが少ないという声をよく耳にする。もちろん、創建社には子ども向けの雑誌もあるが、

『エース』は一家に一冊を目標に作ってきた。その基本に立ち返り、子どもが楽しめる記事を増やしたい。前に、豆知識の特集をやって好評だったことがあるだろう」

「はい」

「あれを、子ども向けに作り変えよう。それと、グラフを拡大する。これからの雑誌は、文章で読ませるだけでなく、写真でも読者を楽しませる必要がある。昭和五年は、この二つを大きな変更点として、四月号から始めよう」

これは、藤見が勝手に決めたことではない。これまで編集部の幹部たちで何度も話し合いを進め、方向性を出してきたことだ。藤見はワンマンではないが、いざ発表する時は自分がやる、と常に言っていた。一応、社長の威厳を示さないといけないからな、と。

「以上、来年の方針だ。それと、松川君」

「はい」

「毎月の編集部日記だが、あれを二ページに拡大しよう。編集者も、読者から見える存在であるべきだと思うんだが、どうかな。編集部に親しみを持ってもらえれば、読者の意見もよく届くようになる」

「――分かりました」結構な負担なのだが、悪くない考えだと思う。読者から届く手紙でも、編集部日記に触れているものは少なくないのだ。

「さあ、新年号は大懸賞だ。毎年恒例の大変な行事だが、頑張ってくれ。短い冬休みには、風邪などひかないように、体調維持に気をつけてくれたまえ。元気で、新年に会おう」

会議は終わった。次の号の準備をゆるゆると進める――しかし松川は、藤見に呼ばれた。編集部ではなく社長室。ということは、何かあるのでは……編集部日記の拡大を言い渡されたばかりだが、異動かもしれない。他の編集部に行くことは、十分ありうる話だ。

　しかし藤見は、全然違うことを言い始めた。

「最近、どことなく心配そうに見えるが、何かあるのか」

「ああ……」ややもやしていた気分を吐き出す良い機会かもしれない。「実は先日、藤島先生にお会いしました。藤島先生は、世界恐慌を心配しておられました」

「さすが、藤島先生だ」藤見がうなずく。「今は、日本も景気が悪い。いかに一冊五十銭の雑誌でも、影響を受けないわけがない」

「それに、雑誌のあり方も変わっていくだろうと」

「それは承知の上だ。世の中が変われば雑誌も変わる。雑誌とはそういうものじゃないのかね。変化を受け入れて、世の中に合わせた記事を掲載する。それができるのは雑誌だけなんだ。日本の変化に合わせて『エース』も変わる。そうやって国に、国民に寄り添うのが雑誌の真の姿だと思うよ」

「国がどう変わっていくかは……」

「どう変わろうが、私たちが日本人であることに変わりはない。この国の行く末を見定めて、しっかり雑誌を作っていく――君が心配になるのも分かるが、あまり深刻になってはいけないよ。でも、何も考えていないよりはましだ。これからも『エース』の編集部では、活発に意見を戦わせて、いい雑誌を作っていこう」

「ありがとうございます……お気遣いいただいて。ご相談なんですが、そのうち藤島先生にも原稿を依頼してよろしいでしょうか」

「藤島先生が書いてくれるなら大歓迎だが、今、藤島先生の思想が世間に受け入れられるかどうかは、何とも言えないな。ただ、原稿が載っていれば、その号の格は間違いなく上がるだろう。進めてもらって構わない。何か大きな特集をやる時に、藤島先生に中心になってもらおう」

「分かりました。受け入れていただいてありがたいです」

「何だ、ずいぶんよそよそしいな」

「いえ――失礼します」

社長室を出ても、気分が持ち直したわけではなかった。このそこはかとない不安は、どこからくるのだろう。アメリカの不況？　しかし、それが日本に飛び火すると言われても、正直ピンとこない。

何かが大きく変わろうとしているのかもしれない。しかし先が読めない自分の知見の浅さ――それが不安の材料なのだと気づいた。

人生、勉強はずっと続く。

参考文献

『『キング』の時代――国民大衆雑誌の公共性』佐藤卓己（岩波現代文庫）
『木佐木日記（上）――『中央公論』と吉野・谷崎・芥川の時代』木佐木勝（中央公論新社）
『木佐木日記（下）――名物編集長・滝田樗陰と関東大震災』木佐木勝（中央公論新社）
『滝田樗陰――『中央公論』名編集者の生涯』杉森久英（中公文庫）

取材協力：講談社

堂場瞬一（どうば・しゅんいち）

一九六三年生まれ。茨城県出身。青山学院大学国際政治経済学部卒業。二〇〇〇年『8年』で第十三回小説すばる新人賞を受賞。主な著書に「刑事・鳴沢了」シリーズ、「警視庁失踪課・高城賢吾」シリーズ（以上、中公文庫）、「刑事の挑戦・一之瀬拓真」シリーズ、「アナザーフェイス」シリーズ、「ラストライン」シリーズ（以上、文春文庫）、「警視庁追跡捜査係」シリーズ（ハルキ文庫）、「警視庁犯罪被害者支援課」シリーズ（講談社文庫）。そのほか、『赤の呪縛』、『オリンピックを殺す日』（以上、文春文庫）、『ルーマーズ 俗』（河出書房新社）、『鷹の飛翔』（講談社）など著書多数。

ポップ・フィクション

二〇二四年十月十日　第一刷発行

著　者　堂場《どうば》瞬一《しゅんいち》
発行者　花田朋子
発行所　株式会社 文藝春秋
〒一〇二―八〇〇八
東京都千代田区紀尾井町三―二三
電話 〇三・三二六五・一二一一（代表）

印刷所　TOPPANクロレ
製本所　大口製本
組　版　LUSH

ISBN978-4-16-391902-7